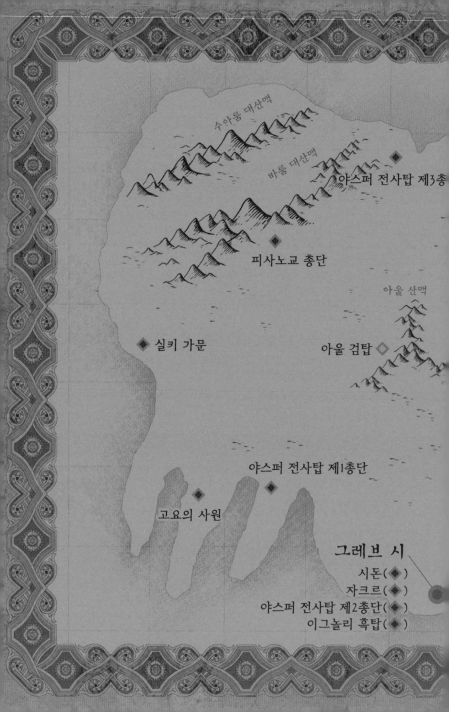

수아롱 대산맥

바롱 대산맥

야스퍼 전사탑 제3층

아울 산맥

피사노교 총단

실키 가문

아울 검탑

야스퍼 전사탑 제1총단

고요의 사원

그레브 시
시돈(◆)
자크르(◆)
야스퍼 전사탑 제2총단(◆)
이그놀리 흑탑(◆)

ETAN

ORIGINAL FANTASY STORY & ADVENTURE

쥬논 판타지 장편소설

dream books
드림북스

이탄 26 대전쟁이 발발하다 II

초판 1쇄 인쇄 2022년 5월 9일
초판 1쇄 발행 2022년 5월 30일

지은이 쥬논
발행인 오영배
편집 편집부
일러스트 필연
표지 · 본문 디자인 오정인
제작 조하늬

펴낸 곳 (주)삼양출판사 · 드림북스
주소 서울시 강북구 도봉로 173
대표 전화 02-980-2112 **팩스** 02-983-0660
편집부 전화 02-987-9393 **팩스** 02-980-2115
블로그 blog.naver.com/dreambookss
출판등록 1999년 3월 11일 제9-00046호

ISBN 979-11-283-7145-5 (04810) / 979-11-283-9990-9 (세트)

드림북스는 (주)삼양출판사의 판타지 · 무협 문학 브랜드입니다.

목차

부제: 언데드지만 신전에서 일합니다

사대신수

『성혈의 바하문트』

―신수: 날개 달린 사자
―상징: 공포
―속성: 흙(土), 피(血)

『불과 어둠의 지배자 샤피로』

―신수: 광기의 매
―상징: 탐욕
―속성: 불(火), 어둠(暗), 나무(木)

『포식자 하라간』

―신수: 투명 마수
―상징: 타락, 나태
―속성: 얼음(氷), 균(菌), 물(水)

『둠 블러드 이탄』

―신수: 냉혹의 뱀
―상징: 파멸
―속성: 금속(金), 빛(光)

발췌문

어느 날인가 뿌리지도 않은 씨앗 하나가 스스로 싹을 틔워 대지를 뚫고 모습을 드러낼 것이니, 그가 곧 교의 마지막 기둥이며, 그가 곧 교의 마지막 희망이라.

검은 드래곤께서 말씀하시기를 "스스로 발아한 열 번째 씨가 쿠미이니, 쿠미에 의하여 세상은 스스로 카오스로 회귀하리라."라고 하셨다.

이 말이 곧 진리다.

— 피사노교의 경전 9장 9절에서 발췌

철벽, 혹은 울타리 II

Chapter 1

머리에 로브를 푹 뒤집어쓰고, 뼈다귀로 이루어진 말, 즉 사령마에 올라탄 채 단신으로 수천 명의 강적들을 막아내는 이탄의 모습은 보는 것만으로도 심장이 떨렸다. 이탄의 등 뒤에선 부정한 기운이 역류하는 폭포수처럼 뿜어져 나왔다.

"오오오!"

"대체 저 사도님은 뉘시란 말인가?"

피사노교의 패잔병들은 눈이 휘둥그레졌다. 그들은 사방으로 뿔뿔이 흩어져 도망치는 와중에도 이탄의 든든한 뒷모습을 곁눈질했다.

피사노 교도들의 눈에 비친 이탄은 세상의 모든 적들로부터 수만 명의 교도를 보호해주는 믿음직스러운 철벽이었다. 교도들을 보호하는 든든한 울타리였다.

그 울타리가 극적인 순간에 나타나서 교도들을 보호해주었다. 그러니 다들 이탄에게 감동을 받을 수밖에 없었다.

솔직히 말해서 이곳 전장에 남겨진 교도와 사도들은 그들이 믿는 신인들에게조차 버림받은 패잔병들이었다.

그런데 정체 모를 사도 한 명이 철벽이자 울타리가 되어 그들을 지켜주는 것이 아닌가! 교도와 사도들의 마음속 깊은 곳에서 울컥하고 뜨거운 것이 치밀었다.

"누구신지는 모르겠으나 정말 고맙습니다."

"이 은혜는 언젠가 꼭 갚겠습니다. 크읍."

사도와 교도들은 정체 모를 은인에게 깊은 감사를 표했다.

그러는 와중에도 백 진영의 수많은 강자들이 이탄을 향해서 공세를 쏟아냈다.

"와라!"

이탄이 다시 한번 우렁차게 소리쳤다.

활짝 벌린 이탄의 두 팔 안쪽에서 검록색 편린 수백 개, 아니 수천 개가 꽃송이처럼 한꺼번에 피어올랐다.

푸화화확!

헤아릴 수 없이 많은 편린들이 하늘을 향해 날아오르는 장면은 실로 장관이었다.

사실 이건 불가능한 일이었다. 피사노교의 서열 3위인 쌀라싸도 한 번에 서너 개의 편린들을 소환할 수 있을 뿐이었다.

한데 이탄은 검록색 편린들을 무려 수천 개도 넘게 일으켰다.

이 편린들 가운데 1퍼센트 정도는 〈화형을 시키는〉이라는 무시무시한 만자비문의 힘을 품고 있었다.

나머지 99퍼센트의 편린들에는 만자비문 대신 다크 그린(Dark Green)이라는 흑주술의 본래 위력만 담겼다.

그러나!

백 진영의 강자들 가운데 이 둘의 차이를 알아볼 수 있는 사람은 없었다. 그들의 눈에는 수천 개의 검록색 편린들이 모두 똑같아 보였다.

이건 굳이 백 진영 사람들의 안목 없음을 탓할 일은 아니었다. 피사노교의 신인들조차도 만자비문을 감각으로만 느낄 뿐 눈으로 직접 보지는 못했다. 이것은 부정 차원의 어지간한 악마종들도 마찬가지였다.

다시 말해서 이곳 언노운 월드에서 만자비문을 눈으로 볼 수 있는 존재는 오직 이탄뿐.

백 진영의 강자들은 수천 개의 편린들 가운데 어떤 것이 끔찍한 위력을 가졌는지, 혹은 어떤 편린은 그냥 몸으로 맞아도 괜찮은 것인지 구별할 방법이 없었다.

이 차이가 재앙을 불러왔다.

이탄의 양팔 사이에서 폭우처럼 터져 나온 검록색 편린들은 눈 깜짝할 사이에 백 진영의 강자들을 뒤덮었다.

"으헉? 안 돼."

마르쿠제 술탑의 사천왕 가운데 한 명인 오고우가 비명을 질렀다.

오고우는 쌀라싸의 검록색 편린이 얼마나 무서운 수법인지 잘 알고 있었다.

그런데 그와 똑같이 생긴 편린들이 눈앞을 뒤덮으며 터져 나온다. 오고우는 그만 심장이 멎을 듯했다.

'다 죽는다.'

오고우의 뇌리에는 오직 이 생각뿐이었다.

"공주님!"

절망적인 순간, 오고우는 자신의 법보인 무쇠솥을 30미터 크기로 크게 부풀려서 비앙카와 레베카부터 보호해주었다. 그런 다음 오고우 본인도 육중한 몸을 날려서 무쇠솥의 앞을 가로막았다.

온몸으로 비앙카를 보호하겠다는 오고우의 의지가 드러

나는 장면이었다.

테케의 반응도 오고우와 다를 바 없었다. 테케는 반사적으로 비앙카 앞에 부적을 뿌렸다.

퍼퍼펑!

흩날리는 부적들이 연기를 내면서 터지더니 이내 병사로 변했다. 부적병사들은 소환과 동시에 비앙카 앞쪽에 스크럼을 짰다.

아잔데는 독이 든 호리병을 내던져 어떻게든 검록색 편린들을 막아보려 애썼다.

크앙!

브란자르가 키우는 흑표범도 우렁찬 울음과 함께 앞으로 튀어나와 비앙카를 보호했다.

마르쿠제 술탑 사천왕들의 마음은 한결같았다. 다들 비앙카가 최우선이었다.

퓨퓨퓨퓨풋—.

사천왕들을 향해서 검록색 편린이 우박처럼 쏟아졌다.

테케가 소환한 부적병사들이 검록색 편린에 휩싸여서 화르륵 불타올랐다. 브란자르의 흑표범도 온몸에 검록색의 화염이 붙어서 고통스럽게 몸을 뒤틀었다.

하지만 아주 치명적이란 느낌은 들지 않았다.

아잔데가 눈매를 가늘게 좁혔다.

"가짜인가? 눈속임으로 만들어낸 가짜?"

만약 눈앞에서 쏟아지는 검록색 편린들이 진짜였다면 브란자르의 흑표범은 편린에 적중된 즉시 촛농처럼 흐물흐물 녹아버렸을 것이다. 그런데 흑표범은 고통에 겨워서 몸을 뒤틀고는 있지만, 그래도 죽지 않고 버텨내었다.

그 모습을 본 아잔데는 이탄의 주술이 눈속임일 것이라고 확신했다.

"그러면 그렇지. 저 많은 편린들이 진짜일 리 없어. 시간을 벌기 위한 가짜 환영에 불과했던 게야."

아잔데가 속았다는 표정을 지었을 때였다.

"끄아아악."

오고우가 끔찍한 괴성을 질렀다.

검록색 편린 하나가 오고우의 팔을 스쳐지나 가더니 그의 무쇠솥에 달라붙었다. 그 즉시 커다란 무쇠솥이 촛농처럼 녹아 흘렀다.

편린에 살짝 스치기만 한 오고우의 오른팔도 지글지글 소리를 내면서 끓어오르더니 진한 녹색의 물이 되어 뚝뚝 떨어졌다.

"위험해."

테케가 벼락처럼 검을 휘둘러 오고우의 오른팔 팔꿈치를 잘랐다.

치이익!

땅바닥에 뚝 떨어진 오고우의 팔뚝이 이내 한 줌의 검록색 물로 변했다. 그렇게 바닥을 적신 녹색의 액체는 근처의 풀들을 활활 불태우며 엿가락처럼 녹여버리기 시작했다.

Chapter 2

눈 깜짝할 사이에 주변 풀밭 수십 미터가 검록색 화염에 휩싸였다. 한번 붙은 화염은 꺼질 줄을 몰랐다.

화염 속의 풀들이 흐물흐물 녹아서 액체로 변했다.

"이런! 가짜가 아니었구나. 이것은 검록의 마군 쌀라싸의 수법이 분명하다."

아잔데는 끔찍한 광경에 몸서리를 쳤다.

그러는 와중에도 검록색 편린들은 줄기차게 날아들었다.

"공주님, 이곳은 위험합니다."

브란자르는 비앙카와 레베카의 목덜미를 움켜쥐고는 멀리 후방으로 피신시켰다.

만약 브란자르의 판단이 조금만 늦었더라면 무쇠솥을 녹인 편린들이 비앙카에게도 달라붙을 뻔했다.

비앙카와 레베카도 그 사실을 깨달았다.

"으으읏. 으으으읏."

비앙카가 진저리를 쳤다. 그녀의 머리카락은 온통 헝클어져 있었다.

"아아. 어떻게 저럴 수가."

레베카도 덜덜 떨리는 손으로 놀란 가슴을 쓸어내렸다.

마르쿠제 술탑의 술법사들이 비앙카를 후방으로 피신시키는 사이, 시시퍼 마탑의 마법사들도 끔찍한 재앙을 만났다.

마법사들은 이탄이 검록색 편린들을 무수히 쏟아내자 아잔데와 비슷한 반응을 보였다. 그들은 처음에 무수히 많은 편린들에 놀라서 움찔했다가, 이내 이 편린들이 가짜가 아닐까 의심했다.

실제로 대부분의 마법사들은 쉴드 마법만으로도 이탄의 공격을 잘 막아내었다.

"흥! 역시 눈속임이었구나."

"건방진 녀석이로다. 이따위 하찮은 눈속임으로 우리 시시퍼 마탑의 정예마법사들을 속일 수 있을 것 같았더냐?"

시시퍼 마탑의 마법사들은 이탄을 비웃으며 공격 마법들을 캐스팅했다.

그 순간 몇몇 편린들이 마법사들이 두른 쉴드를 촛농처럼 녹이며 안으로 파고들었다.

"으헉?"

마법사들이 화들짝 놀랐을 때는 이미 늦었다. 만자비문의 힘이 담긴 검록색 편린 하나가 파이션에게 달라붙었다.

파이션은 시시퍼 마탑의 서열 9위에 랭크된 고위급 마법사였다. 또한 파이션은 탱커계 워 메이지들의 최정상, 즉 지파장이었다.

탱커계열 마법사답게 파이션은 전투가 벌어지면 선봉에 서는 것이 주업무였다. 실제로도 어지간한 적의 공격은 파이션의 철옹성 같은 방어막을 뚫지 못하였다.

그래서일까?

파이션은 빗발처럼 쏟아지는 흑마법 속에 뛰어드는 행동을 오히려 즐겼다. 파이션은 전쟁터에서 늘 자신감이 넘쳤다.

그게 자충수가 되었다. 파이션 지파장은 오늘 겁도 없이 선봉에 섰던 대가를 톡톡히 치러야만 했다.

치이이익!

검록색 편린 한 조각이 파이션의 방어막에 달라붙은 순간, 그의 치밀했던 방어막은 끓는 기름에 물을 뿌린 듯한 요란한 소리를 내면서 녹아들었다. 만자비문의 권능을 머금은 검록색 편린은 파이션이 만들어낸 수십 겹의 방어막을 눈 깜짝할 사이에 녹이고 안쪽으로 파고들더니 파이션의 가슴에 박혔다.

호르륵!

눈 깜짝할 사이에 검록색 불길이 솟구쳤다. 화염은 파이션의 온몸을 집어삼켰다.

"끄아아악!"

파이션이 끔찍한 괴성과 함께 순간이동 마법을 펼쳤다.

그래도 검록색 화염을 떨쳐내지는 못하였다. 검록색 화염은 파이션의 몸에 접착이라도 된 것처럼 찰싹 달라붙었다.

"어어어?"

"저걸 어째?"

마법사들이 입을 쩍 벌리고 지켜보는 가운데 파이션의 탄탄한 근육이 촛농처럼 녹아 흘렀다. 파이션의 얼굴도 엉망으로 뭉그러졌다. 파이션의 팔다리가 흐물흐물 녹아서 액체로 변했다.

"끄아악, 안 돼."

파이션은 검록색 화염 속에서 고통스레 몸부림을 쳤다.

그 바람에 검록색 액체 몇 방울이 옆으로 튀었다. 그 액체에 접촉하여 시시퍼 마탑의 동료 마법사 몇 명이 추가로 희생양이 되었다.

호르르륵! 호르륵!

검록색 물방울에 닿은 것만으로도 마법사 서너 명이 화염에 휩싸였다.

이 마법사들도 이내 촛농처럼 온몸이 문드러졌다.

"끄아악, 살려 줘."

"앗, 뜨거. 아아악, 뜨겁다고."

끔찍한 비명과 함께 마탑의 주요 전력들이 한 줌의 액체가 되어 녹았다. 시시퍼 마탑의 서열 9위인 파이션도 얼마 지나지 않아 목숨을 잃었다.

마탑의 피해는 거기서 그치지 않았다. 시시퍼 마탑의 상위 서열 가운데 한 명인 스코틀도 파이션에 이어서 검록색 편린의 희생양이 되었다.

스코틀은 라인 메이지 가운데 하나인 아공간 계열의 지파장이었다. 아공간을 다루는 능력만큼은 시시퍼 마탑에서 스코틀이 최고였다. 스코틀은 언제 어디서나 대용량의 아공간을 자유롭게 열고 닫을 수 있는 실력자였다.

검록색 편린이 몸에 달라붙은 즉시 스코틀은 옷을 홀렁 벗어던진 채 아공간을 열어서 그곳으로 도망쳤다.

소용없었다. 검록색 편린은 아공간까지 쫓아와서 스코틀의 몸을 불태웠다. 스코틀뿐 아니라 그가 열어 놓은 아공간 내부까지 홀랑 태웠다.

"으아아아악."

스코틀이 온몸을 기괴하게 뒤틀면서 아공간으로부터 다시 뛰쳐나왔다.

아공간의 문 안쪽에서는 검록색 화염이 지옥의 불처럼 활활 타올랐다. 아공간 내부에 보관 중이던 중요한 마법 아이템들도 여지없이 촛농처럼 녹았다.

"으아악, 으아아악."

스코틀은 발가벗은 모습으로 검록색 화염에 휩싸여 고통스럽게 몸을 뒤틀었다.

동료 마법사들이 손을 쓸 새도 없었다. 다들 공포에 질려 지켜보는 가운데 스코틀 지파장은 한 줌의 검록색 액체로 변했다. 액체가 떨어진 지역을 중심으로 주변 수십 미터 영역이 검록색 화염에 오염되었다.

저 지독한 화염에 살짝 스치기만 해도 사망이다.

"으으윽, 지독하구나."

"어떻게 세상에 이런 끔찍한 흑마법이 존재한단 말인가."

시시퍼 마탑의 마법사들은 황급히 뒤로 후퇴했다.

마탑의 지파장들 가운데 2명이 손도 제대로 써보지 못하고 즉사한 판국이었다. 그러니 마법사들 가운데 감히 이탄에게 달려드는 무모한 자는 존재하지 않았다.

Chapter 3

마르쿠제 술탑과 시시퍼 마탑에 이어서 아울 검탑도 피해를 입었다. 검탑의 검수들 가운데 상당수는 검록색 편린들이 날아오자 검을 휘둘러 검막을 만들었다.

이탄이 발휘한 검록색 편린들은 밀도 높은 검막에 막혀서 요란하게 불꽃만 터뜨릴 뿐 안으로 파고들지 못했다.

하지만 극소수의 편린들은 검막을 단숨에 녹여버리며 안으로 들어오더니, 그대로 검수들의 몸에 달라붙었다.

이 편린들이 진짜 공격이었다. 이 편린들에는 만자비문의 권능이 담겨 있었다.

"끄아아아악."

편린에 적중된 검수들의 입에서 끔찍한 비명이 터졌다. 검수들은 발군의 체술을 발휘하여 화염을 떨쳐내려고 시도했다.

소용없었다. 한번 몸에 달라붙은 편린은 절대 떨어지지 않았다. 검수들이 격하게 움직일수록 검록색 화염은 오히려 더욱 빠른 속도로 검수들의 몸뚱어리를 살라먹으며 그들의 신체를 액체로 녹였다.

"으아악, 제발."

"안 돼애, 아아악."

흐물흐물하게 몸이 녹기 시작한 검수들이 살려달라며 손을 휘저었다.

그 바람에 검록색 액체가 사방으로 튀었다. 그 액체에 접촉한 동료 검수들이 또 다른 희생양으로 전락했다.

호르륵! 호르륵!

동료 검수들의 몸에서도 검록색 화염이 마구 솟구쳤다. 이 화염은 검막 따위는 단숨에 녹여버리며 점점 더 피해 범위를 넓혔다.

눈 깜짝할 사이에 여러 명의 검수들이 개죽음을 당했다.

그 가운데는 아울13검도 포함되었다.

아울13검은 싸마니야를 상대로도 곧잘 버텨내었던 여성 검수였다. 그녀는 검술을 통해 물의 기운을 깊이 있게 연구했고, 그 결과 검을 한 번 휘둘러서 모든 불을 꺼버릴 수 있는 능력을 얻었다.

이러한 특성 덕분에 아울13검은 마왕 싸마니야를 상대로도 쉽게 밀리지 않고 톡톡히 역할을 해냈다.

그래 봤자 이탄에게는 통하지 않았다. 이탄의 편린에 실린 만자비문은 쌀라싸의 그것처럼 희미하지 않았다. 이탄의 편린 위에는 꽈배기 모양의 문자가 조각이라도 된 듯이 또렷하게 박혀 있었다. 비록 그 문자를 눈으로 볼 수 있는 사람은 없었지만 말이다.

퍼억! 퍽!

검록색 편린 2개가 연달아 아울13검의 방어막에 꽂혔다.

"이이익, 꺼져라."

아울13검은 물의 기운을 잔뜩 농축하여 검록색 편린을 꺼버리려고 했다.

그보다 한발 앞서 아울13검의 검막 전체가 치이이익 소리를 내면서 수증기로 증발했다. 이어서 두 발의 검록색 편린이 아울13검의 가슴과 어깨에 각각 틀어박혔다.

아울13검은 황급히 검으로 자신의 어깨를 쳐서 팔을 끊어내었다. 하지만 가슴마저 도려낼 수는 없었다.

"안 돼."

아울 검탑의 검수들이 발을 동동 구르며 지켜보는 가운데 아울13검은 검록색 화염에 휩싸였다. 그런 다음 불과 몇 초 뒤에는 한 줌의 검록색 물로 변했다.

아울13검이 물처럼 녹아버리는 광경을 목격한 이후로 아울 검탑의 검수들은 자신감을 잃었다. 더 이상 이탄에게 달려드는 검수는 없었다.

상대가 주춤하자 오히려 이탄이 한 발 전진했다.

푸화화화확!

활짝 벌린 이탄의 양팔 사이에서 검록색 편린 수천 개가 다시금 거창하게 터져 나왔다.

"우와악, 피해랏!"

"저 악마가 또다시 지옥의 불꽃을 대규모로 소환한다."

백 진영의 강자들은 메뚜기처럼 펄쩍 펄쩍 뛰어서 뒤로 후퇴했다.

검록색 편린들은 백 진영의 강자들을 쫓아가면서 주변의 모든 물체들을 불태웠다. 모든 생명체들을 녹여버렸다.

지금 이탄이 보여주는 풍모는 마왕, 아니 마신과도 같았다.

이탄은 머리에 어두운 색깔의 로브를 깊숙이 눌러 쓰고 뼈다귀로 이루어진 사령마에 올라탄 모습이었다.

그 상태에서 이탄은 양팔을 활짝 벌려 불길한 색깔의 지옥의 불꽃을 마구 일으켰다. 그리곤 그 불꽃을 휘날려서 백 진영의 강자 수천 명을 홀로 상대했다.

이것이 마왕이 아니면 누가 마왕이겠는가!

이것이 마신이 아니면 누가 마신이라 불리겠는가!

백 진영 강자들의 눈에 비친 이탄은 지옥의 저 밑바닥에서 성큼성큼 기어 올라와 지상에 우뚝 강림한 마왕, 그 자체였다.

피사노교의 사도들의 눈에 비친 이탄도 그와 다르지 않았다.

"오오오오, 새로운 신인께서 우리에게 오셨도다."

"우리 피사노교에 열 번째 신인이 탄생하신 거야."

피사노교의 교도와 사도들은 도주를 멈추고 제자리에 우뚝 서서 이탄의 뒷모습을 우러러보았다. 그들은 이탄이 열 번째 신인일 것이라 굳게 믿었다.

검록색 편린을 한꺼번에 수천 개나 소환하여 백 진영의 삼대 탑, 즉 아울 검탑, 시시퍼 마탑, 마르쿠제 술탑의 강자들을 홀로 밀어붙이는 저 존재가 일반 교도일 리 없었다. 일반 사도일 리도 없었다.

저런 괴물 같은 위용은 오로지 신인들만이 선보일 수 있었다.

아니, 기존의 신인들보다도 이탄이 더 위대해 보였다.

"으흐흐흑, 검은 드래곤께서 우리 피사노교를 보우하신 거야. 그래서 우리에게 열 번째 신인을 보내주신 거라고."

"오소서, 나의 신인이시여!"

피사노교의 교도와 사도들은 더 이상 도망치지 않았다. 다들 눈물이 그렁한 눈으로 이탄을 우러러보며 제자리에 무릎을 꿇었다.

그 감격!

그 환희!

그 희열!

이곳 전장의 모든 피사노교의 교도와 사도들이 눈물을

줄줄 흘렀다. 그들은 부풀어 오르는 가슴을 부여잡고 꺼억 꺼억 울음을 토했다.

오직 이탄만이 감격에 휩싸이지 않았다. 이탄은 냉정하게 이성을 유지했다.

이탄은 뒤도 돌아보지 않은 채 피사노교 사도들의 이상한 행동을 욕했다.

'아니, 저것들이 단체로 쥐약을 처먹었나? 빨리 도망이나 치지 않고 왜 저 지랄들인데?'

이탄은 대놓고 눈을 찌푸렸다.

지금 이탄이 백 진영의 강자들을 단신으로 막아선 이유가 무엇이던가? 오로지 피사노교의 사도들과 교도에게 도망칠 시간을 벌어주기 위함이었다.

'한데 저 미친 것들이 무릎을 꿇고서 왜 시간만 질질 끄느냐고. 전력을 다해서 도망쳐도 시원찮을 판인데.'

이탄은 속이 바짝 탔다.

Chapter 4

솔직히 이탄은 마르쿠제 술탑의 술법사들에게 검록색 편린을 마구 뿌리고 싶지 않았다. 그는 시시퍼 마탑의 마법사들이나 아울 검탑의 검수들을 활활 태워죽이고 싶은 마음도 없었다.

'아 쫌!'

이탄은 사도들의 답답한 행동 때문에 욕이 목까지 치밀었다.

그 와중에도 이탄은 한 차례 더 검록색 편린들을 쏟아내야만 했다.

호르륵! 호르르륵!

검록색의 불길이 더욱 거세게 타올랐다.

다만 이 불길 속에는 만자비문의 속성이 부여되지 않았다. 이탄은 만자비문의 권능을 뺀 채 순수하게 다크 그린이라는 흑주술만 펼쳤다.

그럼에도 불구하고 백 진영의 강자들은 깜짝 놀랐다.

"우힉? 저 마왕이 또다시 지옥의 불꽃을 쏜다."

"모두 피해랏."

백 진영의 강자들은 뒤로 수백 미터나 후퇴했다. 그러고도 부족하여 그들은 더 멀리 물러날 태세를 갖췄다.

다크 그린 흑주술로 적들을 멀리 물러서게 만든 뒤, 이탄이 쩌렁쩌렁하게 뇌파를 터뜨렸다.

[뭣들 하는 짓이냐? 어서 교의 총단으로 돌아가라. 내가 적들을 막아줄 수 있는 한계는 여기까지다.]

강렬한 뇌파가 피사노교의 교도들과 사도들의 뇌리에 틀 어박혔다.

"어헙? 알겠습니다."

"저희들은 서둘러 총단으로 복귀하겠습니다."

"부디 신인께서는 몸을 보중하소서."

사도들은 그제야 몸을 일으켰다.

교도들도 모두 일어섰다.

피사노교의 교도들은 든든한 울타리와 같은 이탄의 뒷모 습을 눈물 그렁한 눈으로 응시한 다음, 소매로 눈가를 쓱 훔쳤다.

"검은 드래곤께서 우리에게 보내주신 열 번째 신인이시 여, 이 은혜는 반드시 갚을 것이옵니다."

"신인께서도 부디 무탈하소서."

모든 사도와 교도들이 이탄에게 깊숙이 절을 했다. 그런 다음 그들은 다시 등을 돌려 사방으로 흩어졌다.

아울6검이 그 모습을 보고는 목청을 높였다.

"안 돼. 흑 진영의 악마들이 도망친다. 놈들을 쫓아라."

"넵."

아울 검탑의 검수들은 도망치는 적들을 추격할 듯한 움 직임을 취했다.

그 즉시 이탄이 반응했다.

이탄은 아울 검탑의 검수들을 향해서 검록색 편린을 대거 쏟아놓았다. 특히 아울6검을 향해서 만자비문의 속성이 남긴 편린을 세 발이나 쏘았다.

휘류류류류—.

디엔에이(DNA) 모양으로 나선을 그리며 날아온 편린 3개가 아울6검을 기겁하게 만들었다.

"우흡? 이런 제기랄."

놀란 아울6검이 자신의 머리 위에 검의 꽃을 한 송이 피워 올렸다. 그 꽃으로부터 수천 가닥의 검기가 폭우처럼 쏟아졌다. 검기를 닥치는 대로 쏟아부어 이탄의 공격을 막아내겠다는 것이 아울6검의 의도였다.

당연히 불가능했다. 이탄이 쏘아낸 세 발의 편린들은 아울6검의 검기 다발마저 화르륵 녹여버린 뒤, 악착같이 아울6검에게 따라붙었다.

"크으윽. 정말 지독하구나."

아울6검이 질색을 하며 백스텝을 밟았다.

그러는 와중에도 검록색 화염은 아울 검탑 전방에 펼쳐진 너른 들판을 활활 태웠다. 그 화염이 장벽이 되어 백 진영의 추격을 차단했다.

이탄은 화염으로 이루어진 벽 뒤에 오연히 서서 두 팔을 하늘로 번쩍 들었다.

호륵! 호륵! 호르르륵!

이탄이 손을 휘저을 때마다 새로운 편린들이 튀어나와 검록색 화염의 범위를 점점 더 넓혔다.

끔찍하리만치 막강한 이탄의 무력을 보면서 백 진영의 강자들은 진저리를 쳤다.

"으으으. 피사노교가 수십 년 동안 잠잠하다 했더니 저런 괴물 같은 악마를 키워내고 있었구나."

아시프 학장이 심란한 속내를 드러내었다.

"워어어어. 진정해라. 진정해."

마르쿠제도 공포에 질려 버둥거리는 삼두 드래곤을 겨우 진정시킨 다음, 골치 아프다는 눈빛으로 이탄을 노려보았다.

사실 마르쿠제는 뒤에서 기습이나 하는 얍삽한 타입이 아니었다. 상대가 악이라 판단하면 그 즉시 뛰쳐나와 독하게 손을 쓰는 인물이 바로 마르쿠제였다.

한데 그 마르쿠제가 지금은 행동을 망설이고 있었다.

'저 괴물은 내가 쏘아낸 반지를 거뜬히 막아내었어. 지난 세기, 피사노교의 수뇌부들을 수도 없이 요격했던 반지가 지금은 완전히 연결이 끊겼다고.'

솔직히 말해서 마르쿠제는 마왕 싸마니야에게 그 반지를 써먹으려고 기회를 엿보던 중이었다.

'상대가 제아무리 마왕 싸마니야라고 할지라도 최상급의 법보인 반지를 막지는 못할 게다.'

마르쿠제는 이렇게 확신했다.

한데 듣도 보도 못했던 자(이탄)가 불쑥 나타나더니 마르쿠제의 반지를 거뜬히 막아내는 것이 아닌가.

마르쿠제는 감히 그 괴물에게 달려들 엄두가 나지 않았다.

게다가 저 괴물은 검록의 마군 쌀라싸보다도 훨씬 더 강한 듯했다. 결국 마르쿠제는 몸만 들썩거릴 뿐 막상 삼두드래곤을 몰아서 이탄에게 달려들지는 못했다.

이탄 단 한 명에게 막혀서 백 진영 삼대 탑의 강자들은 단 한 걸음도 앞으로 나가지 못했다.

"으으으으읏. 설마 저 괴물은 그 옛날 와핏이나 이쓰낸과 같은 수준의 초강자란 말인가? 홀로 우리 백 진영의 주요 전력을 통째로 틀어막다니, 어떻게 이럴 수가 있단 말인가? 어떻게 이럴 수가 있어."

시시퍼 마탑의 지파장들이 몸서리를 쳤다.

그러는 사이 시시퍼 마탑의 부탑주인 라웅고가 나섰다.

꾸어어어어엉!

드래곤의 울음이 크게 울렸다.

라웅고는 거대한 금빛 동체를 꿈틀 움직여 하늘로 날아

오르더니, 허공에서 몸을 ∩자 모양으로 구부려 단숨에 검록색 화염의 벽을 타넘었다. 그 상태에서 라웅고는 아가리를 쩍 벌려 빛의 파동을 쏘아내었다.

Chapter 5

콰차차창!

세상의 모든 사악한 기운을 날려버리는 '정화'의 언령이 발휘되었다.

언령의 힘이 광범위하게 퍼져나가면서 이탄이 소환한 검록색 화염을 꺼트렸다. 다크 그린으로 만들어낸 검록색 화염은 '정화'의 법칙에 노출되자마자 힘없이 사그라졌다.

이탄이 눈을 찌푸렸다.

'아, 젠장. 라웅고 부탑주는 껄끄러운데. 저 늙은이는 진실을 꿰뚫어 보는 눈, 즉 앱솔루트 아이(Absolute Eye)를 가졌잖아.'

이탄은 라웅고와 오래 부딪치고 싶은 마음이 없었다.

'이탄아, 조금만 더 버티자. 딱 이번 한 타이밍의 공격만 막아주면 교도들이 알아서 도망을 칠거야. 그 다음엔 나도 몸을 빼내야지.'

퓨퓨퓨퓨퓻—.

이탄은 라웅고를 향해서 무려 여덟 발의 검록색 편린을 쏘았다. 이 편린 한 조각 한 조각에는 꽈배기 모양의 비문이 또렷하게 새겨져 있었다.

꽈창!

라웅고가 발휘한 '정화'의 파동이 이탄이 쏘아낸 검록색 편린들과 맞부딪쳤다.

얼마 전, 쌀라싸가 소환했던 검록색 편린은 라웅고의 언령에 노출되자마자 곧바로 불길이 꺼져버렸다.

이탄의 편린은 달랐다. 이 편린에는 진짜 만자비문의 권능이 포함되어 있었기에 '정화'의 언령에 노출되고도 거뜬히 버텼다.

사실 이것은 이상한 일이었다.

이곳 언노운 월드는 정상 세계이므로 이곳에서 정상 세계의 인과율과 부정 차원의 인과율이 충돌하면 당연히 정상 세계의 인과율이 만자비문을 압도하는 것이 마땅했다.

반대로 부정 차원에서 언령과 만자비문이 충돌하면 만자비문이 당연히 압승을 거둘 테지만 말이다.

한데 드러난 결과는 정반대였다.

퍼버버벅!

이탄이 쏘아낸 여덟 발의 검록색 편린들은 라웅고가 발

동한 빛의 파동을 거침없이 뚫고 들어가 라웅고의 거대한 동체에 그대로 꽂혔다.

힘의 역전이 벌어진 이유는 뻔했다.

라웅고는 진정한 언령의 주인이 아니었다. 그는 인과율의 여신으로부터 권능을 하사받은 대리자에 불과했다.

반면 이탄은 만자비문을 오롯이 깨우친 마격 존재였다.

이 차이가 승패를 갈랐다.

끄롸롸롸롹!

라웅고가 괴성을 내질렀다.

검록색 편린에 당한 타격이 얼마나 컸던지 라웅고의 폴리모프가 저절로 풀렸다. 라웅고는 인간의 모습으로 돌아와 힘없이 추락했다.

그런 라웅고의 옆구리와 가슴, 오른팔, 어깨, 허벅지 등에는 검록색 비늘 같은 것이 8개나 박혀서 불길하게 반짝거렸다.

그나마 라웅고가 '정화'의 언령을 익혔기에 다행이었다. 다른 사람 같았으면 이미 온몸이 검록색 화염에 휩싸여 촛농처럼 문드러졌을 뻔했다.

"크으으윽."

인간의 모습으로 되돌아온 라웅고가 성대로 직접 신음을 토했다. 라웅고는 정신없이 추락하는 와중에도 전력을 다해서 빛의 파동을 일으켰다.

쾅창! 쾅창! 쾅창! 쾅차창!

네 번이나 연달아 터진 빛의 파동이 검록색 편린들이 기승을 부리는 것을 억눌렀다. 그 상태에서 라웅고는 어금니를 악물고 근육에 힘을 주었다.

"끄으으응차, 끄으으윽."

라웅고가 힘을 꽉 주자 그의 몸에 박힌 검록색 편린들이 하나둘 몸 밖으로 빠져나오는 것 아닌가.

'오호라, 검록색 편린들을 저렇게 빼낸다고? 제법인데?'

이탄이 눈을 반짝였다.

조금 전 이탄이 쏘아 보낸 검록색 편린에는 만자비문의 뜻만 담겼을 뿐 힘까지 실리지는 않았다.

그럼에도 불구하고 지금 라웅고처럼 검록색 편린을 몸 밖으로 몰아낼 수 있는 실력자는 백 진영을 다 뒤져도 흔치 않을 것이다.

'이 기회에 아예 라웅고 부탑주의 숨통을 끊어놔?'

이탄이 얼핏 살기를 드러냈다.

만약에 이탄이 검록색 편린에 힘을 조금만 더 실어주면, 그 즉시 편린들은 라웅고의 신체 내부로 다시 파고들어 라웅고를 녹여버릴 것이다.

그러나 이탄은 고개를 가로저었다.

'어이쿠. 지금 내가 무슨 생각을 하는 거야? 따지고 보면 나도 시시퍼 마탑의 제자잖아. 게다가 라웅고 부탑주를 해치우면 흑과 백의 균형이 깨진다고.'

이탄은 마음을 고쳐먹은 다음, 검록색 편린에 부여해 놓았던 만자비문의 권능을 거둬들였다.

꽈배기 모양의 문자가 사라지자 검록색 편린들은 더 이상 '정화'의 언령을 버티지 못했다. 8개의 편린들은 파파파팡! 소리와 함께 터져버렸다.

그래도 여전히 라웅고는 치명타를 입은 상태였다.

"끄윽."

라웅고가 허파에서 바람 빠지는 소리를 내면서 땅으로 추락했다.

시시퍼 마탑의 열두 지파장 가운데 한 명이 순간이동을 통해서 라웅고가 추락할 지점에 미리 도착했다.

지파장은 마법으로 라웅고를 사뿐히 떠받치고는 몸 상태부터 살폈다.

"부탑주님. 괜찮으십니까?"

"으으윽. 지파장. 후퇴를 해야겠소. 후퇴."

라웅고가 가물거리는 정신을 가다듬어 후퇴를 명했다.

지파장이 고개를 주억거렸다.

"알겠습니다, 부탑주님. 지금은 부탑주님의 상처를 돌보는 것이 우선이니 몸과 마음을 편히 하십시오."

지파장의 말이 채 끝나기도 전에 라웅고는 까무룩 정신을 놓았다.

지파장은 라웅고를 조심스럽게 안고서 수백 미터 후방으로 공간이동했다.

그게 신호탄이 되었다. 시시퍼 마탑의 다른 마법사들도 일제히 완드를 휘저어서 멀리 후퇴했다.

쎄숨과 씨에나는 그때까지도 환각에 빠져서 정신을 못 차렸다. 동료 마법사들이 쎄숨과 씨에나를 부축하여 함께 물러났다.

Chapter 6

시시퍼 마탑의 마법사들이 전쟁터에서 이탈하자 검록색 화염은 마르쿠제 술탑의 술법사들을 향해서 집중적으로 밀려들었다.

호르르륵! 호르륵!

검록색 화염의 벽이 해일처럼 밀려드는 모습은 보는 것만으로도 심장이 떨릴 정도였다. 백 진영의 강자들은 이탄이 만들어낸 검록색 화염에 압도당했다.

"커허. 이제 우리가 타겟인가?"

마르쿠제가 쓴웃음을 지었다. 마르쿠제는 삼두 드래곤의 머리 위에 올라타 뿔을 힘껏 잡아당겼다.

꾸어어엉—.

삼두 드래곤이 우렁차게 울면서 하늘 높이 비상했다.

마르쿠제는 삼두 드래곤 위에서 철수 명령을 내렸다.

"일단 아울 검탑의 맥이 끊어지지 않았으니 소기의 목적은 달성한 것이니라. 혼명의 술법사들이여, 우리는 이만 동차원으로 돌아가자."

"네, 술탑주님."

"술탑주님의 명을 받들겠나이다."

마르쿠제의 부하들은 일제히 령을 꺼내서 하늘로 치켜들었다. 그 즉시 먹장구름 위쪽에 시커먼 산맥의 그림자가 나타났다.

쩌적! 쩌적! 쩌적! 쩌적! 쩌저적!

어마어마한 크기의 산봉우리 아래쪽에서는 천둥 번개가 미친 듯이 휘몰아쳤다. 그러면서 흙 부스러기도 우수수 낙하했다.

마르쿠제 술탑의 술법사들은 내리치는 번개를 타고 동차원으로 차원이동을 했다. 마르쿠제와 사천왕, 비앙카, 레베카 등도 모두 전쟁터에서 이탈했다.

시시퍼 마탑과 마르쿠제 술탑이 차례로 물러나자 남은 사람들은 아울 검탑의 검수들뿐이었다.

검수들이 바짝 긴장했다.

"다들 떠나는구나. 우리만 남겨두고 다 떠나."

검수들 가운데 누군가가 허탈하게 중얼거렸다.

또 다른 검수는 침을 꼴깍 삼켰다.

아울 검탑의 검수들은 혹시라도 이탄이 검록색 화염의 벽을 쭉 밀고 진격하여 검탑을 공격할까 봐 걱정이었다.

다행히 저 끔찍한 마왕도 이제는 지친 모양이었다.

이탄은 검록색 화염을 더 이상 전진시키지 않았다. 이제 마력이 다한 듯 이탄은 사령마를 몰아 후방으로 천천히 물러섰다.

이탄이 후퇴하자 검록색 화염의 벽도 서서히 사그라졌다.

"하아."

아울6검이 제자리에 털썩 주저앉았다.

아울6검은 불과 1초 전만 하더라도 검록색 편린을 피해서 정신없이 도망치던 중이었다. 그러다 이탄의 후퇴와 함께 검록색 편린들이 저절로 사라졌다.

아울6검은 그제야 겨우 숨 돌릴 틈을 얻었다.

아울9검인 마제르도 다리가 풀려 몸을 휘청거렸다.

"허어. 하마터면 우리 검탑이 전멸을 당할 뻔했구려."

마제르는 완전히 허물어진 검탑을 바라보면서 힘없이 중얼거렸다.

마제르의 독백 속에는 무너져버린 검탑에 대한 안타까움과 피사노교에 대한 원한, 그리고 '그나마 이 정도 피해만으로 피사노교의 공격을 막아내서 다행이구나.' 라는 안도감이 함께 뒤섞여 있었다.

폭풍과도 같은 충격이 언노운 월드 대륙 전체를 강타했다.

"피사노교가 아울 검탑을 대대적으로 급습했다며?"

"이런! 피사노교의 악마들이 노린 곳은 모레툼 교황청이 아니라 아울 검탑이었구나. 역시 그놈들은 속을 알 수가 없어."

"그나저나 악마들의 공격으로 인하여 아울 검탑이 통째로 허물어졌다며? 이걸 어쩌면 좋지?"

충격적인 이야기가 널리 퍼졌다.

뒤를 이어서 아울 검탑에서 벌어졌던 대전투에 대한 소문도 함께 돌았다.

"그렇게 걱정할 건 없다고. 시시퍼 마탑과 마르쿠제 술탑에서 제 타이밍에 나타나서 아울 검탑을 지원했다고 하더라고. 참으로 다행이지 뭐야."

"내가 듣기로는 삼대 탑이 힘을 합친 덕분에 피사노교의 악마들이 제법 큰 피해를 입었다던데? 공격은 놈들이 먼저 했는데 결국엔 백 진영의 승리였지."

"마교의 악마놈들이 순순히 물러난 것을 보면 피해가 제법 컸나 본데?"

"그랬겠지. 그렇지 않았더라면 마교의 악마들은 아울 검 탑만으로 만족하지 못하고 아울 산맥을 넘어서 대륙 중부로 밀고 들어왔을걸?"

"허어, 피사노교의 악마들을 막아내다니, 역시 삼대 탑이 대단하기는 대단하구나."

백 세력의 편을 드는 사람들은 잔뜩 흥분해서 떠들어 대었다.

반면 흑 성향의 백성들은 또 다른 점에 주목했다.

"전투의 말미에 열 번째 신인이 등장했다는 말이 사실이야?"

"사실이라더라. 목격자가 한두 명이 아니더라고."

"그동안 피사노교가 음지에서 몰래 키워온 열 번째 신인이 이번 전투를 통해서 본격적으로 데뷔를 했는데, 마치 검록의 마군을 쏙 빼어 닮았다는 소문이야."

"캬아! 역시 피사노교야."

"그러게 말이야. 단독으로 백 진영 삼대 탑을 상대하다니, 정말 멋지지 않아?"

"이그놀리 흑탑이 시시퍼 마탑에 의해 무너질 때만 해도 흑 세력이 망했구나 싶었지. 그런데 피사노교가 나서니까 역시 다르긴 다르더라고."

"당연히 피사노교는 다르지. 그 중요한 전투에서 열 번째 신인을 내세우는 전략하며, 그 신인께서 단신으로 백 진영의 강자들을 상대하는 배짱하며! 와아아, 전투 장면을 듣고 있다 보니까 나도 모르게 가슴이 벅차오르더라."

가슴을 두근거리게 만드는 이야기가 흑 진영 이곳저곳에서 들렸다.

피사노교의 교도와 사도들을 통해 시작된 열 번째 신인에 대한 이야기는 이내 대륙 전체로 퍼져나갔다.

덕분에 이탄은 의도치 않게 모든 흑 진영 전체의 주목을 받게 되었다.

아니, 그 정도를 넘어서 이탄은 모든 흑 진영의 희망이자 등불로 떠올랐다.

당연히 기존의 신인들도 열 번째 신인을 주목했다.

"대체 그가 누구냐?"

쌀라싸가 적극적으로 이탄의 정체를 캐물었다.

"어느 신인의 혈통이기에 그렇게 훌륭하게 큰 게야?"

아르비아나 싸마니야, 티스아도 이탄에게 지대한 관심을
보였다.

하지만 지금 신인들은 이탄의 뒤를 캘 여력이 없었다. 그
보다 더 급한 문제가 신인들의 발목을 잡았다.

전쟁의 말미, 갑자기 자취를 감춘 싯다가 피사노교에 폭
탄을 터뜨렸다.

Chapter 7

원래 제6신인인 싯다는 제7신인인 사브아와 함께 아울
검탑의 북쪽 일대에서 매복 중이었다.

그런데 전쟁이 끝날 때까지 두 사람 모두 모습을 드러내
지 않았다. 쌀라싸가 목청을 높여 두 신인들을 불러도 대답
이 없었다.

한데 그 이유가 전쟁 직후에 밝혀졌다.

피사노교의 도주로 전쟁이 종료된 이후, 사브아가 피투
성이인 상태로 교의 총단에 나타난 것이다.

그 자리에서 사브아는 충격적인 진실을 동료 신인들에게
알렸다.

"싯다! 그 개자식이 배신을……. 크윽. 그놈이 뒤에서 나

를 찌르고……. 끄으으윽."

그런 다음 사브아가 기절해 버렸다.

쌀라싸가 펄쩍 뛰었다.

"뭣이? 싯다가 배신을 했다고?"

"사브아, 그게 정말이더냐? 사브아, 정신 좀 차리고 좀
더 자세히 설명해봐."

아르비아는 기절한 사브아를 흔들어 깨웠다. 다른 신인
들은 사브아의 손목에 음차원의 마나를 불어넣어 주었다.

그래도 사브아는 좀처럼 정신을 차리지 못했다.

실제로 사브아의 복부에는 내장이 줄줄 튀어나올 만큼
상처가 위중했다.

또한 사브아의 상처 주변에 물들어 있는 검보라빛 기운
은 싯다가 주로 사용하는 수법이 분명했다.

"싯다, 네 이 노오옴. 설마 네놈이 우리 피사노교를 배신
한 것이더냐?"

쌀라싸가 두 주먹을 바르르 떨었다.

아르비아가 곧바로 맞장구를 쳤다.

"셋째 오라버니의 말씀이 맞아요. 백 진영 놈들이 어떻
게 우리가 아울 검탑을 칠 것을 미리 알고 대비했는지 궁금
했거든요. 아울 산맥에서 전쟁이 시작되었을 때 백 진영 놈
들은 검탑 주변에 미리 함정을 파고 기다리고 있었잖아요.

한데 이제 보니 싯다 놈의 농간이 분명해요. 놈이 배신을 때리고 우리의 계획을 백 진영 놈들에게 흘린 거라고요."

아르비아는 확신에 차서 싯다를 욕했다.

아르비아의 추측이 그럴듯하게 들렸는지 쌀라싸는 주먹으로 의자 손잡이를 쾅 내리쳤다.

"끄으으으. 싯다, 이 찢어 죽일 놈. 역시 그놈의 짓이었구나."

쌀라싸의 손짓 한 방에 청동으로 빚은 의자가 파스스 부서졌다.

쌀라싸는 의자가 가루가 되었는데도 엉덩방아를 찧지 않았다. 밑에서 투명한 기운이 받치고 있는 듯 쌀라싸는 앉은 자세 그대로 공중부양을 했다.

한편 싸마니야는 연신 바람 빠지는 소리만 내뱉었다.

"허어, 여섯째 형이 배신을 했다고? 허어어. 어떻게 그럴 수가 있지? 어떻게?"

싸마니야는 싯다의 배신이 믿어지지 않는 모양이었다.

이번 전쟁을 통해서 흑과 백 양측은 모두 큰 피해를 입었다.

좀 더 엄밀하게 분석하자면, 백 진영의 피해가 더 컸다.

시시퍼 마탑의 라웅고 부탑주는 온몸에 여덟 발의 검록

색 편린을 얻어맞았다. 이것은 한동안 병석에 드러누워야 할 정도로 위중한 중상이었다.

또한 마탑의 열두 지파장 가운데 탱커계의 지파장인 파이선과 아공간계의 지파장인 스코틀이 이탄의 손에 즉사했다.

그 밖에도 사망하거나 치명상을 입은 마법사들의 숫자가 제법 되었다.

상대적으로 마르쿠제 술탑의 피해는 경미한 편이었다.

물론 일반 술법사들 중에는 사망자가 꽤 많이 나왔다.

하지만 사천왕과 같은 술탑의 주요 전력들은 큰 피해를 입지 않았다. 그저 오고우가 오른팔을 잃고, 또 무쇠솥이 녹아버린 것이 가장 큰 피해라면 피해였다.

여기에 더해서 마르쿠제도 가장 아끼던 반지 법보를 잃어버렸다.

다만 반지 이야기는 아무에게도 알려지지 않았다. 마르쿠제가 이에 관해서 입을 꾹 다물고 있었기 때문이었다.

뭐라고 해도 가장 큰 피해를 입은 곳은 아울 검탑이었다.

실질적으로 아울 검탑을 이끌고 있던 아울4검이 쌀라싸와 싸우다가 팔다리를 모두 잃었다. 백 진영 최고의 여성 검수로 명성을 떨치던 아울13검이 이탄과 싸우다가 한 줌의 물로 녹아버린 것도 아울 검탑 입장에서는 큰 피해였다.

또한 아울15검, 아울30검, 아울31검 등 상위 서열의 검수들도 이번 전쟁으로 인하여 목숨을 잃었다.

아울 검탑은 총 99명의 검수들 가운데 24명이나 사망했다. 치명상을 입어서 더 이상 손에 검을 쥘 수 없는 검수들까지 포함하면 40명가량의 손실을 보았다.

결과적으로는 아울 검탑의 전력 가운데 거의 40퍼센트가 날아간 셈이었다.

여기에 죽은 도제생들의 숫자까지 모두 합치면 사망자 명단에 이름을 올린 자들은 수백 명이 훌쩍 넘었다.

엎친 데 덮친 격으로, 아울 검탑은 본거지마저 잃었다. 구도자들이 머물던 탑 자체가 와르르 허물어지면서 검탑의 검수들은 하루아침에 집 잃은 신세로 전락했다.

백 진영의 삼대 탑이 입은 피해에 비하면 피사노교의 피해는 상대적으로 봐줄 만했다.

물론 피사노교의 제7신인인 사브아가 치명상을 입었다. 제6신인인 싯다는 배신을 때리고는 잠적했다.

이상 두 사건을 제외하면, 피사노교의 나머지 신인들은 모두 무사했다.

대신 피사노교의 사도들은 꽤 많이 죽었다. 특히 전투에 앞장섰던 호교사도나 교리사도들 수백 명이 사망한 것은 결코 무시할 수 없는 피해였다.

사망자 명단에는 한때 싸마니야의 총애를 받던 소리샤도

포함되었다.

사도들 수백 명이 죽어나갈 동안, 일반 교도들은 거의 10,000명 이상 죽었다. 사망자를 대충만 집계해도 그만큼은 되었다.

더불어서 피사노교가 자랑하던 마도전함도 여러 기 추락했다.

하지만 피사노교는 잃은 것 이상으로 얻은 바도 컸다.

열 번째 신인의 탄생!

이 어마어마한 호재로 인하여 피사노교의 사기는 저하되지 않았다. 오히려 하늘을 찌를 듯이 치솟았다.

다만 교의 수뇌부들은 열 번째 신인의 탄생을 아직까지 인정할 수 없었다.

설령 수뇌부들이 열 번째 신인을 인정한다고 하더라도 그게 마냥 기뻐할 일인지는 알기가 힘들었다.

우선 피사노교의 수뇌부들은 도대체 그 열 번째 신인이 누구인지 찾을 수가 없었다. 전쟁 직후, 이탄이 신비롭게 자취를 감춘 탓이었다.

또한 교의 수뇌부들은 배신자 싯다 때문에 골치가 아파서 당분간 다른 일에 신경을 쓸 겨를이 없었다.

Chapter 8

싯다가 교를 배신했다는 이야기는 일단 극비에 부쳐졌다.

피사노교에서 신인의 지위는 '검은 드래곤의 축복을 받아서 탄생한 살아있는 신' 그 자체였다.

이것은 피사노교의 경전 1장 2절에 명시된 내용이기도 했다.

그런데 신인이 백 진영에 투항하여 교를 배신했다?

이것은 도저히 있을 수 없는 사건이었다.

만약에 이 충격적인 사실이 일반 교도들에게 알려진다고 상상해 보라. 그럼 교도들은 신인의 절대성을 부정할 것이다. 교도과 사도들이 가지고 있는 굳건한 신앙이 뿌리째 흔들리게 될 것이다.

피사노교의 신인들은 바로 이 점을 두려워했다. 그래서 그들은 싯다의 배신을 꽁꽁 숨긴 채 남몰래 뒤처리를 하려고 들었다.

그러다 보니 일이 복잡해졌다.

"싯다가 배신을 했지 않습니까. 그러니 당연히 배신자 놈의 혈육들을 붙잡아서 물고를 내야죠. 싯다의 혈족들 사이에도 얼마든지 썩은 종자가 섞여 있을 것 아닌가요?"

성정이 포악한 아르비아는 이참에 싯다의 혈육들을 붙잡아서 모조리 도륙을 내버리자고 주장했다.

쌀라싸도 원칙적으로는 아르비아의 주장에 동의했다. 하지만 그것을 실행에 옮길 수는 없었다.

쌀라싸가 아르비아에게 물었다.

"대체 무슨 명분으로 그 짓을 한단 말인가? 싯다의 죄목을 밝히지도 않은 채 그의 혈육들을 모두 붙잡아서 고문하자고? 그럼 교도들이 어떻게 생각하겠나? 쯧쯧쯧."

"그건!"

아르비아는 말문이 막혔다.

지금 싯다는 사브아와 함께 백 진영과 치열하게 전쟁을 벌이다가 큰 부상을 입은 것으로 공표되었다.

이런 상황에서 다른 신인들이 싯다의 혈육들을 처단한다고? 이것은 자칫 잘못하면 피사노교의 내분으로 비치기 딱 좋은 일이었다.

"하아, 미치겠네."

아르비아는 머리카락만 벅벅 긁었다.

쌀라싸가 상황을 간명하게 정리했다.

"싯다의 혈육들은 당분간 건드려선 안 돼."

"끄응."

다른 신인들이 분통을 터뜨렸다.

쌀라싸도 속이 터지기는 마찬가지였다.

"그렇다고 그놈들을 그냥 내버려 둘 수도 없지. 배신자의 씨앗들 중에도 배신자가 분명히 있을 테니까 말이야. 그래서 말인데, 다섯째 아우."

쌀라싸는 캄사를 돌아보았다.

"말씀하십시오, 셋째 형님."

머리에 터번을 쓴 캄사가 쌀라싸를 향해서 고개를 살짝 숙였다.

쌀라싸가 천천히 혀를 놀렸다.

"다섯째 아우의 혈육들이 잠입과 감시에 능하다지? 아우가 책임을 지고 싯다의 혈육들을 감시하시게. 혹시라도 수상한 행동을 하는 놈이 있으면 즉각 잡아들이시고."

"네, 형님."

캄사가 공손히 대답했다.

이어서 쌀라싸는 티스아에게 눈을 돌렸다.

"막내에게도 부탁할 것이 있네."

"말씀하십시오."

티스아가 가벼운 목례와 함께 쌀라싸의 말을 경청했다.

한데 쌀라싸가 티스아에게 주문한 것은 의외의 내용이었다.

"엊그제 우리 피사노교는 아울 검탑을 전격적으로 공격

했다가 전세가 여의치 않아 한 발 뒤로 물러섰지. 흘흘. 결국엔 그 전쟁은 무승부로 끝나고 말았어. 흘흘흘. 아우들은 어떨지 몰라도 내 입장에서는 이번 무승부가 무척 치욕스럽다네."

쌀라싸는 차분하게 혀를 놀렸다.

"크으음."

몇몇 신인들이 짧게 신음했다.

쌀라싸가 말을 이었다.

"거꾸로 백 진영 놈들은 어쩌면 지금쯤 기고만장해 있을지도 모르겠네. 어쨌건 간에 놈들은 우리 피사노교의 진격을 막아낸 셈이니까. 흘흘흘."

"……."

싸마니야를 비롯한 모든 신인들의 얼굴 근육이 딱딱하게 경직되었다.

신인들은 마음속으로는 쌀라싸의 말에 동의했다. 이번 전쟁은 확실히 신인들에게는 오점이자 수치였다. 상대가 백 진영의 최강이라 불리는 삼대 탑이건 뭐간 간에, 피사노교의 신인들이 대거 출전했는데도 불구하고 승리를 거두지 못하고 전쟁터에서 물러섰다는 점은 크나큰 망신이었다.

쌀라싸가 티스아를 손가락으로 지목했다.

"흘흘흘. 그래서 나는 이번 전쟁을 이대로 덮어둘 수 없다네. 어떻게든 마무리를 잘 지어서 땅에 떨어진 우리의 체면을 회복해야지. 그래서 말인데, 막내가 한 번 더 출전해주게. 곧바로 치고 나가서 모레툼 교황청을 털어버리란 말이지."

"모레툼 교황청을 말입니까?"

티스아가 눈을 동그랗게 떴다.

다른 신인들도 흠칫했다.

쌀라싸가 빙그레 웃으며 손가락 2개를 폈다.

"거기에는 두 가지 이유가 있다네. 내 말을 한번 들어보겠는가?"

"말씀하십시오."

티스아가 궁금하다는 듯이 물었다.

쌀라싸는 손가락 하나를 접었다.

"첫째, 우리 신인들에게는 헛된 말이 없어야 한다네. 그래야 우리의 말에 힘이 실리거든. 한데 우리가 전쟁 전에 뭐라고 선포했는가? 이그놀리 흑탑의 복수를 하겠노라고 했지? 그러면서 우리는 은근히 모레툼 교단을 겨냥했었더랬지. 흘흘흘. 그러니까 실제로도 모레툼 교황청을 한 번 후려쳐줘야 하는 게야. 그럼 우리의 주된 목표는 어디까지나 모레툼 교단이었던 것이 되고, 아울 검탑을 공략한 일은 자연스럽게 전략의 일부분으로 축소된다는 말이지. 흘흘흘."

원래 쌀라싸는 모레툼 교황청을 노리는 척하면서 아울 검탑을 공격했다.

한데 그 공격이 무승부로 돌아갔다.

말이 무승부지 열 번째 신인이라 칭송받는 자의 도움이 아니었다면 피사노교의 패퇴로 끝날 뻔했다.

이에 치욕을 느낀 쌀라싸는 원래 목표였던 모레툼 교황 청에 티스아를 전격 투입하여 초토화시킨 다음, 그것으로 승리를 퉁치려고 마음먹었다.

Chapter 9

만약 쌀라싸의 계획이 먹혀든다면?

그럼 이틀 전에 아울 검탑에서 발생한 무승부는 피사노 교가 모레툼 교황청을 상대로 승리를 거두기 위해서 던진 견제공격 정도로만 취급받을 것이다.

"옳거니! 셋째 형님께서 제시하신 방법이 명쾌한 해법인 것 같습니다."

싸마니야가 손뼉을 쳤다.

싸마니야는 쌀라싸의 속마음을 한눈에 짚었다.

쌀라싸가 싸마니야를 향해서 히죽 웃었다. 그리곤 두 번째 손가락을 접었다.

"흘흘흘. 두 번째 이유는 막내의 공격이 곧잘 먹혀들 것 같아서라네. 지금쯤 모레툼 교황청을 지원하기 위해서 몰려들었던 백 진영의 지원세력들은 뿔뿔이 해산했을 게야. 우리가 아울 검탑을 공격한 그 순간, 백 진영 놈들은 다들 속았다며 모레툼 교황청을 떠났겠지. 또한 모레툼 교단 녀석들도 자신들이 공격 목표가 아니라는 사실을 깨닫고는 경계가 느슨해졌을 터! 바로 이 타이밍을 노려서 티스아가 쳐들어가면 손쉽게 모레툼 교단 녀석들을 혼내줄 수가 있겠지. 흘흘흘흘."

쌀라싸는 머리가 비상했다. 쌀라싸의 말대로 지금 모레툼 교황청은 경계가 느슨하게 풀린 상황이었다.

바로 이 타이밍에 티스아가 모레툼 교황청으로 쳐들어간다면?

아마도 티스아는 손쉽게 승리를 따낼 수 있을 것이었다.

아르비아가 쌀라싸를 향해서 엄지를 치켜세웠다.

"야아, 역시 셋째 오라버니는 대단하세요. 어떻게 그런 생각을 하셨나요?"

"저도 정말 감탄했습니다."

캄사도 쌀라싸의 전략에 혀를 내둘렀다.

다른 신인들도 쌀라싸의 교묘한 머리 회전에 감탄하기는 마찬가지였다.

"알겠습니다. 곧바로 출전을 준비하겠습니다."

티스아는 피를 볼 생각에 흥분을 했는지 자리에서 벌떡 일어났다.

쌀라싸가 재빨리 싸마니야에게 고개를 돌렸다.

"여덟째 아우."

"쌀라싸 님, 말씀하십시오."

싸마니야가 굵은 목소리로 대답했다.

쌀라싸는 이탄을 거론했다.

"여덟째 아우의 혈육 가운데 똘똘한 아이가 있다지? 지금 백 진영 심층부에 침투해 있다는 아이 말이야."

"쿠퍼 말씀이십니까?"

싸마니야가 되물었다.

쌀라싸가 고개를 주억거렸다.

"그래. 아우는 그 아이를 티스아에게 붙여주게. 이번에도 무승부가 나면 곤란하지 않은가. 티스아에게 아우가 측면 지원을 해주게."

"그리하겠습니다."

싸마니야가 냉큼 대답했다.

싸마니야는 마음속으로 '이번 임무는 쿠퍼가 공을 세우

기에 딱 좋은 미션이구나.' 라고 생각했다. 그래서 기꺼이 쌀라싸의 뜻을 따랐다.

티스아가 끼어들었다.

"여덟째 오라버니, 쿠퍼에게 미리 마음의 준비를 하라고 일러두세요. 빠른 시일 내에 제가 모레툼 교황청을 공략할 준비를 마치고 그 아이에게 직접 연락할 테니까요."

"그러마. 내가 미리 쿠퍼에게 언질을 주마. 쿠퍼는 영특한 아이이니 부디 이번 기회에 그 아이를 잘 써먹도록 하여라."

싸마니야는 티스아에게 적극적으로 협력할 의사를 비쳤다.

쌀라싸와 아르비아가 흐뭇한 표정으로 그 모습을 바라보았다.

마지막으로 쌀라싸는 아르비아에게도 임무를 주었다.

"넷째는 그 소문에 대해서 조사 좀 해주시게."

"소문이요?"

아르비아가 눈을 동그랗게 떴다.

쌀라싸가 헤죽 웃었다.

"거 있지 않은가. 열 번째 신인이 탄생했다는 소문 말일세. 흘흘흘흘. 만약 그 소문이 사실이라면 참으로 경축할 일이 아니던가. 물론 그를 신인으로 인정할지 말지는 우리가 정해야 하겠지만 말일세. 흘흘흘흘."

쌀라싸는 속을 알 수 없는 표정으로 이렇게 중얼거렸다.

"아!"

아르비아의 얼굴에 기대와 우려가 동시에 나타나 서로 교차했다.

만약에 피사노교에 열 번째 신인이 탄생한 것이 사실이라면, 이는 교 입장에서는 크나큰 경사였다.

문제는 교도들과 사도들이 이 열 번째 신인에게 미친 듯이 열광한다는 점이었다. 지금 피사노교 내부에서 스멀스멀 퍼져나가는 열기의 수준은, 지난 세기의 교도들이 제1신인 와힛이나 제2신인 이쓰낸에게 보냈던 열광과도 엇비슷할 정도였다.

'기존의 다른 신인들과는 비교도 할 수 없을 정도로 광적인 열광을 받는 신인이 탄생한다고? 허어, 참.'

아르비아가 입맛을 다셨다.

아르비아는 이번 사태가 순수하게 기뻐해야 할 일인지, 아니면 경계해야 할 일인지 판단이 서지 않았다.

머리가 복잡한 사람은 아르비아뿐만이 아니었다. 캄사를 비롯한 다른 신인들도 표정들이 애매했다.

지난밤, 싸마니야가 예고도 없이 네트워크를 연결했다.

싸마니야가 이탄을 찾은 목적은 피사노교 수뇌부의 결정 사항을 이탄에게 미리 귀띔해주기 위함이었다.

싸마니야의 이야기를 듣는 순간, 이탄은 표정이 딱딱하게 굳었다.

'커허, 피사노교에서 끝내 모레툼 교황청을 공격한다고? 그런 다음 교황청을 상대로 대승을 거두어서 지난 전투에서 당했던 망신을 없던 일로 만들려 한다고? 역시 쌀라싸는 잔머리가 보통이 아니구나.'

이탄은 쌀라싸의 전략적 판단에 감탄했다.

그와 별개로 이탄은 마음이 심란했다.

'하아아. 또 다시 줄타기를 해야 하나? 모레툼 교황청과 피사노교 사이에서 또 외줄타기를 해야 하느냐고.'

모레툼 교황청은 이미 이탄이 점찍어 놓은 먹잇감이었다. 그러므로 이탄은 모레툼 교황청이 망하도록 내버려 둘 수 없었다.

그렇다고 이탄이 티스아를 막아서는 것도 곤란했다. 싸마니야가 지난밤에 콕 찍어서 남긴 조언 때문이었다.

Chapter 10

지난 밤, 피사노 싸마니야는 이탄에게 다음과 같은 말을 남겼다.

⊗ [피사노 싸마니야] 내 아들 쿠퍼야, 너에게 귀 띔해 줄 것이 하나 더 있구나.

⊗ [쿠퍼] 말씀하십시오.

⊗ [피사노 싸마니야] 나의 셋째 형님이신 쌀라싸 님께서는 이번 모레툼 교황청의 공격을 기회로 삼아 교도들의 사기를 고양시키고자 하느니라. 그래서 티스아의 곁에 몇몇 특수한 능력을 가진 사도들을 붙여주었어. 그 사도들이 전쟁터에서 벌어지는 모든 장면들을 영상으로 만들어 교도들에게 생중계를 할 예정이니라.

⊗ [쿠퍼] 아!

⊗ [피사노 싸마니야] 그러니 이 기회를 절대 놓치지 말거라. 아비는 네가 이번 전쟁에 직접 참여하여 공을 세우기를 바란단다. 그것을 계기로 아비는 너를 냄새 나는 양떼 사이에서 빼내어 교의 총단으로 끌어올리고자 계획하였다. 이 아비도 생중계를 통해서 너의 활약을 유심히 지켜볼 요량이니, 너는 부디 너의 실력을 오롯이 드러내어라.

이상이 싸마니야가 이탄에게 전한 조언이었다.

이탄은 속이 바짝 타들어 갔다.

'캬악, 뭐라고? 영상 생중계를 통해서 내 활약을 모두 지켜보겠다고? 싸마니야 님을 포함해서 피사노교의 전 교도들이 모두 다? 캬아악! 미친 거 아냐?'

세상에 외통수도 이런 외통수가 없었다.

지금까지 이탄은 모레툼의 뜻을 충실히 받들어 세상 그 무엇보다도 실리를 중요하게 생각하며 살아왔다.

이탄은 그 가치관에 따라서 명확하게 백 진영의 편을 들지도 않고, 그렇다고 완전히 피사노교의 편에 서지도 않았다. 이탄은 양 진영 사이에서 아슬아슬하게 줄타기를 하면서 이기적일 정도로 자신만의 실리를 추구했다.

한데 싸마니야의 말 한 마디로 인하여 이탄의 박쥐 같은 행동이 막혔다. 이번에 이탄은 꼼짝없이 피사노교의 편에 서서 모레툼 교황청을 공격할 수밖에 없었다.

"아우, 젠장. 뭐가 자꾸 이렇게 꼬이지?"

이탄은 머리를 벅벅 긁었다.

사실 일이 꼬이는 근본 원인은 하나였다. 이탄이 양손에 케이크를 쥐고서 둘 다 놓지 않으려고 욕심을 부리는 탓에 일이 꼬이는 것이었다.

이탄도 이 점을 잘 알았다.

그럼에도 이탄은 어느 한쪽도 포기하고 싶지 않았다.

"뭔가 묘수가 있을 거야. 흑과 백 양쪽 모두 포기하지 않을 방도가 있을 거라고."

이탄은 입술을 꾹 깨물었다.

그때부터 이탄은 자신의 모든 권능을 동원하여 언도운 월드를 넓게 스캔했다.

그렇게 이탄이 밤을 꼬박 새우고 새벽이 되었을 무렵이었다. 10월 5일 새벽녘, 드디어 이탄이 기다리던 연락이 왔다.

　∞ [피사노 티스아] 네가 쿠퍼냐?

이탄의 망막에 티스아가 보낸 대화가 찍혔다.

이탄은 잡념을 떨쳐내어 마음을 가다듬은 다음, 공손히 대답했다.

　∞ [쿠퍼] 검은 드래곤의 아들 쿠퍼가 피사노 티스아 님을 뵙습니다.

　∞ [피사노 티스아] 오냐. 여덟째 오라버니로부터 이미 대략적인 이야기는 들었을 것으로 안다.

　∞ [쿠퍼] 자세한 내용은 듣지 못했습니다. 싸마니야 님께서는 그저 저에게 티스아 님의 명령을 충심으로 받들라 명하셨을 뿐입니다.

⊗ [피사노 티스아] 호호호. 역시 여덟째 오라버
니는 입이 무겁구나.

티스아는 기꺼운 마음으로 이탄에게 상세한 설명을 해주
었다.

이탄은 이미 다 아는 내용이지만 처음 듣는 이야기인 것
처럼 티스아의 설명을 경청했다. 그리곤 상대에게 확인하
듯 되물었다.

⊗ [쿠퍼] 하오면 티스아 님. 교에서는 조만간 모
레툼 교황청을 공격할 요량이십니까?
⊗ [피사노 티스아] 맞다. 내가 놈들의 교황청에
나타나 전격적인 포화를 퍼부을 예정이니라.

티스아는 순순히 대답해주었다.

이 대목에서 이탄은 침을 한 번 꿀꺽 삼켰다. 그런 다음
밤새 생각해 두었던 말을 꺼내들었다.

⊗ [쿠퍼] 티스아 님, 제가 감히 하나만 더 여쭈어
도 되겠습니까?
⊗ [피사노 티스아] 뭐냐? 말해 보아라.

∞ [쿠퍼] 혹시 모레툼 교황청이 지금 빈껍데기만 남았다는 사실은 알고 계십니까?

　∞ [피사노 티스아] 응? 빈껍데기라니? 그게 무슨 소리야?

의외의 이야기에 티스아가 이맛살을 찌푸렸다. 이탄은 차분하게 앞뒤 사정을 털어놓았다.

　∞ [쿠퍼] 본래 모레툼 교단의 당대 교황은 비크라는 자입니다. 모든 백 세력 녀석들이 다 그러하듯이 비크는 몸집이 왜소하고 쥐새끼 같은 놈이지요.

이탄이 백 세력의 수뇌부들을 싸잡아서 깎아내리자 티스아의 입가에 미소가 걸렸다.

　∞ [피사노 티스아] 호호호. 네 말이 맞다. 백 세력 녀석들은 다 쥐새끼 같지. 그런데? 네가 하고 싶은 말이 무엇이냐?

　∞ [쿠퍼] 최근 모레툼 교단에 분열이 일어나서 비크 교황이 쫓겨났습니다. 제가 속한 은화 반 닢

기사단도 비크를 따라서 교황청을 떠난 상태이고요. 또한 모레툼 교단의 삼대 무력 가운데 하나인 수호 기사단도 도미니코 추기경이라는 자를 따라서 교황청을 떠나버렸습니다. 따라서 지금 교황청에는 레오니 추기경을 따르는 일부 무리와 추심 기사단만이 남아 있을 뿐입니다.

◎ [피사노 티스아] 흐으음. 그래?

티스아는 가만히 기억을 더듬어 보았다.

'아, 맞다.'

티스아가 곰곰이 생각해 보니 최근 모레툼 교황청에서 쿠테타가 벌어졌다는 첩보를 들은 기억이 났다.

사실 그 첩보 보고서를 작성한 자는 다름 아닌 이탄이었다. 그러니 티스아는 이탄이 떠드는 대로 믿을 수밖에 없었다.

제2화
피사노교의 반격 I

Chapter 1

이탄이 열심히 혀를 놀렸다.

  ⎈ [쿠퍼] 그런데 티스아 님. 제가 백 진영의 첩자 노릇을 하면서 캐낸 정보에 따르면, 비크와 도미니코는 서로 손을 잡은 상태입니다. 레오니 추기경을 쫓아내고 다시 권력을 되찾겠다는 게 그들의 연합 목적이랍니다.

  ⎈ [피사노 티스아] 흐으으음. 그래서?

  ⎈ [쿠퍼] 요점만 정리해서 다시 말씀드리겠습니다. 현재 탄핵을 당한 비크 교황과 도미니코 추기

경이 여전히 모레툼 교단의 실권을 쥐고 있습니다. 교단의 삼대 무력 가운데 2개인 은화 반 닢 기사단과 수호 기사단을 그들이 꼭 쥐고 있지요. 그에 비해서 교황청을 장악한 레오니에게는 삼대 무력 가운데 하나인 추심 기사단만 있을 뿐입니다.

⊗ [피사노 티스아] 그러니까 뭐냐? 지금 모레툼 교황청을 쳐봤자 빈껍데기일 뿐이다? 이 말이냐?

티스아가 심각한 표정으로 물었다.
이탄은 자리에서 벌떡 일어나더니 열렬한 마음을 담아서 고해바쳤다.

⊗ [쿠퍼] 위대하신 신인이시여, 이번 전쟁이 어떤 전쟁입니까?
⊗ [피사노 티스아] 응?
⊗ [쿠퍼] 위대하신 신인께서 친림을 하신다는 것 자체만으로도 이번 전쟁은 성전이 아니옵니까?
⊗ [피사노 티스아] 으으응?

티스아는 성전, 즉 성스러운 전쟁이라는 단어에 필이 꽂혔다.

게다가 네트워크를 통해서 찍히는 글만 보더라도 이탄의 구구절절한 충성심과 열의가 느껴졌다. 티스아는 홀린 듯이 이탄의 이야기에 빠져들었다.

이탄이 열변을 토했다.

∘ [쿠퍼] 저는 위대하신 신인께서 친림하시는 성전이 더럽혀지는 것을 차마 참지 못하겠나이다.

∘ [피사노 티스아] 허어.

∘ [쿠퍼] 위대한 성전의 대상이 반쪽짜리 교단도 아니고, 빈껍데기에 불과하다니요? 이게 말이 됩니까? 그렇다면 위대하신 신인께서 거두신 성전의 승리도 자연히 빛이 바래는 것 아닙니까?

∘ [피사노 티스아] 그건 그렇지.

∘ [쿠퍼] 신인께서 한번 상상해 보시옵소서. 만약에 그런 일이 벌어진다면 주변에서 뭐라고 수군거리겠나이까? 신인께서 승리를 거두셨는데, 그 승리가 하찮은 빈껍데기를 대상으로 쉽게 얻은 것이라면 이 얼마나 불명예스러운 일이겠습니까? 저는 차마 그 꼴을 볼 수가 없사옵니다.

∘ [피사노 티스아] 크윽! 맞아. 그럴 수는 없지. 이 진격의 티스아가 친히 나서는 전쟁이다. 네 말

대로 이것은 성스러운 전쟁이란 말이다. 그런데 성전의 상대가 모레툼 교황청이 아니라 한낱 허수아비 추기경 따위라니? 세상에 그런 일은 있을 수가 없어. 이건 나에 대한 모독이야. 모독!

티스아가 버럭 화를 내었다.

이탄이 바라던 대로였다. 이탄은 내친 김에 티스아를 좀 더 부추겼다.

⊗ [쿠퍼] 하여 제가 급하게 은화 반 닢 기사단에게 연락을 했습니다. 그리하여 저는 진짜 비크 교황이 머무는 장소를 알아냈사옵니다.

⊗ [피사노 티스아] 오올?

⊗ [쿠퍼] 지금 그곳에는 비크 교황뿐 아니라 도미니코 추기경과 수호 기사단도 함께 있습니다.

⊗ [피사노 티스아] 허어, 그새 그런 정보를 알아냈다고?

⊗ [쿠퍼] 그렇사옵니다. 위대한 신인이시여! 진격의 티스아라 불리시는 명예로운 분이시여! 한 번 생각해 보소서. 신인께서 머무시는 곳이 곧 신전이듯이, 비크 교황과 그의 주력 부대가 머무는 곳이

곧 모레툼 교황청이 아니겠습니까?

티스아가 이탄의 웅변을 중간에 끊었다.

◎ [피사노 티스아] 자, 잠깐만. 너 지금 뭐라고 했
니?
◎ [쿠퍼] 네? 저는 조금 전에 비크 교황이 머무는
곳이 곧 모레툼 교황청이라고 아뢰었습니다.

이탄이 고개를 갸웃한 다음, 했던 말을 되풀이했다.
티스아가 머리를 좌우로 흔들었다.

◎ [피사노 티스아] 아니, 그거 말고. 그 전에 뭐라
고 했느냐고.
◎ [쿠퍼] 아아! 저는 티스아 님을 일컬어서 위대
한 신인, 그리고 진격의 티스아라 불리시는 명예로
운 분이시라고 표현했습니다.
◎ [피사노 티스아] 어쩜! 그 표현이 귀에 쏙 박히
네. '진격의 티스아라 불리는 명예로운 분'이라고?
'진격의 티스아라 불리는 명예로운 분'이란 말이지.

티스아는 이탄이 언급한 미사여구를 몇 번이고 혀에서
굴린 다음 깔깔거리며 웃었다.

　∞ [피사노 티스아] 호호호호. 너는 어쩜 그렇게
좋은 단어를 쑥쑥 뽑아내니? 내 혈족들이 수두룩하
건만 걔들 중에는 그런 말을 해주는 녀석이 한 명
도 없단다. 하아. 이게 다 내가 자식 복이 없는 거
지. 하아아.

티스아가 자신의 박복함을 한탄했다.

이탄은 속으로 '이거 티스아도 은근히 푼수 기질이 있
네.'라고 중얼거렸다. 물론 이탄은 이러한 속마음이 네트
워크에 드러나지 않도록 마음을 둘로 나눴다.

Chapter 2

티스아가 한결 부드러운 표정으로 손을 휘휘 저었다.

　∞ [피사노 티스아] 그래서, 계속 말해봐라.
　∞ [쿠퍼] 넵. 위대한 신인이자 진격의 티스아라

불리시는 명예로운 분께서는 조만간 모레툼 교황청을 상대로 전쟁을 선포하실 것으로 압니다.

∞ [피사노 티스아] 그렇지.

∞ [쿠퍼] 그때 명예로우신 분께서 검은 드래곤의 이름으로 선포하시기를, "모레툼 교황청을 무너뜨려 이를 전 대륙에 본보기로 삼으려 한다."라고 말씀하실 것 아니옵니까?

∞ [피사노 티스아] 오오오! 그 표현도 괜찮네. 모레툼 교황청을 무너뜨려 이를 전 대륙에 본보기로 삼으려 한다. 오오오! 괜찮아. 쓸 만해.

티스아가 중간에 또 끼어들었다.

이탄이 이야기를 나눠보면 볼수록 티스아는 점점 더 푼수끼를 드러내었다.

'하! 자꾸 내 말을 끊지 말라고. 이 여편네야.'

이탄은 속으로 티스아에게 한 소리를 퍼부은 다음, 열변을 이어갔다.

∞ [쿠퍼] 한데 그런 선포를 하신 이후가 더 중요한 것 아니겠습니까? 신인께서는 말과 행동이 일치한다고 알고 있습니다. 그런데 티스아 님께서 가슴

이 웅장해지는 선포를 하신 뒤 막상 빈껍데기만 무너뜨리면 신인의 명예가 어찌 되겠습니까? 빈껍데기뿐인 모레툼 교황청을 무너뜨린다고 한들 거기에 무슨 영광이 있겠습니까? 이것은 진격의 티스아 님께는 오로지 불명예가 될 뿐입니다.

⊗ [피사노 티스아] 크악. 안 되지. 진격의 티스아라 불리는 명예로운 내가 불명예를 떠안다니, 그건 절대로 안 돼.

티스아가 입에서 불을 토했다.

이탄은 활활 타오르는 티스아의 분노에 기름을 끼얹었다.

⊗ [쿠퍼] 게다가 이런 일이 벌어질 것을 한번 상상해 보시옵소서.

⊗ [피사노 티스아] 어떤 일 말이냐?

⊗ [쿠퍼] 티스아 님의 주도로 전쟁이 종료된 직후, 비크 교황이 떡 하고 나타나 우매한 백성들을 현혹하는 겁니다. "우리 모레툼 교황청은 무너지지 않았다. 교황인 내가 여기에 멀쩡히 있는데 무슨 교황청이 무너져? 피사노교는 거짓말을 한 거

다. 피사노교의 신인인 티스아는 교황인 내가 무서
워서 내 앞에는 나타난 적도 없는 겁쟁이다." 만약
에 비크 그 쥐새끼가 이렇게 주장하면 우매한 백성
들이 그 말에 꼴딱 속을 것 아니옵니까?

　　◎ [피사노 티스아] 크아악! 안 돼! 안 돼! 만약에
그런 일이 벌어진다면 내가 비크 그 쥐새끼를 찢어
죽여 버릴 거야. 그놈의 심장과 간을 꺼내서 씹어
먹을 거라고. 크아아악! 명예로워야 할 이 티스아가
겁쟁이라 불린다니? 전쟁을 이겨놓고도 그런 개소
리를 들어야 한다니! 세상에 이런 병신 같은 일이
어떻게 있을 수가 있어?

　티스아가 활활 타올랐다. 티스아는 아예 이성을 상실한
채 펄쩍펄쩍 뛰었다.

　티스아가 곰곰이 생각해 보니 이탄의 말은 충분히 설득
력이 있었다.

　'내가 아무리 모레툼 교황청을 무너뜨렸다고 주장한들,
비크 교황이 멀쩡히 살아 있으면 아무런 소용이 없지. 쿠퍼
의 충언이 옳아. 비크의 목을 따야 해. 그래야 비로소 모레
툼 교황청을 응징한 게 되는 거야.'

　생각하면 생각할수록 이탄의 말이 옳았다.

이탄이 티스아를 다독거렸다.

⊗ [쿠퍼] 신인께서는 아무런 걱정 마십시오. 조금 전에 말씀드렸다시피 제가 이미 비크 교황의 거처를 알아냈나이다. 그곳에는 비크와 도미니코, 그리고 모레툼 교단의 무력들이 몽땅 모여 있나이다.

⊗ [피사노 티스아] 오오, 맞다.

⊗ [쿠퍼] 그러니 명예로우신 신인께서는 그들을 쳐서 징벌하소서. 그런 다음 만천하에 당당히 성전의 승리를 알리소서. 그러면 우매한 백성들은 "진격의 티스아께서 모레툼 교단의 교황을 응징하셨구나."라고 올바른 정보를 알게 될 것이옵니다.

⊗ [피사노 티스아] 오오오! 얘, 그 표현도 좋구나. 쿠퍼야. 여덟째 오라버니께서 요새 종종 너를 칭찬하던데, 이제야 그 이유를 알겠구나. 너는 애가 참 똘똘한데다가 하는 말마다 마음에 쏙 든다. 나중에 총단에 들어오거든 우리 한번 보자.

티스아는 딱딱하던 처음과 달리 이탄을 무척 친근하게 대했다.

하긴, 평생 연무장에 처박혀서 검 한 자루만 보면서 살아온 여인이 티스아였다. 비록 티스아의 무력은 강할지 몰라도 사회 경험이 많지는 않았다.

그에 비하면 이탄은 어떠한가.

이탄은 온갖 세파에 시달리면서, 온갖 계층의 사람들을 신도로 꾀면서 살아온(?) 언데드였다. 이탄의 단련된 혀 놀림을 티스아가 당해낼 재간이 없었다.

거기에 더해서 이탄은 티스아의 마음에 결정타를 쾅! 날렸다.

⊛ [쿠퍼] 위대한 신인이시여, 세상에서 둘도 없이 명예로우신 분이시여. 저는 위대하신 분을 하루 빨리 뵙고 싶어서 싸마니야 님께 청하였나이다.

⊛ [피사노 티스아] 응? 뭘 청했는데?

⊛ [쿠퍼] 이번 성전에 저도 참여하게 해달라고 싸마니야 님께 청하였나이다. 위대한 신인이신 티스아 님을 직접 이 눈으로 뵙고 싶어서, 티스아 님께서 이번 성전을 승리로 이끄시는 명예로운 장면을 저의 두 눈에 콱 담아두고 싶어서, 싸마니야 님께 간곡히 청하였나이다.

⊛ [피사노 티스아] 어엉?

의외의 말에 티스아가 눈을 동그랗게 떴다.

이탄이 절절히 끓는 심정을 문장에 담아 티스아에게 전했다.

> ◎ [쿠퍼] 하오니 부디 신인께서도 저의 참전을
> 허락하여 주시옵소서. 더러운 양떼 사이에 뒹구느
> 라 더럽혀진 저의 이 썩은 눈이 티스아 님을 알현
> 함으로써 다시 깨끗해질 수 있도록 저의 참전을 허
> 락하여 주시옵소서.
> ◎ [피사노 티스아] !!!

티스아는 숨이 콱 막혔다. 티스아의 심장이 갑자기 두근두근 뛰었다.

티스아는 오래 전에 싸마니야가 자신의 혈육 가운데 한명을 백 진영에 침투시켜 놓았다는 사실을 알고 있었다.

싸마니야의 안배 덕분에 그동안 피사노교에서는 백 진영의 중요한 정보를 많이 캐내기도 하였다.

'한데 막상 쿠퍼는 더러운 양떼 사이에서 이토록 괴로워하였구나. 말도 예쁘게 하는 이 착한 아이가 눈이 썩을 만큼 힘들어하였어. 아아아, 불쌍하여라.'

진격의 티스아, 혹은 철혈의 마녀라 불리는 그녀의 눈시

울이 어느새 붉어졌다.

Chapter 3

이탄이 네트워크를 통해서 한 번 더 애끓는 마음을 드러
내었다.

　◎ [쿠퍼] 티스아 님, 부디 저의 참전을 허락하여
　주시옵소서.

티스아는 당연히 허락할 수밖에 없었다.

　◎ [피사노 티스아] 오냐. 쿠퍼, 너는 충분히 참전
　할 자격이 있느니라. 너는 내가 일으킬 성전에 참
　여할 자격이 충분해.

네트워크라서 겉으로 드러나지는 않았으나 티스아의 목
소리가 가늘게 떨려 나왔다.
그 즉시 이탄은 감격한 듯 소리쳤다.

◎ [쿠퍼] 오오오! 위대한 분이시여. 오오오! 명예로운 티스아시여. 감사합니다. 감사하옵니다. 우흐흑.

끝내 이탄이 울음을 터뜨렸다.

물론 이 울음은 거짓 시늉에 불과했다.

하지만 티스아는 이탄의 울음을 진짜로 알았다. 피사노교의 네트워크는 서로의 목소리를 주고받는 것이 아니라 문자만 나누는 것이기에 티스아가 그것만 보고서 이탄의 울음의 진위를 가리기는 불가능했다.

게다가 이탄의 연기가 어찌나 실감이 났던지 티스아는 괜히 눈이 따가웠다. 티스아의 머릿속에는 이탄의 간절한 마음이 환히 들여다보이는 듯했다.

그날 티스아가 이탄에게 받은 첫인상을 한 마디로 정의하면 다음과 같았다.

'교에 헌신하는, 말을 예쁘게 하고 심성이 착한 조카.'

한편 이탄이 티스아에게 받은 첫인상은 다음과 같았다.

'의외로 푼수데기.'

서로가 서로에게 상반된 느낌을 간직한 채 이탄과 티스아 사이의 첫 네트워크 연결은 그렇게 종료되었다.

이탄이 광역 스캔으로 찾아낸 바에 따르면, 도미니코 추기경은 물의 도시라 불리는 솔노크 시 인근에 몸을 웅크리고 있었다. 도미니코를 추종하는 수호 기사단도 당연히 솔노크 시 근처에 머물렀다.

한편 비크 교황이 몸을 숨긴 장소는 솔노크 시의 남쪽 지역에 넓게 펼쳐진 원시림 한복판이었다.

사실 이 2명은 같은 장소에 머무는 게 아니었다.

"비크야, 비크야, 너는 그런 곳에 숨어 있었구나?"

이탄이 손바닥을 슥슥 비볐다.

솔노크 시와 원시림은 모두 이탄에게 익숙한 장소였다. 과거에 이탄은 헤스티아를 호위하여 대륙을 종단하면서 이 두 곳을 모두 경험해 보았다.

"일단 티스아가 공격을 개시하기 전에 비크부터 붙잡아 놓아야겠다. 그런 다음 비크를 도미니코 추기경 옆에 던져 놔야지. 그래야 티스아가 내 말을 의심하지 않을 테지."

이탄은 세심하게 계획을 짰다.

이탄이 세운 계획에 따르면, 비크 교황과 도미니코 추기경, 그리고 수호 기사단은 희생양이 될 수밖에 없었다.

"뭐 어쩌겠어? 모레툼 교황청이나 추심 기사단을 피사노 교의 먹이로 내줄 수는 없잖아? 내 몫을 지키려면 불가피하게 희생양이 필요하다고. 이게 현실이야."

이탄은 비정해지기로 마음먹었다.

다만 은화 반 닢 기사단은 예외였다.

"거긴 절대로 내줄 수 없지. 티스아가 나중에 은화 반 닢 기사단은 왜 보이지 않느냐고 닦달을 해도 별 수 없어. 시치미를 뚝 떼고 모르쇠로 일관할 수밖에."

이게 이탄의 결심이었다.

이탄이 차분하게 계획을 세우는 동안, 피사노교의 총단에서는 티스아가 자신의 혈족들과 병력들을 불러보았다.

100퍼센트 여검수들로 구성된 호교사도들이 티스아 앞에 질서정연하게 늘어섰다. 사도들이 입고 있는 경장갑옷이 햇빛을 받아 반짝반짝 빛났다. 사도들은 허리춤에 핏빛 검을 차고 입술을 굳게 다문 모습들이었다.

사도들의 뒤쪽에는 거의 10,000명에 육박하는 교도들이 열을 맞춰 정렬했다. 이 교도들은 모두 티스아에게 배속된 병력들이었다.

연병장의 뒤쪽에는 마도전함 25기가 일렬로 늘어서서 위풍당당한 자태를 드러내었다.

티스아가 단상 위에서 날카로운 음성으로 물었다.

"좌표는 확실하게 입력해 놓았겠지?"

"넵. 신인께서 알려주신 좌표로 정확하게 설정해 놓았습니다. 25기의 전함 모두 제가 직접 확인했습니다."

마도전함 함대의 함장이 발목을 척 붙이고 대답했다.

티스아가 고개를 주억거렸다.

"좋아. 그럼 전함을 출전시켜라."

"넵!"

함장이 후다닥 전함에 올라탔다.

고오오오옹—.

함장을 태운 마도전함이 푸른 광선을 일렁거리며 하늘로 솟구쳤다. 그 전함의 뒤를 따라 나머지 24기의 마도전함들도 차례로 부상했다.

웅웅웅웅!

마도전함 옆면에 새겨진 은빛 고대문자들이 영롱한 빛을 뿌렸다. 관을 닮은 모양의 시커먼 전함들은 이내 설정한 좌표로 공간이동을 해버렸다.

25기의 마도전함들이 도착한 곳은 솔노크 시의 남동쪽에 위치한 강변이었다.

저 멀리에는 비옥한 퇴적지가 끝도 없이 펼쳐져 있었다. 눈앞에서는 대륙 최대의 강이라 불리는 솔강이 동해를 향해서 굼실굼실 흘러갔다. 강변에는 웃자란 갈대들이 바람에 따라 이리저리 춤을 추었다.

너른 강물 위에서 한가롭게 낚시를 하던 어부들은 때 아닌 봉변을 맞았다. 한순간 하늘이 어둑해지면서 수십 기의 마도전함들이 등장을 하자 낚싯배가 뒤집히기라도 할 것처럼 좌우로 출렁거렸다.

"으헉? 저게 뭐야?"

어부들이 마도전함의 등장에 아연실색했다. 그들은 부랴부랴 낚싯대와 그물을 거두고 강변으로 피했다.

콰르릉! 콰릉! 콰릉! 콰릉!

하늘에서는 연신 벼락이 떨어졌다.

그 벼락 속에서 피사노교 특유의 대규모 공간이동 마법진이 발동했다.

Chapter 4

사실 피사노교의 공격 수법은 한결같았다.

1. 적진 한복판에 마보를 밀어 넣거나 마도전함을 진입시킨다.

2. 그 마보로 차원의 문을 열거나, 혹은 마도전함으로 대규모 공간이동이 가능한 마법진을 구현한다.

3. 마보, 혹은 마법진을 이용하여 대규모 병력을 전직에 폭탄 드랍(Drop)한다.

피사노교는 위와 같은 매뉴얼을 만들어 놓을 정도로 이 작전을 즐겨 사용했다.

이번에도 여지없이 동일한 작전이 사용되었다.

한데 적들이 알고도 막지 못하는 것이 피사노교의 폭탄 드랍 작전이었다.

후오옹!

강변에 거대한 빛의 기둥이 작렬한다 싶었다. 다음 순간, 티스아의 혈족들은 대규모 공간이동 마법진을 타고서 단숨에 대륙 중부로 넘어왔다. 사도들의 명을 받는 일반 교도들도 그 뒤를 이어서 솔노크 시의 인근에 대거 모습을 드러내었다. 병력의 선봉에는 피사노교의 제9신인 티스아가 서 있었다.

피유우우우~.

퍼퍼펑!

티스아의 출현에 맞추어 강변 한쪽에서 붉은 폭죽이 솟구쳤다. 폭죽은 하늘을 화려하게 수놓았다.

이 폭죽은 이탄이 티스아에게 보낸 신호였다.

티스아가 입꼬리를 비스듬히 비틀었다.

"훗! 저곳에 모레툼의 교황 놈이 있단 말이지?"

티스아가 한 발을 내딛는 순간, 그녀의 몸은 어느새 강변을 가로질러 폭죽이 터진 곳으로 나아가고 있었다.

티스아의 뒤를 따라 그녀의 혈족들, 즉 호교사도들이 바람처럼 몸을 날렸다. 여검수들로 이루어진 호교사도들은 손에 핏빛 검을 하나씩 움켜쥐었다.

사도들에 이어서 10,000명에 육박하는 피사노교의 병력들이 진군했다. 하늘에서는 시커먼 마도전함들도 푸른 광채를 내뿜으며 전진했다.

"어라? 저게 뭐야?"

갈대숲에서 경계를 서던 수호기사가 피사노교의 진군을 발견했다.

동료 기사가 펄쩍 뛰었다.

"피사노교다. 피사노교가 나타났어."

수호기사들은 깜짝 놀라 비상호각을 불었다.

삑삑삑—. 삐비비빅—.

날카로운 풀피리 소리가 강변을 뒤흔들었다. 갈대숲이 짙게 우거진 강어귀, 수호 기사단의 본진이 발칵 뒤집혔다.

수호 기사단의 단장인 도미니코 추기경은 모레툼에게 오후 기도를 올리다가 말고 안전가옥에서 뛰쳐나왔다.

"피사노교가 쳐들어 왔다니? 이게 무슨 개소리야? 놈들은 최근에 아울 검탑에 쳐들어갔다가 무승부를 이뤘다면서. 그런 놈들이 뜬금없이 이곳에 왜 나타나느냐고?"

도미니코가 목에 핏대를 세웠다.

그렇게 따져봤자 뭐하겠는가. 수호기사들이 도미니코의 질문에 답이 가능할 리 없었다. 수호기사들도 갑작스러운 피사노교의 출현이 당황스럽기는 마찬가지였다.

"단장님, 어서 피하셔야 합니다. 저희가 악마놈들을 막을 것이니 단장님께서는 일단 이 자리를 뜨십시오."

수호기사들이 도미니코의 등을 떠밀었다.

실제로 안전가옥 주변에서는 수호기사들이 우수수 뛰쳐나와 피사노교와 맞서 싸울 태세를 갖추었다.

성기사들은 몸에 두꺼운 풀플레이트(Full Plate) 갑옷을 입고 육중한 방패를 팔뚝에 착용한 다음, 신성력이 어른거리는 검을 단숨에 뽑아들었다.

그런 성기사들 여러 명이 모이자 그들의 머리 위로 모레툼 교단 특유의 신성력이 강하게 응집되었다.

수호 기사단은 확실히 모레툼 교단의 삼대무력 가운데 한 곳다웠다. 성기사들 한 명 한 명의 무력이 뛰어날 뿐 아니라 군기도 바짝 들어 있었다.

그러는 사이 하늘은 어느새 피사노교의 마도전함에 의해 장악을 당했다. 25척이나 되는 시커먼 전함들이 수호기사들의 머리 위에 떠서 지상을 낱낱이 내려다보았다.

수석 수호기사가 버럭 소리를 질렀다.

"단장님, 어서 피하십시오. 다들 뭣들 하느냐? 어서 단장님을 모시지 않고."

"넵."

그 즉시 3명의 수호기사들이 튀어나왔다.

동시에 모든 수호기사들이 육중한 방패를 머리 위로 들고 산개했다.

그들의 방패 때문에 하늘에서 내려다보는 시야가 차단되었다. 수호기사들은 방패로 적의 시야를 가린 채 삼삼오오 흩어졌다.

도미니코 추기경도 3명의 수호기사들에게 둘러싸여 황급히 어디론가 뛰어가야만 했다.

"크윽. 어쩌다가 내 신세가 이 지경이 되었단 말인고? 어쩌다가."

도미니코는 수호기사들의 방패 아래서 신세 한탄을 하였다.

하지만 지금은 이런 푸념이나 늘어놓을 때가 아니었다. 이 순간에도 피사노교의 폭격은 수호기사들을 사정없이 몰아붙였다.

Chapter 5

쭈웅! 쭈웅! 쭈웅! 쭈웅!

피사노교의 마도전함들이 지상을 향해서 광선을 마구 쏘았다.

수호기사들은 신성력을 방패에 한 겹 둘러서 적의 광선을 막아내었다. 마도전함의 화력이 대단하기는 하였으나, 서너 명의 수호기사들이 신성력을 모아서 방어하자 제법 버틸 만했다.

수호기사들이 가진 신성력을 하나로 응집하여 더욱 큰 힘을 내는 기술이야말로 수호 기사단이 가진 최고의 무기였다.

이른바 누적의 가호.

수호 기사단은 모레툼으로부터 누적의 가호를 하사받은 자들로 구성되어 있었다. 이 누적의 가호로 덕분에 수호기사들은 뭉치면 뭉칠수록 기하급수적으로 강한 위력을 내었다.

당장 수호기사 서너 명만 모였는데도 마도전함의 공격을 막아내는 것이 그 증거였다.

물론 수호기사들도 피해가 전혀 없지는 않았다. 동료와 연합하지 못하고 흩어져 있던 수호기사들은 방패에 신성력을 둘렀음에도 불구하고 하늘에서 쏟아지는 광선 공격을 제대로 막아내지 못했다.

누적의 가호가 발동하지 않아서였다.

그런 자들은 광선에 적중을 당한 즉시 방패가 산산조각 났다. 수호기사들의 몸뚱어리도 단숨에 잿더미로 변했다.

"집합! 서둘러 모여라."

수석 수호기사가 주먹을 번쩍 들고 부하들을 한 곳에 모았다.

"넵. 수석님."

뿔뿔이 산개했던 수호기사들이 수석 기사를 중심으로 똘똘 뭉쳤다.

다수의 수호기사들이 신성력을 하나로 모으자 누적의 가호가 더욱 막강한 위력을 발휘했다. 이어서 그 신성력이 하나의 반투명한 벽을 만들었다.

이것은 누적의 가호가 업그레이드되어서 만들어지는 통곡의 벽이었다. 모레툼 교단이 자랑하는 최강의 방어수단이었다.

"이제 되었다."

수호 기사단의 수석 기사는 비로소 한시름을 놓았다.

통곡의 벽이 형성되었다는 것은, 더 이상 마도전함의 화력으로는 수호기사들에게 피해를 입히지 못한다는 뜻이었다.

수호기사들이 피사노교의 공격을 저지하는 동안, 도미니코와 3명의 수호기사들은 안전가옥 지하로 내려갔다. 그들은 지하실에 연결된 땅굴을 통해서 수백 미터를 내달렸다.

　땅굴 속은 축축한 기운이 감돌았다. 도미니코는 그 축축한 땅굴을 전력으로 달렸다.

　"헉헉, 헉헉, 허허헉."

　도미니코의 입에서 거친 숨소리가 새어나왔다.

　3명의 수호기사들이 도미니코의 좌우와 뒤쪽에서 발을 맞춰 뛰었다.

　안전가옥에 연결된 이 땅굴은 무려 3 킬로미터가 넘게 이어졌는데, 반대편 입구는 강 건너편의 갈대숲으로 나 있었다.

　도미니코가 부하들을 내팽개치고 탈출을 시도하는 동안, 지상에서는 티스아와 수호 기사단 사이에 첫 교전이 시작되었다.

　티스아는 검기로 이루어진 핏빛 태풍을 불러일으킨 다음, 그 태풍을 몰고서 수호 기사단이 만들어낸 통곡의 벽과 부딪쳤다.

　쿠와앙! 쿠콰콰콰콰—.

　수호기사들이 힘을 합쳐 만들어낸 성스러운 벽이 핏빛 태풍과 부딪치면서 둔중한 소리를 내었다.

이어서 날카로운 삭풍이 벽면을 긁는 듯한 소리가 울렸다.

"크윽."

수호기사들이 잇새로 신음을 토했다.

티스아의 공격이 어찌나 사나웠던지, 수천 명의 수호기사들이 힘을 합쳐 만들어낸 통곡의 벽이 허물어질 듯 흔들렸다.

하지만 그뿐.

통곡의 벽은 끝내 티스아의 공격을 버텨내었다.

"흥."

티스아가 콧방귀를 뀌었다.

티스아는 핏빛 검기를 더 많이 풀어헤쳐 태풍 속에 녹여넣었다. 한층 사나워진 태풍이 적들의 방어벽을 날카롭게 두드렸다.

거기에 마도전함이 힘을 보탰다. 마도전함이 쏘아낸 푸른 광선들은 수호기사들의 머리를 노렸다.

결국 수호기사들은 신성력을 분산할 수밖에 없었다. 그들은 머리 위에도 통곡의 벽을 둘러야 했다.

"크흡. 막아라. 막앗. 여기서 허물어지면 끝장이다. 어금니 악물고 버티란 말이다."

수석 수호기사가 동료들을 독려했다. 수호기사들은 다들

이빨에서 뿌드득 소리를 내면서 신성력을 쥐어짰다.

수천 명이 넘는 기사들이 최선을 다하자 티스아도 쉽게 통곡의 벽을 허물어뜨리지 못했다.

그러자 이번에는 피사노교의 사도들이 전장에 뛰어들었다. 티스아의 피를 물려받은 호교사도들은 하나같이 뛰어난 여검수들이었다. 그녀들은 핏빛 검을 뽑아 오러를 일으킨 다음, 그 오러로 상대의 측면을 공략했다.

수호기사들은 결국 옆에서 달려드는 공격도 막아야 했다.

정면에는 전격의 티스아.

측면에는 피사노교의 호교사도들.

하늘 위에는 마도전함.

모레툼 교단이 자랑하는 수호 기사들은 이렇게 세 곳에서 동시에 공격을 받으면서도 꾸역꾸역 버텨내었다.

수호 기사들이 단단히 스크럼을 짜고 버티기에 돌입하자 티스아가 주먹을 꽉 움켜쥐었다.

"어디 이것도 받아내나 보자. 이야압!"

파츠츠츠츠—.

핏빛 검기가 티스아의 가슴께로 강하게 몰려들었다. 넓은 영역에 걸쳐서 분포되어 있던 핏빛 검기가 작은 영역에 밀집되고 또 응집되었다.

티스아는 검기를 잘 벼려 정제한 다음, 단단하게 응집된 검기를 앞으로 쭉 뻗었다.

파삭!

통곡의 벽에서 달걀껍데기 깨지는 듯한 소음이 울렸다. 신성력으로 만들어진 벽에 핏빛 틈새가 발생한 것이다.

틈새를 중심으로 통곡의 벽에 금이 쩍쩍 갔다.

"이이익."

티스아는 고집스레 검기를 옆으로 비틀었다.

그에 따라 통곡의 벽에 생긴 틈도 강제로 벌어졌다. 벽에서 끼이이익 소리가 울렸다.

Chapter 6

"크아악, 안 돼. 안 돼. 제발 버텨라. 포기하지 말고 버텨."

수석 기사가 목에 핏대를 세웠다.

"크으으윽."

수천 명의 수호기사들은 코에서 피를 줄줄 흘리면서도 악착같이 버텼다. 그들은 휘청거리는 동료들을 어깨로 떠받치면서 견디고 또 견뎠다.

하늘에서는 쉴 새 없이 광선이 날아왔다. 25기의 마도전함은 폭격을 하듯 광선을 내리쏘았다.

피사노교의 호교사도들도 최선을 다했다. 그녀들은 핏빛 검을 마구 휘둘러 통곡의 벽에 조금씩 상처를 내었다.

이 공격들이 차츰차츰 누적되었다. 수호기사들은 입과 코에서 점점 더 많은 피를 쏟았다.

마도전함이 쏘는 광선이나 호교사도들의 검은 그래도 어찌어찌 버틸 만했다. 하지만 티스아의 공격만큼은 수호기사들도 받아내기 어려웠다.

마침내 수호기사들의 맨 앞줄에서 파탄이 발생했다. 티스아가 응축된 검기를 뒤로 뽑았다가 다시 푹 찔러 넣은 순간, 10명이 넘는 수호기사들이 펄쩍 뛰었다고 고꾸라졌다.

"끄왁."

쓰러진 수호기사들은 동시에 외마디 비명을 질렀다. 그들의 심장은 날카로운 흉기에 찔린 듯 세로로 쪼개져 있었다.

상대가 피를 쏟으며 쓰러지자 티스아의 두 눈이 광기로 물들었다.

"호호호호홋."

티스아가 미친년처럼 웃었다. 그러면서 그녀는 핏빛으로 일렁거리는 응축된 검기를 뒤로 뽑았다가 다시 한번 푹 쑤섰다.

쑤시고, 또 쑤시고.

푹! 푹! 푹! 푹!

잔뜩 응축된 핏빛 검기가 성스러운 벽을 쑤실 때마다 수호기사들은 대여섯 명씩 고꾸라졌다.

마침내 수석 기사가 벽의 해체를 명했다.

"제기랄. 저 마녀는 통곡의 벽으로도 막을 수 없는 재앙이다. 다들 산개하여 이 자리를 벗어나라."

"수석님의 명을 받들겠습니다."

수호기사들이 즉각 반응했다.

기사들은 평소에 훈련받은 것처럼 갑옷과 방패에 신성력을 잔뜩 쏟아부어 폭발시킨 뒤, 눈 깜짝할 사이에 사방으로 흩어졌다.

파도에 얻어맞아 모래성이 와르르 허물어지는 것처럼 수천 명의 수호기사들이 산개했다.

그들은 그렇게 무질서하게 뿔뿔이 흩어지는 듯 보였지만, 그 와중에 단 한 명의 수호기사도 서로 부딪치지 않았다. 발이 엉킨 수호기사도 없었다.

이 점만 보더라도 수호 기사단이 평소에 얼마나 엄격하게 훈련하는지 짐작이 갔다.

"이놈들, 어딜 도망치려 드느냐?"

피사노교의 호교사도들이 호통을 쳤다. 그녀들은 곧바로 몸을 날려 도망치는 수호기사들에게 따라붙었다.

호교사도들이 휘두른 검이 수호기사들의 등짝을 사정없이 베었다.

수호기사들은 이에 대한 훈련도 미리 받아두었다. 그들은 신성력이 어린 방패로 상대의 공격을 받아치거나 혹은 비스듬히 흘려버렸다. 그런 다음 기사들은 달리는 속도를 줄이지 않고 각자 탈출로를 뚫었다.

물론 모든 수호기사들이 도주에 성공하지는 못했다. 티스아와 가까운 곳에 머물던 수호기사들은 핏빛 태풍에 휘말려 몸이 갈렸다. 티스아의 사나운 검기 앞에서는 신성력이고 뭐고 소용없었다.

하지만 비교적 뒷줄에 배치되어 있던 수호기사들은 대부분 무사히 몸을 빼냈다.

그때 사달이 일어났다.

강과 가까운 갈대밭에서 붉은 나무들이 꿈틀거리며 자라났다. 이 나무들의 정체는 피사노교의 흑주술 가운데 하나인 블러드 트리(Blood Tree: 피의 나무)였다.

피를 흠뻑 머금은 듯한 나무들은 눈 깜짝할 사이에 3, 4미터 크기로 커지더니, 수호기사들의 앞을 가로막았다.

그와 동시에 그 일대 수호기사들의 피가 부글부글 끓어

오르기 시작했다.

"어어억?"

수호기사들이 기겁을 했다.

기사들의 얼굴은 잘 익은 홍시처럼 시뻘겋게 변했다. 기사들의 얼굴에는 지렁이처럼 굵게 핏줄이 두드러졌다.

결국 그 핏줄들이 터졌다.

"끄악!"

수호기사들은 온몸에서 피를 철철 흘리면서 비명을 질렀다.

수호기사들이 아무리 신성력을 끌어올려도 피는 멈추지 않았다. 그만큼 블러드 트리의 위력은 막강했다.

사실 블러드 트리는 주변 20 미터 이내 모든 생명체들의 피를 증발시키는 악마의 나무였다. 그런 나무들이 무려 100 그루도 넘게 소환되어 군락을 이루었으니 위력이 얼마나 강력할 것인지 능히 짐작이 갔다.

"제기랄. 이쪽 길은 막혔다."

수호기사들은 블러드 트리를 피해서 강으로부터 멀어졌다.

그러자 이번에는 수호기사들이 달려가는 앞쪽 편에 또 다른 블러드 트리들이 우두둑 솟구쳤다.

"젠장."

수호기사들은 욕을 하면서 한 번 더 방향을 바꿨다.

그들의 앞에 또 다른 블러드 트리 군락이 소환되었다.

이 장면을 하늘에서 내려다보면, 블러드 트리 군락 3개가 수호기사들의 삼면을 가로막은 모양새였다.

물론 모든 수호기사들이 블러드 트리에 갇힌 것은 아니었다. 사방으로 흩어진 수천 명의 수호기사들 중에 블러드 트리에 갇힌 자들은 불과 10분의 1 정도였다. 나머지 10분의 9는 이 순간에도 각자 탈출로를 뚫는 중이었다.

그래도 포위를 당한 수호기사가 무려 수백 명이었다.

이 운 나쁜 수호기사들은 삼각형의 나무 군락에 갇혀서 오도 가도 못했다. 도주로가 막히자 기사들의 안색이 시커멓게 죽었다.

한편 피사노교의 호교사도들은 다른 이유 때문에 깜짝 놀랐다.

"아니, 저런 대규모 소환이 가능하다고?"

사도들 가운데 한 명이 믿기지 않는다는 듯 중얼거렸다.

그녀가 놀라는 것이 당연했다. 블러드 트리는 신성력이나 마법 방어막을 뚫고 상대의 피를 증발시킬 수 있는 강력한 흑주술이었다. 위력이 강한 만큼 블러드 트리 한 그루를 소환하는 데 투입되는 법력의 양도 장난이 아니었다.

보통 피사노교의 사도들이 한 번에 소환할 수 있는 블러드 트리의 개수는 대략 3에서 5그루 수준.

그런데 지금 소환된 블러드 트리만 줄잡아 300그루 이상이었다. 이는 다시 말해서 100명 수준의 사도들이 전장에 투입되었다는 소리였다.

"교에서 다른 사도들을 대거 투입했나?"

"우리 혈족들 말고 이곳에 매복해 있던 추가 병력이 왕창 더 있었나 봐."

티스아의 혈족들은 자연스럽게 이런 추측을 했다.

그 추측이 틀렸다. 블러드 트리를 철조망처럼 둘러서 수호기사들을 안에 가둬놓은 장본인은 다수가 아니라 딱 한 명이었다.

바로 이탄의 작품이었다.

Chapter 7

이탄이 씁쓸하게 입맛을 다셨다.

'지금쯤 싸마니야 님을 비롯하여 피사노교의 수뇌부들이 이곳의 전투 장면을 지켜보고 있겠지? 쳇.'

이탄은 로브를 깊게 눌러써서 얼굴을 가린 다음, 블러드 트리로 둘러싼 울타리 안쪽에 뛰어들었다.

후옹!

등장과 동시에 이탄의 발밑에서 빛이 터졌다. 그 빛 속에서 뼈다귀로 이루어진 말, 즉 사령마가 으스스하게 나타났다.

사령마를 중심으로 주변 수백 미터 영역에는 죽음의 장, 즉 데쓰 필드가 형성되었다.

하지만 아쉽게도 이곳 강변에는 죽은 시체가 없었다. 만약 이 일대에 시체나 해골들이 파묻혀 있었다면 그 시체들은 데쓰 필드의 영향을 받아서 언데드로 거듭났을 것이다.

비록 언데드는 소환되지 않았지만, 대신 데쓰 필드 내에서는 백 성향의 신성력이 대폭 삭감되기 마련이었다.

"으윽."

수호기사들은 갑자기 몸에 힘이 쭉 빠졌다. 그들이 손에 쥐고 있던 검자루가 갑자기 무겁게 느껴졌다. 눈꺼풀도 저절로 감겼다.

수호기사들 가운데 한 명이 버럭 소리를 질러 동료들을 깨웠다.

"모두 정신 차렷. 사악한 기운데 취하지 말고 정신 차리라고."

이어서 또 다른 수호기사가 목청을 높였다.

"다들 흩어지면 안 된다. 한 곳에 모여서 누적의 가호를 발휘하자."

그 즉시 블러드 트리 군락에 갇힌 수호기사 수백 명이 똘똘 뭉쳤다. 수호기사들은 신성력을 하나로 모아서 통곡의 벽을 불러일으켰다.

후오옹!

반투명한 벽이 나타나 수호기사들의 앞을 가로막았다. 벽 전체가 모레툼의 신성력으로 강렬하게 빛났다.

이 벽은 수천 명의 수호기사들이 힘을 합쳐 만들어 내었던 통곡의 벽보다는 위력이 약했다. 그렇다고 또 쉽게 볼 수준은 아니었다.

우선 강변을 휘감은 데쓰 필드의 기운이 통곡의 벽에 가로막혀서 더는 수호기사들을 괴롭히지 못했다.

블러드 트리가 만들어낸 피의 증발 현상도 잠시 주춤했다.

"흥. 그래 봤자 종잇장 수준이지."

이탄이 코웃음을 쳤다.

이탄은 보란 듯이 두 손을 앞으로 뻗었다. 이탄의 손끝에서 피어오른 검록색 편린들이 나비처럼 훨훨 날아가 통곡의 벽에 꽂혔다.

퍼퍼퍽, 화르르륵! 화르륵! 화륵!

통곡의 벽으로부터 화염이 강하게 솟구쳤다. 화염은 검록색 혓바닥을 날름거리며 신성력으로 이루어진 벽을 통째로 녹이기 시작했다.

물질도 아닌 신성력이 촛농처럼 녹아 흐르는 장면은 눈으로 보고도 쉽게 믿어지지 않았다. 신성력이 녹으면서 그 타격이 수호기사들에게 전달되었다.

"앗 뜨거."

"끄악. 끄아악."

수호기사들이 고통스럽게 몸을 뒤틀었다. 기사들이 입고 있던 갑옷은 피부 위에 녹아 붙으면서 엄청난 열기를 전달했다. 수호기사들은 검록색으로 달궈진 갑옷 속에 갇혀서 비참하게 죽어갔다.

이건 마치 형벌과도 같았다. 죄인들의 몸에 철판을 두른 다음, 그 철판 바깥쪽에 불을 지펴서 내부의 죄인을 태워 죽이는 형벌 말이다.

수호기사들의 살타는 냄새가 매캐하게 퍼졌다. 그와 더불어서 말로 형언할 수 없는 비명이 난무했다. 참을 수 없이 뜨거운 열기도 확 몰아쳤다.

이탄이 발휘한 다크 그린 주술이 어찌나 강력했던지 블러드 트리들도 견디지 못하고 다시 쪼그라들어 자취를 감추었다.

티스아의 혈족들은 감히 이 근처로 다가올 엄두도 내지 못했다.

"으으윽, 지독하구나."

티스아의 혈족들이 멀리서 진저리를 쳤다. 지금 그녀들의 눈에 비친 장면은 지독한 수준을 넘어서 꿈에 나올까 두려울 정도였다.

수백 명의 기사들은 갑옷 속에 꽁꽁 가둔 채 산채로 태워 죽이는, 아니 녹여 죽이는 형벌이라니!

그 모습을 보는 것만으로도 호교사도들은 헛구역질이 치밀었다. 진격의 티스아의 피를 물려받은 사도들이건만, 이탄이 연출해낸 지독한 장면을 차마 보지 못하고 다들 시선들을 외면했다.

그러던 와중 호교사도들 가운데 한 명이 두 눈을 부릅떴다.

"헉? 저분은 신인이시다. 열 번째 신인이시다."

외마디 비명과도 같은 음성이 주변을 고요하게 만들었다. 적막 속에서 화염 타오르는 소리만 타닥타닥 들렸다.

모든 호교사도들이 부릅뜬 눈으로 검록색 화염 너머를 바라보았다.

그곳에 이탄이 있었다. 로브를 깊게 눌러 쓰고, 사령마에 올라타 검록색 편린을 쏘아내는 이탄의 모습은 아울 검탑 전투에서 열 번째 신인이 보여주었던 그 감격스러운 모습과 똑같았다.

"오오오오! 신인이시여."

호교사도 한 명이 이탄을 향해서 털썩 무릎을 꿇었다.

그녀는 얼마 전 피사노교가 아울 검탑을 공격할 때 차출되었던 전쟁 참여자였다. 당시 이탄이 보여주었던 엄청난 광경을 직접 눈으로 목격했던 산증인이었다. 그러니 그녀가 이탄의 모습을 알아보지 못할 리 없었다.

호교사도의 볼을 타고 눈물이 주르륵 흘렀다.

당시 전쟁에 참여했던 자는 이 호교사도 한 명만이 아니었다. 주변의 다른 사도들도 하나둘 이탄을 향해서 무릎을 꿇기 시작했다.

"흐어억, 나의 신인이시여. 신인이시여."

"끄윽, 끅끅끅."

호교사도들은 손으로 입을 막고 울음을 터뜨렸다.

지금 온 사방은 검록색 화염으로 인해 타들어 갈 듯한 열기가 작렬했다.

그런데도 호교사도들은 뜨거움을 느끼지 못했다. 다들 이탄을 향해서 무릎을 꿇은 채 하염없이 울 뿐이었다. 숨죽여 흐느낄 뿐이었다.

그 시각.

피사노교의 총단에서는 신인들이 발칵 뒤집혔다.

"어어억."

신인들의 입에서 숨넘어가는 소리가 흘러나왔다.

Chapter 8

지금으로부터 한 시간쯤 전.

쌀라싸와 싸마니야를 비롯한 피사노교의 신인들은 높이 솟구친 기둥 위에 편한 자세로 앉아서 크리스털 화면을 지켜보고 있었다. 영상을 통해서 티스아의 전투 장면을 관람하겠다는 것이 신인들의 목적이었다.

한데 전쟁의 시작부터 뭔가 심상치 않았다.

"어라? 저곳은 모레툼 교황청이 아니잖아. 저곳은 강변인 것 같은데, 막내가 왜 엉뚱한 곳으로 갔지?"

전쟁 초기, 캄사가 고개를 갸웃했다.

"크흠. 크흐흠."

아르비아는 티스아가 비난 받을까 봐 걱정이 된 모양이었다. 그녀의 잇새로 목이 꽉 잠긴 듯한 신음이 튀어나왔다.

싸마니야도 긴장한 기색을 감추지 못하고 주먹을 꽉 움켜쥐었다.

싸마니야의 입장에서 이번 전투는 아들(?)인 쿠퍼를 다른 형제들에게 처음으로 선보이는 자리였다. 싸마니야는 마음속으로 '쿠퍼가 모레툼 교황청에 처음으로 깃발을 꽂는 공을 세우면 좋겠구나.' 라고 기원했다.

한데 크리스털 화면에 비친 장소는 아무리 보아도 모레툼 교황청이 아니었다. 싸마니야는 안절부절못하고 쿠퍼를 걱정했다.

'티스아에게 뭔가 착오가 있었나? 혹시 이러다가 쿠퍼 녀석 혼자만 모레툼 교황청으로 쳐들어가는 것 아냐?'

싸마니야가 이탄을 걱정하는 동안, 강변에서는 본격적인 전투가 시작되었다.

신인들은 드넓은 갈대숲에서 시작된 전투 장면을 보고 나서야 비로소 수긍했다. 철새들이나 서식할 것으로 보이던 갈대밭 곳곳에서 모레툼 교단의 성기사들이 우르르 뛰쳐나왔기 때문이었다.

"흐으음. 막내가 전혀 엉뚱한 곳을 공격한 것은 아니었구먼."

캄사가 계면쩍은 듯이 뒤통수를 긁었다.

"후우, 그럼 그렇지."

아르비아는 그제야 가슴을 쓸어내렸다.

싸마니야는 여전히 걱정스러운 표정으로 크리스털 화면을 노려보았다.

신인들이 이글거리는 눈으로 화면을 지켜보는 가운데, 적 성기사들이 신성력을 모아서 통곡의 벽을 일으키는 장면이 등장했다.

신인들은 저 벽의 정체를 한눈에 알아보았다.

화면 속에서 티스아가 핏빛 검기를 작게 응축하여 통곡의 벽을 공략했다. 하늘에서는 마도전함들이 폭격을 퍼부었다. 티스아의 혈족들도 검을 뽑아서 전쟁에 뛰어들었다.

"호오? 화려하구먼."

신인들은 감탄을 하며 전투 장면을 감상했다.

'쿠퍼야, 너는 지금 어디에 있느냐?'

다른 신인들이 흥미진진하게 전투 장면을 즐기는 동안에도 싸마니야는 애타게 이탄만 찾았다.

그러는 가운데 드디어 통곡의 벽이 허물어졌다. 모레툼 교단의 수호기사들이 뿔뿔이 흩어졌다.

티스아의 혈족들이 곧바로 수호기사들에게 따라붙었지만 이미 한발 늦었다. 수호기사들은 미꾸라지처럼 잘도 빠져나가더니 순식간에 사방으로 흩어져버렸다.

"쳇. 재빠르기도 하지."

아르비아가 영상 속 전개가 마음에 들지 않는지 발을 쿵굴렀다. 높은 기둥이 우르르 흔들렸다.

그때 변화가 일어났다. 강가로 도망치던 수호기사들이

발목이 붙잡힌 것이다. 강물 바로 앞에서는 붉은 나무가 우르르 자라나 수호기사들의 앞을 가로막았다.

쌀라싸가 그 붉은 나무에 관심을 보였다.

"어라? 저건 블러드 트리잖아? 막내의 혈족들 가운데 저 까다로운 주술을 연마한 아이가 있던가?"

쌀라싸는 주술을 깊이 있게 연구한 인물이었다. 덕분에 그는 주술사들에게 관심이 갈 수밖에 없었다.

다른 신인들도 놀란 듯 전투 장면에 몰입했다.

잠시 후 블러드 트리가 열을 지어 또 소환되었다. 이어서 한 번 더 블러드 트리 군락이 땅거죽을 뚫고 솟구쳤다.

아르비아가 배시시 웃었다.

"호호호. 셋째 오라버니께서 막내에게 혈족들을 붙여주셨나 보죠? 저만큼이나 블러드 트리를 소환하려면 한두 명을 파병하신 게 아닌데요?"

아르비아는 쌀라싸가 티스아에게 도움을 준 것이 고마운 듯 눈매를 반달 모양으로 만들었다.

쌀라싸가 고개를 가로저었다.

"아닐세. 나는 혈족들을 움직인 적이 없다네."

"네에? 그럼 저 블러드 트리는 누가 소환한 거죠?"

아르비아가 눈을 동그랗게 떴다.

쌀라싸도 영문을 모르겠다는 듯이 수염을 쓸어내렸다.

"허어어, 그러게 말일세."

그때 크리스털 화면 속에 이탄이 등장했다. 로브를 푹 눌러쓰고 사령마에 올라탄 채 적진 한복판에 나타난 이탄의 모습은 화면 속임에도 불구하고 모든 신인들에게 강렬한 울림을 주었다.

아니, 좀 더 정확히 말하자면 신인들과 결합한 악마종들이 펄쩍펄쩍 뛰었다.

[키이야아아악!]

쌀라싸의 가슴에 박힌 악마종은 우글거리는 뱀 수염을 좌우로 흔들면서 이탄에게 반응을 보였다.

[끼이익, 끼이이익.]

싸마니야의 뒤통수에 결합된 악마종은 혀를 길게 내밀어 화면 속 이탄의 모습을 조금 더 가까이서 보려고 들었다.

아르비아의 악마종도, 그리고 캄사와 결합한 악마종의 반응도 이와 다를 바 없었다.

"저 사도는 또 누구인고?"

쌀라싸가 눈매를 가늘게 좁혔다.

그 순간 이탄이 손을 앞으로 가볍게 내밀었다. 이탄의 손끝에서 검록색 편린이 화르륵 일어나 통곡의 벽에 작렬했다.

피사노교의 반격 Ⅱ

Chapter 1

"어억!"

쌀라싸가 벌떡 일어났다.

"허어어."

아르비아는 입을 쩍 벌렸다.

"셋째 형님? 혹시 저자는 형님이 몰래 키워내신 비장의
병기입니까?"

캄사는 쌀라싸에게 이렇게 물었다.

이 자리에 모인 모든 신인들이 쌀라싸를 바라보았다.

그럴 수밖에.

검록색 편린은 쌀라싸의 장기였다. 쌀라싸는 이 난해한

흑주술을 깊이 있게 연구한 다음, 그 위에 만자비문의 힘을 더하여 자신만의 주특기로 만들었다.

그 후로 백 진영의 적들은 검록색 편린을 볼 때마다 공포에 떨어야 했다.

한데 쌀라싸의 장기가 크리스털 화면 속에서 등장했다. 검록색 편린을 목격한 순간, 모든 신인들이 쌀라싸를 주목한 것은 바로 이 때문이었다.

쌀라싸가 허둥지둥 고개를 가로저었다.

"아닌데? 내 아이들 중에는 저렇게 능숙하게 다크 그린을 발휘하는 녀석이 없다네. 대체 누구야? 저 녀석은 누구냐고?"

싸마니야가 갑자기 무릎을 쳤다.

"아! 맞다. 혹시 그자가 아닙니까? 소문으로만 돌던 자, 무엄하게도 열 번째 신인이라는 말이 돌던 사도 말입니다."

아르비아가 손뼉을 짝 쳤다.

"헛? 맞다. 소문 속의 그 녀석이 다크 그린을 능숙하게 사용했다고 했어."

캄사도 이탄이 타고 있는 사령마를 지적했다.

"또한 소문 속의 그 사도는 뼈로 만들어진 말을 타고 등장한다 하였지요. 그 점이 딱 일치하지 않습니까. 화면 속의 저 사도가 소문과 일치를 해요."

쌀라싸가 주술을 부렸다.

"좀 더 화면을 가까이 비춰봐라. 저자의 얼굴을 볼 수 있도록 가까이 가."

쌀라싸가 주문을 외운 즉시 전쟁터에 흩뿌려져 있던 마법의 눈알들이 움직였다.

지금 티스아의 혈족들 가운데 일부는 이 마법의 눈알을 손에 들고 있었는데, 이것들은 쌀라싸가 그녀들에게 제공한 마법 아이템이었다.

쌀라싸의 눈알들은 허공으로 둥실 떠오르더니 그대로 검록색 화염 가까이 날아갔다. 그런 다음 눈알들이 이탄의 얼굴 부분을 집중적으로 촬영했다.

이탄 주변의 열기가 어찌나 강렬했던지 쌀라싸의 눈알 가운데 일부는 퍽퍽 터졌다가 액체가 되어 흘러내렸다.

그래도 일부 눈알들은 무사히 이탄에게 접근하여 로브 그늘 아래 감추어진 그의 얼굴을 찍는 데 성공했다.

쌀라싸를 포함한 신인들은 크리스털 화면에 흐릿하게 맺힌 열 번째 신인—아직 정식으로 신인이 된 것은 아니지만—의 얼굴을 자세히 뜯어보았다.

"호오오? 나는 처음 보는 얼굴인데?"

쌀라싸가 고개를 갸웃했다.

아르비아가 머리를 가로저었다.

"후우, 아쉽게도 제 혈족은 아니네요."

"제 혈족도 아닙니다. 쩌업."

캄사 또한 아쉬운 듯 입맛을 다셨다.

그때 싸마니야가 펄쩍 뛰었다. 신장이 10미터나 되는 마왕 싸마니야가 뛰자 기둥이 쿠우웅 진동했다.

싸마니야의 뒤통수에 결합해 있는 악마종도 이탄의 얼굴을 알아보자마자 풍차처럼 혀를 회전시켰다.

[그 녀석이다. 내가 극상품이라고 찍은 그 녀석이야. 끼히히힛. 내가 뭐라고 했어. 저 녀석은 우리 악마종들을 잡아끄는 매력을 가지고 있다니까. 끼히히히히.]

악마종이 크게 떠들어댔다.

뒤통수에 달린 악마종의 혀가 시끄럽게 뇌파를 발산하는 동안, 싸마니야는 손가락으로 이탄을 지목했다.

"크허어, 저 아이는 내 아들입니다. 내 아들 쿠퍼란 말입니다. 크허어어."

"뭣이? 여덟째 아우, 자네의 혈육이라고?"

쌀라싸가 고개를 홱 돌렸다.

싸마니야는 멍한 얼굴로 고개를 주억거렸다.

"그렇습니다. 제 막내아들입니다."

"허어, 여덟째의 혈육이었어?"

아르비아는 새삼스레 싸마니야를 보았다.

"흐으음. 그랬구나……. 그랬어."

캄사는 손가락으로 자신의 턱을 쓸었다.

신인들은 각기 복잡한 표정으로 이탄을 지켜보았다. 그 가운데는 호의적인 눈빛도, 관심의 눈초리도, 그리고 한 가닥 경계심도 섞여 있었다.

다들 셈법은 다르지만 그래도 한 가지만큼은 확실했다. 이 순간, 쿠퍼라는 이름은 피사노교의 여러 신인들의 뇌리에 똑똑히 새겨졌다.

불도장처럼 쾅!

피사노교의 총단에서 신인들이 이탄의 출현에 화들짝 놀라는 동안, 전쟁터에서는 티스아가 휘둥그레진 눈으로 이탄을 바라보았다.

"너는 누구냐?"

티스아가 크게 한 걸음을 내디뎠다.

그녀가 발을 한 번 놀리자 거리가 단숨에 단축되었다. 티스아는 한달음에 수백 미터를 이동해 이탄의 코앞에 나타났다.

티스아의 오른손에는 잔뜩 응축된 핏빛 검기가 불길하게 일렁거렸다. 티스아의 새빨간 머리카락은 거꾸로 솟구쳐

하늘을 향해 일렁거렸다.

"너는 누구기에 셋째 오라버니…… 아니, 쌀라싸 님의 주력 스킬을 사용하느냐?"

티스아가 이탄을 다그쳤다.

"쯥."

이탄은 입맛을 한 번 다셨다. 그리곤 티스아의 어깨너머에 둥둥 떠 있는 눈알들을 향해서 힐끗 시선을 던졌다.

'저 눈알들은 생명체가 아니라 아이템이구나. 흑마법, 아니 주술의 기운을 품고 있는 것 같아. 아마도 피사노교의 신인들이 저 아이템, 혹은 마보를 통해서 나를 지켜보고 있겠지?'

이탄은 더 이상 정체를 숨길 생각이 없었다.

Chapter 2

지난번 아울 산맥에서 피사노교의 사도들을 구해줄 때부터였을 것이다. 이탄은 '조만간 내 정체를 드러낼 날이 오겠구나.' 라고 예감했다.

그 예감이 딱 맞았다. 오늘이 바로 이탄이 예감했던 그 날이었다. 이탄은 머리 위에 눌러쓴 로브를 당당하게 뒤로 젖혔다.

"어랏?"

티스아가 흠칫했다. 그녀의 예상과 달리 로브 속에서 드러난 것은 앳된 미소년, 혹은 미청년의 얼굴이었다.

"흠흠. 흠. 으흠."

티스아는 괜히 헛기침을 몇 차례 하고는 이탄을 위아래로 훑어보았다.

"이상하네? 쌀라싸 님께 너처럼…… 생긴 혈육이 있었던가? 왜 네가 낯설어 보이지?"

원래 티스아의 입에서는 "너처럼 잘 생긴"이라고 표현이 튀어나올 뻔했다. 그러나 그 수식어가 이상하다고 생각했는지 티스아는 재빨리 발음을 뭉갰다.

"흐음."

이탄은 멀리 떠 있는 눈알들을 한 번 더 곁눈질했다. 그런 다음, 순순히 자신의 정체를 밝혔다.

마침 주변에는 백 진영의 사람들은 아무도 없었다.

모레툼 교단의 수호기사 수백 명은 이탄이 발출한 검록색 편린에 의해서 촛농처럼 녹아버린 지 오래였다. 검록색 화염이 벽처럼 주변을 둘러싸고 활활 타오르는 중이라 멀리서는 이탄의 얼굴을 알아볼 수도 없었다.

이탄이 정체를 밝히기에 딱 적합한 환경이 조성되었다.

"티스아 님, 저를 몰라보시겠습니까?"

이탄의 말투는 정중했다.

'휴우.'

티스아는 그제야 긴장을 풀고 핏빛 검기를 든 손을 아래로 내렸다.

솔직히 티스아는 상대가 무례하게 대들면 어떻게 대응해야 하나 걱정이었다. 티스아도 눈앞의 이 젊은 사내가 소문 속의 그 사도라는 사실을 눈치챘다.

'그런데 이자가 무례하게 굴면 어찌해야 하지?'

티스아는 스스로에게 이런 질문을 던져보았다.

사도 주제에 신인에게 무례하게 군다면 당연히 티스아는 상대를 꾸짖어야 했다.

한데 솔직히 자신이 없었다.

들리는 소문이 사실이라면, 그 사도는 홀로 백 진영 삼대 탑의 최강자들을 거뜬히 막아내었다고 했다. 다른 신인들이 모두 도망친 상황에서 홀로 피사노 교도들의 목숨을 지켜낸 수호신이라고 불렸다.

'그런 자와 한바탕 붙었다가 처참하게 패배하기라도 한다면? 내 혈육들이 지켜보는 앞에서 그게 무슨 개망신이겠어? 게다가 흉흉한 소문과 달리 이 젊은 사도는 무척 얌전해 보이는걸.'

티스아는 이탄이 말랑말랑할 거라는 인상을 받았다.

그러다 그녀는 갑자기 화들짝 놀라 핏빛 검기를 다시 꽉 움켜잡았다. 티스아의 코끝에 사람의 살이 타는 냄새가 훅 끼쳐왔기 때문이었다.

'허엇. 지금 내가 무슨 한가한 생각을 하는 거야? 이 녀석은 조금 전에 수백 명을 가둬놓고 생으로 녹여버렸다고. 결코 호락호락하게 봐서는 안 돼.'

티스아가 잔뜩 경계심을 품었다.

이탄은 거듭 한숨을 내쉬었다.

"휴우, 티스아 님, 저를 알아보지 못하겠습니까?"

이탄은 말똥말똥한 눈으로 상대를 바라보았다.

티스아가 고개를 갸웃했다.

"그게 무슨 뜻이지? 나는 너를 처음 보는 것 같은데?"

이탄은 티스아를 향해서 정중하게 목례를 하면서 정식으로 자신을 소개했다.

"불과 이틀 전에 교의 네트워크를 통해서 티스아 님께 인사를 드렸었는데요. 티스아 님, 저 쿠퍼입니다."

티스아는 순간적으로 귀를 의심했다.

"엉? 누구라고?"

이탄이 한 번 더 자기소개를 되풀이했다.

"티스아 님의 활약을 보기 위해서 이곳까지 단숨에 달려온 쿠퍼입니다. 싸마니야 님의 막내아들 쿠퍼 말입니다."

"켁! 쿠퍼?"

티스아가 펄쩍 뛰었다.

티스아는 이틀 전 네트워크 상에서 대화를 나눴던 그 쿠퍼가 소문 속의 그 사도일 것이라고는 상상도 하지 못했다.

"네가 쿠퍼라고? 그게 정말이냐?"

이탄은 얼떨떨해하는 티스아를 향해서 힘차게 고개를 끄덕였다.

"네. 쿠퍼가 맞습니다. 싸마니야 님께서 더러운 양떼 무리에 안배해 놓으신 그 막내아들이 바로 저입니다."

이탄은 "더러운 양떼"라는 단어에 유독 힘을 주었다. 그 말이 마법 아이템을 통해서 피사노교 총단으로 전달되었다.

마침 싸마니야는 이탄 덕분에 어깨에 으쓱해져 있던 상태였다. 그러다 이탄이 뼈 있는 한마디를 던지자 자신도 모르게 얼굴이 빨개졌다.

"험험. 으허허험. 험험험."

싸마니야가 거듭 헛기침을 했다.

"풉!"

그런 싸마니야를 향해서 아르비아가 웃음을 터뜨렸다.

"흘흘흘흘."

"푸허허."

쌀라싸와 캄사도 싸마니야를 놀리듯이 웃었다.

지금 피사노교의 신인들은 기분이 무척 좋았다.

불과 몇 분 전까지만 하더라도 신인들은 소문 속의 그 신인이 안하무인에 시건방져서 티스아와 충돌하면 어떻게 하나 우려했다. 혹은 그 사도가 고집불통에 막무가내면 그를 또 어찌 처리해야 하나 근심하였다.

한데 이탄의 태도를 보니 싹싹하기 이를 데 없었다.

"흘흘흘. 위아래도 분명한 것 같고, 어른을 공경하는 태도도 좋고. 여덟째 아우가 자식 농사를 아주 잘 지으신 것 같네. 흘흘흘."

쌀라싸가 싸마니야를 칭찬했다.

싸마니야는 멋쩍게 뒤통수를 긁었다.

"허허허. 제가 한 게 무엇이 있겠습니까? 아비 된 자가 자식새끼를 백 진영에 홀로 처박아 놓고 버리듯이 키워서 늘 미안한 마음뿐이었습니다. 그러니 저는 한 게 아무것도 없습니다. 쿠퍼 녀석 스스로 잘 큰 것이지요."

"흘흘흘. 그렇게 겸손할 것 없네. 이러쿵저러쿵해도 쿠퍼가 여덟째 아우의 아들이라는 점은 변함이 없으이. 흘흘흘."

쌀라싸는 대견하다는 듯이 싸마니야를 바라보았다.

솔직히 쌀라싸는 마음속의 짐을 하나 내려놓은 기분이었다.

'이번 전쟁은 첫 단추부터 잘못 끼웠다고 생각했지. 이번에 아울 검탑을 공격했다가 별 성과도 얻지 못하고 망신만 당하였으니까 말이야. 한데 일이 이렇게 풀리는구나. 이번 전쟁을 통해서 교의 미래를 이끌어갈 훌륭한 재목을 발굴해 내었으니 나 쌀라싸는 할 일을 다 한 셈이로다. 흐흐흐. 장차 부정 차원으로 와힛 님을 뵈러 갈 때 떳떳이 고개를 들 수 있겠어. 흐흐흐흐흐.'

쌀라싸는 기분 좋게 두 눈을 감았다. 깊게 주름이 팬 쌀라싸의 눈꼬리에는 살짝 이슬 같은 것이 맺혔다.

Chapter 3

같은 시각.

이탄은 멍하게 눈을 껌뻑거리는 티스아에게 주의를 환기시켜 주었다.

"티스아 님, 그런데 그렇게 계속 계실 건가요? 백 진영 놈들을 잡지 않고요?"

"어엉? 아차! 그렇지. 내가 지금 백 진영 놈들을 공격하던 중이었지."

티스아가 퍼뜩 정신을 차렸다.

이탄 덕분에 적들 수백 명을 태워 죽인 것까지는 좋은데, 도망친 수호기사들의 숫자는 그것보다 아홉 배는 더 많았다.

"뭣들 하느냐? 어서 모레툼 교단의 개자식들을 잡아 족쳐라."

티스아가 서슬 퍼런 명을 내렸다.

"넵."

불호령을 들은 호교사도들은 후다닥 사방으로 흩어져 모레툼 교단 수호기사들의 뒤를 쫓았다.

그래 봤자 이미 티스아의 혈족들은 제 타이밍을 놓쳤다. 모레툼 교단의 수호기사들 가운데 상당수는 우거진 갈대숲으로 파고들어 어디로 사라졌는지 보이지도 않았다.

그나마 마도전함이 있어 다행이었다. 25척의 마도전함들은 하늘 꼭대기에서 지상을 탐색한 다음, 적 잔당을 발견했다.

쭈웅! 쯩! 쯩!

마도전함에서 발사한 광선이 수호기사 잔당들을 향해서 떨어졌다.

"저쪽이다. 저기에 모레툼 교단 놈들이 숨었어."

호교사도들은 광선이 작렬하는 지역으로 우르르 몰려갔다.

하지만 그렇게 덜미를 잡은 수호기사들은 소수에 불과했다. 대부분의 수호기사들은 이미 전장에서 몸을 빼낸 상태였다.

사실 이것은 이탄이 의도한 바였다. 수호기사들의 10분의 9가량이 무사히 탈출할 수 있었던 것은 이탄의 은근한 배려 덕분이었다.

비록 수호기사들은 그 사실을 꿈에도 몰랐지만 말이다.

지금으로부터 몇십 분쯤 전, 이탄은 일부러 소규모로 떨어져 나온 수호기사들을 향해서 화려한 흑주술을 퍼부었다.

이탄은 일단 핏빛 나무 군락, 즉 블러드 트리를 왕창 소환하여 사람들의 주목을 끌었다. 이어서 그는 사령마를 타고 화려하게 등장했다.

당연히 호교사도들은 적이 아닌 이탄만 바라보았다.

이탄은 보란 듯이 다크 그린도 펼쳐내었다.

이탄이 다양하게 애를 쓴 결과, 모든 호교사도들의 시선이 이탄에게 쏠렸다. 티스아도 오직 이탄만 주목했다. 쌀라싸가 배포한 눈알들도 이탄을 촬영하는 데만 열중했다. 심지어 하늘에 떠 있는 마도전함도 마찬가지였다.

이탄이 피사노교의 이목을 끌어주는 동안, 대부분의 수호기사들은 무사히 탈출로를 확보했다.

이탄은 바로 그 타이밍을 노렸다가 검록색 편린들을 화려하게 퍼부었다. 그러면서 이탄은 희생양이 된 수백 명의 수호기사들을 향해서 마음속으로 용서를 빌었다.

'미안합니다. 하지만 당신들이 고통스럽게 죽어나갈수록 피사노교의 이목이 이곳에 쏠릴 겁니다. 그렇게 해야만 당신들의 동료가 살아날 가능성이 높아지니 부디 나를 용서하쇼.'

결국 이탄은 수백 명의 희생으로 나머지 수천 명의 수호기사들을 살린 속셈이었다.

또 한 가지.

이탄은 검록색 화염을 최대한 높이 일으켜서 마도전함의 시야도 가려주었다.

활활 타오르는 화염 때문에 마도전함에서는 지상을 제대로 살필 수가 없었다. 모레툼 교단의 수호기사들은 그 틈을 타서 무사히 피사노교의 손길에서 벗어났다.

적당히 시간을 끌어준 다음, 이탄은 강 건너편을 힐끗 쳐다보았다.

'일단 1단계는 성공이구나. 그렇다면 이제 2단계로 넘어

가야겠지.'

이탄이 계획한 2단계는 다름 아닌 비크 교황의 처리였다.

오늘 피사노교가 비크를 붙잡지 못한다면, 그들은 집요하게 모레툼 교황청을 노릴 것이 뻔했다. 이탄은 그런 사태가 벌어지는 것을 막기 위해서라도 반드시 비크의 신병을 티스아의 손에 넘겨줄 요량이었다.

이탄이 강 건너편으로 손가락을 뻗었다.

퓨퓩!

검록색 편린 몇 개가 쏘아져나가 강 건너편의 갈대숲에 꽂혔다. 갈대숲에서 검록색 화염이 화르르륵 솟구쳤다.

이탄의 행동 때문에 피사노교 호교사도들의 시선이 강 건너로 쏠렸다.

"으응?"

티스아의 시선도 이탄이 가리킨 곳으로 향했다.

이탄이 다급히 소리쳤다.

"티스아 님, 저곳입니다. 조금 전 제가 저 위치에서 비크 교황을 발견하고는 불꽃을 쏘았었습니다. 그러다 이곳 사정이 급해 보이기에 이쪽으로 달려왔는데, 이러다 적장을 놓치겠습니다."

"그건 안 돼. 다른 놈들은 몰라도 적장을 놓치면 안 된다고."

티스아가 벼락처럼 몸을 날렸다. 티스아는 단숨에 갈대
숲 위로 떠오르더니, 그대로 수평비행하여 강을 건넜다.

퍼엉!

이탄도 사령마와 함께 검푸른 연기로 흩어졌다. 그렇게
흩어졌던 이탄이 다시 나타난 곳은 강 건너편이었다.

"이 일대를 스캔하라."

티스아가 고개를 위로 들고 명령을 내렸다.

그 즉시 마도전함들이 하강하여 지상에 환한 불빛을 비
추었다. 이윽고 그 마법의 불빛에 몇몇 무리들이 걸려들었
다.

삑삑삑! 삐삐비빅!

갈대숲에 요란한 경고음이 울렸다. 마도전함들은 경고가
울린 지역들을 향해서 고에너지 광선을 난사했다.

스캔 마법에 발각을 당한 자들 가운데 한 무리는 다름 아
닌 도미니코 추기경과 3명의 수호기사들이었다.

Chapter 4

"안 돼애—."

마도전함으로부터 불빛이 비추자 도미니코 추기경은 괴성을 질렀다.

"헉. 단장님, 서두르십시오."

수호기사들 가운데 한 명이 도미니코를 어깨에 들쳐 메었다. 그리곤 벼락처럼 갈대숲을 가로질렀다.

이 수호기사는 모레툼으로부터 신속의 가호를 하사받은 능력자였다.

마도전함이 그 앞을 향해 광선을 쏘았다.

"치잇."

수호기사는 날아오는 광선을 요리조리 피하며 계속 도주했다.

그러는 동안 나머지 2명의 수호기사들이 각자의 가호를 발휘하여 저공비행 중인 마도전함을 공격했다. 이 2명은 적의 이목을 끌어서 도미니코 추기경이 도망칠 시간을 벌어주는 것이 목적이었다.

한편 또 다른 곳에서도 도망자가 걸려들었다.

"허억, 허억, 헉, 헉, 헉."

환하게 불빛이 비추는 가운데, 왜소한 체격의 노인이 머리카락을 풀어헤친 채 우거진 갈대숲을 미친 듯이 내달렸다. 노인의 얼굴 반쪽은 흉하게 녹아 붙어서 보기에 끔찍했다.

이 왜소한 노인이 바로 비크 교황이었다.

이탄은 전쟁이 벌어지기 직전, 원시림에 숨어 지내던 비크 교황을 붙잡았다. 그리곤 무한공의 권능으로 단숨에 먼 거리를 뛰어넘어 이곳 솔강 갈대숲에 비크 교황을 던져 놓았다.

비크는 이탄이 걸어놓은 환각 때문에 곧바로 도망치지 못하고 멍하게 누워만 있었다. 그러다 조금 전 환각이 풀리면서 후다닥 뛰기 시작했다.

"씨팔. 여기가 어디야? 원시림 속 아지트에 숨어 있던 내가 왜 갑자기 이런 갈대숲에 버려진 거냐고? 씨팔. 씨팔."

비크는 마구 욕을 퍼부으면서 갈대숲을 가로질렀다.

삐비빅! 삐비비빅!

그런 비크를 향해서 마법이 불빛이 집요하게 따라붙었다. 비크가 어디로 도망을 치건 간에 불빛은 떨어질 줄을 몰랐다.

비크는 한 손으로 얼굴을 가리고 하늘을 노려보았다. 지금 비크의 머리 위에 웅장하게 떠 있는 함선의 정체는 피사노교의 것이 분명했다.

"크으윽, 피사노교 놈들이 무슨 흑마법을 부린 게 분명해. 놈들이 나를 이 갈대숲으로 끌어온 거라고. 씨팔."

비크는 꼬리에 불이 붙은 쥐처럼 전력을 다해 도망쳤다.

마도전함은 희롱을 하듯이 비크의 앞쪽에 광선을 쏘았다.

그때마다 비크는 펄쩍 펄쩍 뛰면서 직각으로 방향을 틀어야 했다. 그렇게 방해를 받다 보니 자연스럽게 비크의 도주 속도가 느려졌다.

사실 비크의 주특기는 이런 직접적인 전투가 아니었다. 비크는 모레툼으로부터 세 가지 가호를 하사받았다.

첫째, 대규모로 사람들의 마음을 움직이는 선동의 가호.

둘째, 군중을 다스리는 지배의 가호.

셋째, 적을 꼼짝 못 하게 묶어놓는 포박의 가호.

이상 세 가지 모두 상위단계의 뛰어난 가호들이었다. 하지만 이런 직접적인 위기 상황에서는 비크의 가호들이 딱히 도움이 되지 않았다.

이탄이 손가락으로 비크를 지목했다.

"티스아 님, 저기 저자가 모레툼의 교황입니다."

"그래?"

슈왕-.

티스아는 하늘에서 유성이 떨어지는 것처럼 단숨에 허공을 가로질렀다. 그리곤 비크의 머리 위로 떨어져 내렸다.

"이익! 물러나랏."

비크가 몸을 휙 틀었다. 그리곤 티스아를 향해서 벼락처럼 손바닥을 뻗었다. 비크의 손바닥에서 발휘된 포박의 가호가 티스아를 칭칭 옭아매었다.

포박의 가호는 모레툼 교단의 방어 계열 가호들 가운데 가장 쓸모가 많은 스킬 중 하나였다.

투명하고 질긴 신성력의 밧줄을 소환하여 상대를 순식간에 묶어버리는 것이 바로 이 가호의 특징.

어지간한 사도들이었다면 포박의 가호에 묶인 즉시 한동안 움직이지도 못했을 것이다.

하지만 상대가 너무 나빴다.

"크흥."

티스아가 힘을 꽉 주자 그녀의 전신에서 핏빛 검기가 고슴도치의 가시처럼 우수수 돋아났다.

그 검기는 신성력으로 이루어진 투명한 밧줄을 썽둥썽둥 썰어버렸다. 티스아가 비크 교황의 수법을 파훼하기까지는 불과 1초도 걸리지 않았다.

그러는 사이 비크는 전력을 다해서 수십 미터 밖으로 도망쳤다.

티스아가 코웃음을 쳤다.

"흥. 고작 도망친 곳이 거기냐?"

티스아는 한달음에 점프하여 비크의 머리 위에 도착했

다. 티스아가 뻗은 손이 위에서 쭉 내려와 비크의 머리통을 붙잡았다.

"안 돼."

비크는 다시 한번 포박의 가호를 발휘했다.

신성력으로 이루어진 투명밧줄이 티스아를 꽁꽁 묶었다.

티스아는 전신에서 다시 한번 핏빛 검기를 일으켜서 비크의 밧줄을 끊어버렸다. 그러면서 손을 쭉 뻗어 상대를 붙잡았다.

비크가 벼락처럼 고개를 아래로 숙였다.

그 순간 티스아의 손이 길게 늘어나는 것처럼 보이더니 그대로 비크 교황의 뒷덜미를 낚아챘다.

"케엑."

비크의 왜소한 체구가 허공으로 휙 딸려 올라왔다. 비크의 발바닥은 허공 수십 센티미터 높이로 들린 채 바동거렸다.

"네놈이 비크가 맞으렷다?"

비크의 귀에 티스아의 음성이 천둥처럼 울렸다.

"케엑, 켁, 켁켁."

비크는 두 손으로 자신의 목을 감싸고는 발만 동동 굴렀다.

빠악!

티스아가 손바닥으로 상대의 관자놀이를 후려쳤다.

두개골 으스러지는 듯한 소리와 함께 비크는 까무룩 기절했다. 비크의 코와 입에서 검붉은 핏물이 주륵 흘렀다.

티스아가 비크를 붙잡는 동안, 이탄은 도미니코를 맡았다.

퍼엉!

연기로 흩어졌던 이탄이 도미니코의 앞에 나타났다. 사령마에 올라탄 채 떡하니 등장한 이탄의 모습은 보는 것만으로도 숨이 턱 막혔다.

Chapter 5

"어헉?"

어깨에 도미니코를 짊어지고 도망치던 수호기사가 깜짝 놀라 직각으로 방향을 틀었다.

이탄은 그보다 한발 앞서서 사령마의 등을 박차고 몸을 날렸다.

이탄은 뱀처럼 S자를 그리며 갈대를 헤집더니, 눈 깜짝할 사이에 수호기사를 따라잡았다. 피사노교의 흑체술 가운데 가장 은밀하고 상대하기 까다롭다는 사행술(蛇行術)이 펼쳐진 것이다.

사행술은 본래 동차원 북명의 뱀 수인족으로부터 비롯된 체술의 일종이었다. 그것이 피사노교로 넘어오면서 한층 더 발전했다.

거기에 더해서 이탄의 사행술에는 두 가지 만자비문의 권능이 깃들어 있었다.

〈기척을 감추는〉
〈먹잇감을 굳게 만드는〉

이상 두 가지 권능 덕분에 이탄이 사행술을 발휘하면 적들은 이탄의 움직임을 파악하지 못했다.

또한 이탄에게 지목을 당한 먹잇감은 근육이 굳어서 제대로 도망치지도 못하였다.

수호기사도 예외는 아니었다.

원래 이 수호기사가 신속의 가호를 전력으로 발휘하면 눈 깜짝할 사이에 수백 미터를 주파해야 마땅했다.

한데 수호기사의 몸이 말을 듣지 않았다. 그의 다리 근육이 딱딱하게 굳었다. 그의 가슴은 벌렁벌렁 뛰었다.

수호기사는 사리판단도 잘 되지 않았다. 당연히 신속의 가호도 해제되었다. 수호기사는 마치 뱀 앞에 놓인 개구리처럼 그 자리에 우뚝 멈춰 설 수밖에 없었다.

덕분에 이탄은 손쉽게 먹잇감을 낚아챘다.

뻐억.

이탄이 휘두른 손이 도미니코의 등을 뚫고 파고들어 척추를 부쉈다.

"끄아악."

도미니코는 허리를 활처럼 휘면서 괴성을 질렀다. 땅에 철퍽 떨어진 도미니코는 사시나무처럼 온몸을 경련했다.

"으으으으윽."

이탄은 단숨에 도미니코의 허벅지를 걷어차서 움직이지 못하게 만들어 버린 다음, 수호기사에게 시선을 돌렸다.

사실 이탄은 이 수호기사에게는 아무런 억하심정이 없었다.

'피사노교에게 포로로 붙잡혀봤자 고통만 늘어날 뿐이지. 내 편히 보내드리리라.'

이탄은 마음속으로 상대의 명복을 빌어주었다.

이탄의 손날이 수호기사의 목 부위를 스치고 지나갔다.

핑그르르.

수호기사의 머리통이 몸에서 떨어져 나와 허공에서 몇 바퀴를 회전했다. 그런 다음 갈대숲 저편에 철퍽 떨어졌다.

머리를 잃은 수호기사의 몸뚱어리는 잘린 단면 부위에서

피를 분수처럼 뿌리며 뒤로 넘어갔다.

"단장님!"

"안 돼애—."

뒤에서 마도전함을 저지하던 2명의 수호기사가 부리나케 이탄에게 달려들었다.

"후우."

이탄은 숨을 한 차례 내쉰 다음, 뱀처럼 달려들어 두 수호기사의 목줄기를 양손으로 붙잡았다.

우두둑 소리와 함께 두 수호기사의 목뼈가 꺾였다.

이탄이 3명의 수호기사들을 해치우는 동안, 척추와 허벅지 뼈가 으스러진 도미니코는 제자리에서 버둥거리기만 할 뿐 몇 센티미터도 도망치지 못했다.

마도전함 몇 척이 이탄의 머리 위로 이동하여 불빛을 강하게 비추었다.

눈알처럼 생긴 쌀라싸의 마보들도 강을 건너와 이탄의 활약상을 촬영했다. 영상은 실시간으로 피사노교의 총단에 전송되었다. 쌀라싸를 비롯한 신인들은 크리스털 화면을 통해서 이탄의 전투 장면을 지켜보았다.

"오호라? 저건 사행술 같은데?"

아르비아가 사행술을 알아보았다. 아르비아는 체술에 관심이 많은 터라 사행술에 대해서도 잘 파악하고 있었다.

쌀라싸가 흡족하게 웃었다.

"흘흘흘. 우리 조카님이 정말 대단하지 않은가. 저 조카님은 다크 그린이라는 흑주술을 깊이 있게 익힌 데 이어서 흑마법인 리콜 데쓰 호스(Recall Death Horse: 사령마 소환)를 선보였고, 거기에 더해서 이번엔 흑체술까지 뛰어난 것 같아. 아무래도 저 아이는 주술과 마법과 체술에 골고루 능통한 천재인가 보이. 흘흘흘."

쌀라싸는 아예 이탄을 '우리 조카님'이라고 친근하게 불렀다.

"과찬이십니다."

싸마니야가 민망한 듯 얼굴을 붉혔다.

쌀라싸는 고개를 가로저었다.

"흘흘. 과찬이 아닐세. 쿠퍼는 놀랍게도 이제 갓 사도가 되었지 않은가. 그는 아직 부정 차원의 악마종과 결합을 하지도 않았다네. 흘흘흘흘. 그런데도 저 정도의 위력을 보여주다니, 정말 내 입이 다물어지지 않으이."

쌀라싸는 이탄이 아직 결합의식을 치르지 않았다는 점을 강조했다.

'아차! 그렇구나.'

신인들이 일제히 눈을 번쩍 떴다.

"미처 그 생각을 하지 못했는데, 생각해 보니 셋째 오라버니 말씀이 맞네요. 쿠퍼의 능력이 하도 대단해서 그가 아직 의식을 치르기 전이라는 사실을 깜빡 잊고 있었어."

아르비아가 무릎을 탁 쳤다.

캄사도 혀를 내둘렀다.

"어허어. 그러니까 뭐야. 장차 쿠퍼가 부정 차원의 악마종과 결합을 하면 훨씬 더 강해질 수 있다는 뜻 아닌가. 이거 정말 대단하네. 대단해."

"으험험. 험험."

싸마니야가 짐짓 헛기침을 했다.

다른 신인들이 놀라워할수록 싸마니야는 어깨가 으쓱해졌다. 비록 겉으로 내색을 안 하려고 하였으나 싸마니야의 입꼬리는 연신 씰룩거렸다.

[끼히히힛. 좋아서 죽는구나. 죽어.]

싸마니야와 결합한 악마종이 기다란 혀를 날름거리며 싸마니야를 놀렸다. 악마종의 뇌파가 싸마니야뿐 아니라 다른 신인들의 머릿속에도 들렸다.

쌀라싸가 웃으면서 한 마디를 보탰다.

"흘흘흘. 여덟째 아우가 정말 큰일을 해냈어. 저런 인재를 키워 내다니 말이야. 흘흘흘. 나는 최근 수백 년 내에 쿠퍼만 한 천재를 단 두 분밖에 본 적이 없다네. 내 장담하건대 쿠퍼는 장차 와힛 님과 이쓰낸 님의 뒤를 이어서 우리 피사노교를 떠받칠 기둥이 될 게야. 흘흘흘흘흘."

피사노교의 제1신인 와힛.

피사노교의 제2신인 이쓰낸.

이 2명과 비교된다는 것 자체가 최고의 칭찬이었다.

싸마니야가 펄쩍 뛰었다.

"어이쿠. 쌀라싸 님, 그건 너무 과하신 말씀입니다. 쿠퍼는 아직까지 부족함이 많은 아이입니다. 감히 와힛 님이나 이쓰낸 님과 비교를 하시다니요. 그런 과한 말씀은 거두어 주십시오."

"아니야. 아니야. 결코 과하지 않다네. 흘흘흘흘흘."

쌀라싸는 기분 좋게 자신의 수염을 쓸어내렸다.

쌀라싸의 가슴에 박힌 악마종도 수백 마리의 뱀으로 이루어진 수염을 꿈틀거리면서 이탄에 대한 흥미를 드러내었다.

쌀라싸와 결합한 악마종뿐만이 아니었다. 다른 신인들과 결합한 악마종들도 모두 화면 속의 이탄에게서 관심을 떼지 못했다.

Chapter 6

다음 날인 10월 8일.

피사노교에서는 적극적으로 비크 교황의 생포 소식을 퍼뜨렸다.

"자네 그 이야기 들었나? 피사노교가 모레툼 교단의 교황을 포로로 붙잡았다며?"

"들었고말고. 비크 교황뿐 아니라 교황의 심복인 추기경도 붙잡았다는데? 그 과정에서 교황을 지키던 수호기사들이 떼죽음을 당했다더라고."

이와 같은 이야기가 언노운 월드 전역을 강타하기까지는 불과 며칠도 걸리지 않았다. 당연히 백 진영이 발칵 뒤집혔다.

자크르의 수인족들과 시돈의 네크로맨서가 연합하여 노아의 신전을 무너뜨린 것이 이번 전쟁의 시발점이었다.

이 사건이야말로 흑 진영이 백 진영에게 거둔 1승의 의미를 지녔다.

백 진영에서는 곧바로 보복 작전에 들어갔다. 시시퍼 마탑이 이그놀리 흑탑을 세상에서 지워버린 것이다.

이로써 백 진영이 1승을 되찾아온 셈이었다.

이제 승패는 1대 1이 되었다.

사태는 거기서 끝나지 않았다. 피사노교와 백 진영의 삼대 탑은 아울 산맥에서 서로 부딪쳐서 무승부를 이뤘다.

그리하여 흑과 백은 다시 한번 팽팽한 균형을 맞추었다.

한데 바로 뒤이어 피사노교가 모레툼 교단에 치명타를 날린 것 아닌가. 승부는 또 다시 흑 진영 쪽으로 기울었다.

사실 백 진영 입장에서는 당혹스러운 일이었다. 엄밀히 말해서 비크는 더 이상 모레툼 교단의 교황이 아니었다. 최근 비크는 전체 추기경회의에서 탄핵을 받아 교황의 성좌에서 쫓겨났다.

하지만 이 점은 그리 중요하게 여겨지지 않았다. 모레툼 교단의 핵심 인물들인 비크와 도미니코가 피사노교에 포로로 붙잡혔고, 그들을 지키던 수호기사단이 큰 타격을 입었다는 점만이 유독 부각되었다.

"원래 모레툼 교단은 비크 교황과 도미니코 추기경, 그리고 레오니 추기경이 3분의 1씩 무력을 나눠가지고 있었잖아?"

"맞아. 그런데 이번에 비크와 도미니코가 피사노교에게 붙잡혔으니 모레툼 교단의 힘이 3분의 1로 줄어든 것 아닌가."

"그렇다면 흑과 백의 전쟁에서 흑이 한 발 앞서나가기 시작한 셈이네. 안 그래?"

이런 대화가 대중들 사이에서 공공연하게 퍼져나갔다.

그런데도 모레툼 교황청은 침묵에 빠졌다. 그들은 충격적인 소식에 놀랐는지 아무런 논평도 내놓지 못했다.

솔직히 모레툼 교단이 충격을 받을 만도 했다.

모레툼의 추기경들은 불과 며칠 전까지만 하더라도 '피사노교가 모레툼 교황청 대신 아울 검탑으로 공격 방향을 틀었구나.' 라고 생각하며 안심하던 중이었다.

그런데 알고 보니 피사노교의 발톱은 최근까지도 모레툼 교단을 노리고 있었던 것이다. 다만 그 대상이 교황청이 아니라 비크 교황이었을 따름이었다.

'만약 피사노교가 비크와 도미니코가 아니라 교황청을 직접 공격했다면 어땠을까? 과연 레오니 추기경이 피사노교의 막강한 공세를 막아낼 수 있었을까?'

추기경들은 스스로에게 이러한 질문을 던져보았다.

답은 '아니오.' 였다.

레오니도 스스로에게 같은 질문을 했다.

'추심 기사단이 피사노교의 신인을 막아낼 수 있었을까?'

솔직히 말해서 레오니는 자신이 없었다. 이건 정말 답을 하기 어려운 질문이었다.

다른 한편으로 레오니는 피사노교가 자신이 아니라 비크 교황을 노린 것을 기뻐해야 할지 슬퍼해야 할지도 헷갈렸다.

"사람의 가치를 평가하는 방법은 두 가지가 있다지? 하나는 그 사람의 친구를 보고 가치를 평가하는 방법이 있고, 두 번째는 그 사람의 적을 보고 평가하는 방법이 있을 거야."

레오니가 나직하게 중얼거렸다.

이번에 피사노교는 모레툼 교단을 적으로 규정했다.

모레툼 교황청에서도 최선을 다해서 피사노교를 막을 준비를 했었다.

한데 막상 뚜껑을 열고 보니 피사노교가 적장으로 상정한 대상자는 레오니 추기경이 아닌 비크였다.

"하! 나 따위는 피사노교의 안중에도 없다는 소리인가? 놈들이 생각하는 모레툼 교단의 핵심 인물은 내가 아니라 비크였나 봐."

레오니의 입에서 자조 섞인 독백이 흘러나왔다.

그녀의 입장에서는 모레툼 교황청이 무사해서 일단 다행이었다. 그런데 어쩐지 비크에게 의문의 1패를 당한 것 같은 레오니였다.

"휴우우우."

레오니 추기경은 밤새도록 씁쓸한 기분을 지우지 못했다.

제4화
레온 가문

Chapter 1

이틀 뒤인 10월 9일.

깊은 밤 눈 덮인 산 정상에 달빛이 희미하게 내리쬐었다. 한 가닥의 바람이 구름을 몰고 와 달빛을 가렸다.

이내 사방은 어둠에 파묻혔다.

짙은 암흑 속에서 노란 횃불 같은 것이 떠올랐다.

이것은 횃불이 아니라 눈동자였다. 3 미터가 훌쩍 넘는 거구에 수사슴의 그것을 닮은 뿔을 길게 늘어뜨린 수인족 노인이 부리부리한 눈으로 산 밑을 굽어보았다.

노인의 턱에서 자라난 검은 수염은 배까지 탐스럽게 늘어져서 노인이 몸을 움직일 때마다 좌우로 출렁거렸다.

[크르르르. 저곳인가?]

수인족 노인의 뇌에서 증오에 가득한 뇌파가 울려 퍼졌다.

이 수인족 노인의 정체는 타우너스 일족의 대족장.

대륙 북동쪽 추이타 대초원에 자리를 잡고 있던 타우너스 일족의 대족장이 무려 10,000킬로미터 이상을 남하한 것이다.

당연히 대족장 혼자서 남하하지는 않았다. 대족장의 뒤에는 덩치가 큰 타우너스 전사들이 육중한 무기로 중무장을 한 채 늘어서 있었다. 타우너스 전사들은 새하얀 눈밭 위에서 숨을 쉭쉭 몰아쉬었다.

대족장의 옆에는 온몸이 비늘에 뒤덮인 파충류 계열의 수인족 사내가 서 있었다. 그는 네모난 천을 삼각형으로 접어서 얼굴 절반을 가렸고, 양손에 클러(Claw: 맹수의 발톱을 흉내 낸 무기)를 착용한 차림이었다.

삼각 천으로 얼굴을 가린 수인족 사내는 폰스 일족을 다스리는 대족장이었다.

폰스 일족 또한 타우너스 일족과 함께 추이타 대초원을 지배하는 4대 종족 가운데 하나였다.

폰스 일족 대족장의 뒤에는 헤아릴 수 없이 많은 폰스족 암살자들이 새하얀 눈 속에 몸을 숨긴 채 대족장의 명이 떨어지기만을 기다렸다. 암살자들은 모두 삼각 천으로 얼굴의 절반을 가렸고, 양손에는 클러를 착용했다.

2명의 대족장들 옆에는 또 다른 수인족 사내가 팔짱을 끼고 섰다.

이 사내는 늑대의 얼굴에 사람의 몸을 가진 늑대형 수인족 사내였다. 그것도 그냥 늑대족이 아니라 북슬북슬한 잿빛 털을 가진 자였다.

그렇다!

잿빛 늑대족 사내는 언노운 대륙 출신이 아니다. 그는 동차원 북명 지역의 코이오스 가문에서 차원을 넘어온 술법사였다.

그것도 만급이나 완급의 술법사가 아니라 선급을 훌쩍 넘어서 선7급의 대선인의 단계에 올라선 초강자였다.

사내의 이름은 커트럽.

지위는 코이오스 가문을 다스리는 2명의 공동 가주 가운데 한 명.

타우너스 대족장이 번들거리는 눈으로 커트럽 가주를 돌아보았다.

[크르르르. 그래서 언제 공격을 개시할 생각이오?]

[…….]

커트럽은 타우너스 대족장의 재촉을 듣지 못한 듯 산비

탈 아래쪽만 내려다보았다.

커트럽의 시선이 고정된 계곡 저편에는 하얀 눈에 뒤덮인 고풍스러운 건축물들이 줄지어 늘어서 있었다.

그곳을 바라보는 커트럽의 눈빛은 차갑기 그지없었다.

타우너스 대족장이 다시 한번 커트럽을 재촉했다.

[크르르……. 언제 공격을 시작할 것인지 물었소만.]

[음?]

커트럽은 그제야 대족장을 돌아보았다.

잿빛 털 사이에서 번뜩이는 커트럽의 유리 같은 눈알은 보는 것만으로도 오한을 불러일으킬 만큼 섬뜩했다.

[크읍.]

타우너스 대족장은 상대의 눈을 마주친 즉시 몸이 움츠러들었다.

솔직히 대족장은 즉각 고개를 옆으로 돌리고 커트럽의 끈적끈적한 시선을 피하고 싶었다.

하지만 그러기에는 자존심이 허락하지 않았다. 그는 흉포한 타우너스 전사들을 이끄는 대족장이었다. 부하들이 보는 앞에서 기 싸움에 밀릴 수는 없었다. 상대가 제아무리 피사노교의 신인이라고 할지라도 말이다.

사실 커트럽은 피사노교의 신인이 아니었으나, 타우너스 대족장과 폰스 대족장은 커트럽의 진짜 정체를 알지 못했다.

추이타 대초원을 지배하는 두 종족은 이미 수백 년 전부터 커트럽을 피사노교의 신인이라고 믿고 거래를 해왔다. 북명 코이오스 가문의 음흉한 잿빛 늑대들은 타우너스와 폰스 일족을 철저하게 속여 온 것이다.

'푸우웁, 푸우우웁.'

타우너스 대족장은 어금니를 꽉 깨물고 숨을 몰아쉬었다. 그러면서 대족장은 커트럽을 마주 쏘아보았다.

그 모습이 건방지다고 느꼈을까? 커트럽은 턱을 살짝 치켜들고는 타우너스 대족장을 응시했다.

츠츠츠츠츳―.

커트럽으로부터 소름 끼치는 기운이 뻗어 나와 타우너스 대족장의 온몸을 싸악 훑고 지나갔다.

'우우욱.'

타우너스 대족장은 마치 독사가 까끌까끌한 혀로 온몸을 핥아 내려가는 듯한 느낌을 받아야 했다.

이건 정말 진저리 쳐지는 감각이었다. 타우너스 대족장은 미쳐버릴 것만 같았다.

그럼에도 대족장은 커트럽의 시선을 피하지 않고 끝까지 버텨냈다. 타우너스 대족장의 등줄기를 타고서 식은 땀방울이 또르륵 흘렀다.

결국 커트럽이 자비를 베풀었다.

'푸후우, 살았다.'

타우너스 대족장은 상대가 기세를 풀어주자 비로소 안도의 한숨을 내쉬었다.

커트럽이 천천히 뇌파를 열었다.

[대족장의 말대로 이제 공격을 해야겠지. 저들 레온의 피를 맛볼 때가 되었어.]

커트럽은 음습한 뇌까림과 함께 혀를 내밀어 입술을 싹 핥았다.

[크르르르.]

타우너스 대족장도 자존심을 지켜낸 것이 자랑스러운 듯 뾰족한 어금니를 길게 드러내고는 낮게 으르렁거렸다.

물론 대족장의 으르렁거림은 커트럽이 아니라 저 아래 웅크리고 있는 레온 가문을 향한 것이었다.

레온.

이 명칭은 언노운 월드 대륙 북동쪽에 웅크리고 있는 은둔자들의 가문을 일컫는 용어였다.

일반인들에게는 전혀 알려져 있지 않지만, 사실 레온 가문은 백 진영의 모든 수뇌부들이 경외하는 전설 중의 전설이었다.

그럴 만도 한 것이, 레온은 드래곤의 피를 이어받은 용인(龍人)들의 가문이었다.

초월적 혈통을 가진 가문답게 레온은 그동안 우수한 초인들을 배출해 내었다.

수십 년 전부터 백 진영에서 두각을 나타내고 있는 시시퍼 마탑의 부탑주 라웅고도 알고 보면 레온 가문 출신이었다.

아울 검탑의 최상위 서열 가운데 한 명인 아울5검도 레온 출신이었다.

북명 슭의 정신적 지주라 불리는 피피르에게도 레온 가문의 피가 섞였다.

레온 가문의 용인들은 마법사에만 국한되지 않았다. 검수, 술법사, 예술가, 정치인 등 다방면에서 두각을 나타내었다.

그만큼 용인들은 재능이 넘쳤다.

Chapter 2

이런 면에서 볼 때 어쩌면 레온 가문은 백 진영 전체를 밑에서 떠받치고 있는 주춧돌 같은 가문일지도 몰랐다.

다만 용인들은 구성원의 수가 많지 않아 역사의 전면에 나서기는 어려웠다. 레온 가문의 용인들이 세상에 알려지지 않은 이유는 바로 이 때문이었다.

커트럽은 바로 그 전설적인 가문을 오늘의 공격 목표로 점찍었다. 눈 덮인 계곡을 내려다보는 커트럽의 눈이 욕망으로 번들거렸다.

'용인들의 피를 흡입할 수만 있다면! 그럼 우리 코이오스의 술법사들은 몇 배나 더 강해질 게야. 기존에 흑과 백으로 나뉘어 있던 틀을 우리가 단숨에 허물어뜨릴 수 있단 말이지. 크크크크큿.'

기존의 틀인 피사노교와 삼대 탑, 그리고 동차원의 남명을 몽땅 무너뜨리고 세상을 혼돈에 몰아넣는 것!

이것이야말로 커트럽이 진정으로 바라는 목표였다.

물론 그게 말처럼 쉽지는 않았다.

피사노교의 아홉 신인들은 정말이지 소름 끼치게 강했다. 시시퍼 마탑과 아울 검탑, 마르쿠제 술탑의 최상위 강자들도 커트럽의 꿈에 나올까 두려울 정도로 막강했다. 극양노조, 현음노조, 금강대선인, 멸정 대선인과 같은 남명의 대선인들은 말할 것도 없었다.

그래서 코이오스 가문은 헤아릴 수 없이 긴 시간 동안 자신들의 속셈을 숨겼다. 음흉한 잿빛 늑대족은 세상을 혼돈에 몰아넣겠다는 본래 목표를 드러내지 않고서 북명에 녹아들어 '하버마' 라는 대세력을 탄생시켰다.

공식적으로 하버마는 백 진영에 속하는 세력이었다. 오랜 세월 동안 하버마의 수인족 술법사들은 남명과 북명의 여러 동료들, 그리고 마르쿠제 술탑 등과 손을 잡고서 피사노교에 맞서 싸웠다.

하지만 이것은 어디까지나 위장 전략일 뿐, 지금의 하버마는 코이오스 가문과 같은 어둠의 무리들이 주도권을 완전히 틀어쥔 상태였다.

하버마를 손에 넣은 이후에도 코이오스 가문은 속셈을 겉으로 드러내지 않았다.

대놓고 양지로 나오기에는 피사노교가 너무 강했기 때문이었다. 또한 백 진영의 거대 세력들도 두려웠던 탓이었다.

그래서 코이오스 가문은 오직 음지에서만 본색을 드러냈다.

교활한 잿빛 늑대족들은 겉으로는 마르쿠제 술탑과 친하게 지내는 척하면서 뒤로는 마르쿠제의 혈육인 비앙카를 납치하려 시도했다. 혹은 그들은 그릇된 차원에도 가문의 혈족들을 들여보내서 그 안에 거점을 만들어 놓기도 하였다.

그렇게 음지에서만 몰래 활동하던 코이오스 가문이 오늘

은 본격적으로 이빨을 드러내었다. 이제 그래도 될 만하다고 판단했기 때문이었다.

실제로도 커트럽 대선인은 자신감이 넘쳤다.

'인과율의 여신이 언노운 월드를 떠났단 말이지? 그 이야기는 다시 말해서 혼돈의 신께서 드디어 이 세상에 재림하셨단 뜻이야.'

코이오스 가문과 같은 어둠의 무리들이 태곳적부터 숭배하고 또 기다려온 혼돈의 신이 드디어 다시 눈을 뜬 게 분명했다.

'혼돈의 신께서 재림하신 이상 레온의 용인들 따위는 아무것도 아니지.'

이게 커트럽의 판단이었다. 커트럽은 혼돈의 신이 오늘의 거사를 보살펴주실 것이라 믿었기에 승리를 자신했다.

믿음의 근거는 명확했다.

지금으로부터 며칠 전 일이었다. 조금 더 정확히 말하자면 지난 10월 2일에 신의 재림을 증명하는 징조가 나타났다.

마침 10월 2일은 인과율의 여신이 이탄을 공격했다가 오히려 패배하여 다른 세계로 도망친 날이었다.

바로 그 10월 2일에 잿빛 종이 뎅그렁 뎅그렁 소리를 내었다.

이 잿빛 종은 코이오스 가문이 태곳적부터 보관해 온 보물이었다.

음울하게 울리는 종소리를 듣자마자 코이오스 가문의 모든 구성원들이 펄쩍 뛰었다. 한 번도 소리를 내지 않았던 잿빛 종이 운다는 것은, 인과율의 여신이 언노운 월드와 동차원을 떠났다는 증거였다.

[여신으로 하여금 이 세계를 떠나게 만들 존재가 세상에 또 어디 있겠는가? 이것은 분명 혼돈의 신이 다시 눈을 떴다는 것이리라.]

커트럽이 우렁차게 뇌파를 터뜨렸다. 그는 즉각 가주령을 발동하여 '혼돈의 대계'을 시작했다.

혼돈의 대계란 어둠의 무리들이 까마득한 옛날부터 준비해온 창대한 계획을 일컫는 단어였다.

그 대계 안에는 흑과 백 사이에 대전쟁을 유도해서 동차원과 언노운 월드를 대혼란으로 몰아넣겠다는 계획도 당연히 포함되어 있었다.

그로부터 일주일 뒤인 10월 9일.

'오늘 드디어 대계의 첫발을 내딛는구나. 용인들의 가문인 레온을 멸족시킨 다음, 그걸 피사노교의 짓으로 뒤집어 씌워야 해. 그래야 비로소 혼돈의 대계가 시작되는 게야.

물론 그 와중에 용인들의 피도 덤으로 챙겨야지.'

커트럽은 오늘의 목표를 다시 한번 가슴에 새겼다. 그러면서 커트럽은 눈 덮인 계곡을 향해서 천천히 발을 옮겼다.

커트럽의 뒤를 이어서 잿빛 늑대족들이 눈밭 곳곳에서 튀어나왔다. 이들은 모두 코이오스 가문의 술법사들이었다.

한데 술법사들은 코이오스의 문장을 가슴에 수놓지 않았다. 대신 그들은 피사노교의 사도들과 유사한 복장을 갖추었다.

커트럽과 그의 일족들이 먼저 전쟁터로 나서자 타우너스의 대족장은 콧김을 뜨겁게 내뿜었다.

[크풍! 우리가 뒤처질 순 없지. 대초원의 용사들이여, 모두 출전하라.]

[옙, 대족장님.]

쿵, 쿵, 쿵, 쿵, 쿵.

중병기로 무장한 타우너스 전사들이 육중한 몸을 움직였다. 전사들은 대족장의 명이 떨어지기 무섭게 산비탈로 몸을 내던졌다.

이어서 폰스 대족장도 소리 없이 그 뒤를 쫓았다. 그 뒤에는 암살자로 악명이 자자한 폰스 일족이 그림자처럼 뒤따랐다.

커트럽은 처음에 천천히 비탈길을 내려가다가 점점 더 속도를 높였다. 그리곤 마침내 바람처럼 질주했다.

커트럽이 빠르게 몸을 날리는 와중에 손을 앞으로 뻗었다.

[가라.]

커트럽의 손끝에 투명한 기운이 응집된다 싶더니, 그 기운이 쏜살같이 날아가 레온 가문의 정문을 후려쳤다.

이것은 커트럽이 오랫동안 연마해온 술법이었다.

Chapter 3

유리처럼 투명한 화살이라는 의미를 가진 유리궁(琉璃弓)이 커트럽의 손끝에서 쏘아져 나왔다.

뻐엉!

요란한 굉음과 함께 호두나무로 짠 문짝이 터져나갔다. 문 앞에 설치된 방어 마법진도 단숨에 찢어졌다.

유리궁은 그 옛날 혼돈의 신이 코이오스 가문의 시조에게 내려준 전설적인 스킬이었다. 소리도 없고 기척도 없이 날아가 적을 격살하는 이 스킬 덕분에 코이오스 가문의 초창기 혈족들은 강자가 득실거리는 북명 한복판에 떳떳하게 자리를 잡을 수 있었다.

그 후 역대 코이오스 가문의 술법사들은 선조가 남긴 스킬을 술법화하여 오늘날의 유리궁으로 가다듬었다.

후오옹!

커트럽은 손끝에 한 번 더 법력을 불어넣었다.

커트럽의 어깨 위에 투명한 화살들이 응집된다 싶더니, 그 화살들이 아무런 기척도 없이 날아가 레온 가문의 담장을 연쇄 폭격했다.

말이 화살이지, 사실 유리궁은 궁수가 쏘는 화살이 아니라 대형 벌리스터에서 발사되는 대형 쇠뇌 이상의 크기였다.

게다가 이 술법은 목표에 적중하는 즉시 주변 수십 미터를 폐허로 만드는 파괴력까지 갖추었다.

커트럽은 그런 투명한 화살을 불과 몇 초 만에 수십 발이나 연달아 쏘았다.

덕분에 커트럽이 적진에 가까이 접근했을 무렵에는 레온 가문의 정문뿐 아니라 전면 담장 전체가 초토화되어 아무 것도 남지 않았다.

아니, 그 정도를 넘어서 레온 가문의 건물 서너 개는 완전히 허물어졌다.

[역시 엄청나구나.]

타우너스 대족장의 눈이 휘둥그레졌다.

[과연 피사노교로다.]

입이 무거운 폰스 대족장도 혀를 내둘렀다.

'전쟁 시작과 동시에 이렇게 무차별 폭격으로 기선을 제압하고 나면, 그 다음 전투는 한결 수월해지기 마련이지.'

타우너스 대족장과 폰스 대족장은 동시에 같은 생각을 품었다. 그들은 커트럽이 선보인 엄청난 화력에 기가 질리면서도 다른 한편으로는 마음이 든든해졌다.

양 종족의 부족원들도 대족장과 같은 생각을 품었는지 우렁찬 함성을 내지르며 산비탈을 뛰어 내려갔다.

그때 레온 가문 안에서 우렁찬 소리가 터졌다.

"웬 놈들이냐?"

박살 난 대문 안에서 몇 명의 노인들이 뛰쳐나왔다.

그중 중앙의 노인은 금빛 안광을 눈에서 뿜어내었는데, 외모가 라웅고 부탑주와 상당히 흡사했다.

노인은 눈동자가 황금색일 뿐 아니라 머리카락도 금발이었다.

한편 왼쪽의 노인은 비쩍 마른 모습으로 무척 꼬장꼬장해 보였다. 이 노인은 머리카락이 붉은색에 눈동자도 붉었다.

반면 오른쪽의 노인은 키가 작고 몸이 뚱뚱했다. 이 노인은 은발에 은빛 눈동자를 가지고 있었다.

세 노인의 등장에도 불구하고 커트럽은 비탈을 달려 내려가는 속도를 줄이지 않았다. 커트럽은 빠르게 몸을 날리면서 중앙의 금빛 눈동자를 가진 노인에게 폭격을 집중했다.

노인이 코웃음을 쳤다.

"크흥. 고작 수인족 따위가 어디서 감히."

금빛 눈동자를 가진 노인은 대놓고 커트럽을 비웃은 다음, 마법으로 쉴드를 일으켰다.

이것은 표면에 어렴풋이 황금색 비늘이 드러나 있는 특이한 모양의 쉴드였다. 이른바 골든 스케일 쉴드(Golden Scale Shield)라 불리는 방어마법이 발동한 것이다.

커트럽의 유리궁이 상대의 쉴드를 연달아 두드렸다. 그것도 수십 발이나 되는 폭격이 기척도 없이 날아가 쉴드 표면을 때리고 또 때렸다.

뻐엉! 뻥! 뻥! 뻥! 뻥!

골든 스케일 쉴드 표면에서는 가죽북 터지는 듯한 소리가 연달아 터졌다. 귀청을 찢는 폭음과 더불어 무시무시한 폭발력이 휘몰아쳤다. 솔직히 이 정도 폭격이면 작은 언덕 하나를 초토화시킬 만했다.

그런데 놀랍게도 금빛 눈동자를 가진 노인이 만들어낸

골든 스케일 쉴드는 커트럽의 파괴적인 폭격을 거뜬히 받아내었다.

이처럼 수비가 탄탄하면 공격자의 기세가 꺾이게 마련.

하지만 커트럽은 눈썹 하나 까딱하지 않았다. 커트럽은 산비탈을 내려오는 속도도 줄이지 않았다.

바람처럼 빠르게 접근한 커트럽이 손가락 모양을 살짝 바꾸었다. 그러자 수십 발의 유리궁 가운데 하나에 불그스름한 기운이 살짝 깃들었다.

수십 발의 유리궁이 골든 스케일 쉴드를 다시금 후려쳤다.

뻐엉, 뻥, 뻥, 뻥, 콰앙!

연달아 들리는 폭음 가운데 마지막 한 발이 유독 크게 들렸다.

"크왁."

마지막 폭음과 함께 금빛 눈동자를 가진 노인은 입에서 피를 뿜으며 뒤로 날아갔다. 철벽처럼 노인을 보호해주던 골든 스케일 쉴드에는 시커멓게 구멍이 뚫린 상태였다.

"앗! 형님?"

붉은 눈동자의 노인이 벼락처럼 날아와 쓰러진 노인을 부축했다.

"안 돼."

땅딸보 노인도 가만히 있지 않았다.

땅딸보 노인은 어느새 앞으로 치고 나오더니 은빛 비늘이 박힌 마법 방패, 즉 실버 스케일 쉴드(Silver Scale Shield: 은비늘 방패)를 소환하여 커트럽의 공격을 대신 받았다.

실버라고 해서 골드보다 뒤처진다고 폄하할 수는 없었다. 골든 스케일이 물리공격과 마법공격, 영력공격에 골고루 효과를 발휘하는 전천후 방어마법이라면, 실버 스케일은 물리공격 및 흑마법에 유독 강한 면모를 보여주었다.

커트럽이 날린 유리궁 여러 발이 실버 스케일 쉴드를 가격했다.

그래도 쉴드는 끝끝내 뚫리지 않고 적의 공격을 버텨내었다.

사실 이번 커트럽의 공격에는 불그스름한 기운이 깃들지 않았기에 땅딸보 노인이 버틸 수 있었다.

어쨌거나 땅딸보 노인이 앞을 막아주는 사이, 땅바닥에 나뒹굴었던 금빛 눈동자의 노인이 자리를 털고 다시 일어났다.

입에서 피를 흘리는 이 노인의 이름은 비카르 레온.

그는 골드 드래곤의 피를 이어받은 용인이자 라웅고의 모체였다.

Chapter 4

모체라고 해서 비카르가 여성체인 것은 아니었다. 용인들은 남성과 여성의 구분이 없었다. 용인들은 때가 되면 신체 내부에서 자체적으로 후손을 만들어 세상에 탄생시키는데, 비카르가 빚은 후대가 라웅고일 뿐이었다.

용인들에게 후대를 잇는다는 것은 동물들이 자식을 잉태하고 키우는 것과는 완전히 다른 개념이었다.

그것은 차라리 식물이 포자를 뿌려서 후대를 이어가는 것에 더 가까웠다.

비카르도 이와 마찬가지인지라, 그는 라웅고를 다른 용인들보다 특별히 더 아끼지 않았다. 비카르가 직접 라웅고를 양육한 적도 없었다.

마찬가지로 라웅고도 비카르에게 기대지 않았다. 그저 라웅고 스스로 성장하고 스스로 발전했을 따름이었다.

한편 비카르를 부축한 깡마른 노인의 이름은 포후라 레온이었다. 포후라는 드래곤들 가운데 가장 난폭하다고 알려진 레드 드래곤의 피를 이어받았다.

또한 두 동료를 위해서 은빛 쉴드를 쳐준 땅딸보 노인의 이름은 쉬라 레온이었다. 그의 마법에서 짐작할 수 있듯이 쉬라는 실버 드래곤의 피를 물려받은 용인이었다.

커트럽은 3명의 용인을 눈앞에 두고도 전혀 겁을 내지 않았다.

'크흐흐. 예전이었다면 너희들 용인들을 두려워했겠지. 하지만 혼돈의 신이 다시 눈을 뜬 이상 너희 용인들의 권능은 10분의 1 이하로 줄어들었을 것이다. 이제 너희는 우리 잿빛 늑대족의 상대가 아니야.'

커트럽은 굳은 믿음으로 3명의 용인과 정면승부를 택했다.

이것은 결코 만용이 아니었다.

용인이 무서운 이유가 무엇이던가? 용인이 마법적 재능이 뛰어나서? 피지컬, 즉 신체능력이 막강해서? 머리가 좋아서?

이런 것들도 답이 될 수 있지만, 그것보다 정확한 답은 언령이었다.

용인들은 언령에 대한 깨달음을 얻는 경우가 많았다. 일단 용인이 언령을 깨우치고 나면, 그는 거의 엄지발가락 한 마디쯤은 신격에 발을 걸친 셈이었다.

라웅고가 좋은 예였다.

라웅고가 '정화'라는 언령을 깨우친 이후로 피사노교의 신인들도 감히 라웅고의 공격을 버티지 못했다.

지난번 아울 산맥에서 벌어진 전투에서도 신인들은 '정

화'의 언령을 견디지 못하고 줄줄이 꽁무니를 빼기에 급급
했다.

'한데 혼돈의 신이 재림한 이상 언령이 제대로 작동하지
않는다고. 크흐흣. 그러니까 이제부터 너희들 용인들은 언
령의 도움 없이 순수한 마법과 육체로만 싸워야 해.'

커트럽이 속으로 이렇게 중얼거렸다.

'혼돈의 신이 재림할 때 세상의 모든 언령이 중단될 것
이다.' 라는 내용은 어둠의 숭배자들이 굳게 믿고 있는 믿
음이었다.

당연히 커트럽도 이 문구를 맹신하였다.

퓨퓨퓨퓨퓻!

커트럽이 적들을 향해서 다시 한번 수십 발의 유리궁을
날렸다.

조금 전과 달리 커트럽은 단 한 명의 적에게만 공격을 집
중하지 않았다. 그의 유리궁은 3명의 용인들뿐 아니라 레
온 가문 전체를 폭격했다.

쉬라는 기척도 없이 퍼져나가는 적의 공격을 기가 막히
게 감지해 내었다.

"흥. 어림없는 수작."

쉬라는 실버 스케일 쉴드를 넓게 펼쳐서 가문 전체를 광
역 방어했다. 쉬라는 자신의 방어마법으로 상대의 공격을

충분히 무산시킬 수 있다고 믿었다.

헛된 믿음이었다. 이번 커트럽의 공격은 이전과는 차원이 달랐다. 투명한 유리궁 가운데 하나에 불그스름한 기운이 살짝 깃들어 있었다.

이 마지막 한 발의 공격이 사달을 일으켰다.

뻐엉, 뻐엉, 뻥, 뻥 꽝!

여러 발의 공격 중 유독 마지막 한 방이 큰 폭음을 터뜨렸다. 실버 스케일 쉴드에 구멍이 크게 뚫렸다.

"크왁."

쉬라는 피를 뿌리며 뒤로 나동그라졌다.

"이 노옴."

그 즉시 포후라가 전방으로 뛰쳐나갔다.

포후라는 벌렁 드러누운 쉬라의 몸을 타넘더니 어느새 인간의 모습을 저버리고 드래곤의 형태로 폴리모프했다.

붉은 비늘을 자랑하는 레드 드래곤이 아가리를 쩍 벌리며 산비탈을 거슬러 올라가는 장면은 실로 장관이었다.

쿠콰콰콰콰—.

포후라의 아가리에서 화염이 짙게 쏟아졌다.

허공에 흩날리던 눈송이들이 단숨에 녹아서 물방울로 응결되었다. 그런 다음 그 물방울들이 다시 수증기가 되어 증발했다.

포후라가 뿜어낸 화염은 거의 100 미터 이상을 뻗어나가 커트럽을 집어삼켰다.

"크흥."

커트럽이 코웃음을 쳤다.

커트럽이 손을 휘저은 순간, 수십 발의 유리궁이 포후라를 향해서 발사되었다. 투명한 화살군은 쏟아지는 화염을 뚫고 들어가 레드 드래곤으로 변신한 포후라를 직접 강타했다.

덕분에 포후라의 화염이 약화되었다.

[이크.]

포후라가 재빨리 몸을 뒤틀어 허공으로 솟구쳤다.

[포후라, 위험하다.]

비카르가 포후라 앞에 골드 스케일 쉴드를 둘러주었다.

대부분의 유리궁은 골드 스케일과 충돌하면서 효력을 잃었다. 그저 시끄러운 폭음만 잔뜩 쏟아내었을 뿐이었다.

하지만 그 가운데 일부 유리궁은 유도 기능을 가지기라도 한 것처럼 방향을 틀어서 포후라를 추적했다.

포후라가 허공에서 한 번 더 몸통을 뒤틀었다.

처음에 수십 미터 길이었던 레드 드래곤의 몸뚱어리가 어느새 수백 미터 영역을 휘감았다. 마치 왕관을 쓴 듯한 포후라의 뿔은 그대로 화염이 되어 하늘을 활활 태웠다.

수직으로 솟구친 유리궁들이 포후라의 몸뚱어리를 때렸다.

이번에도 골든 스케일 쉴드가 허공에 나타나 포후라를 방어해주었다. 그러는 동안 포후라는 강력한 열기를 하나로 모아 마법을 구현했다.

열기가 하나로 뭉쳐서 둥그런 구슬로 응집되었다. 새빨간 색깔의 구슬은 주변을 수천 도의 열기로 태우면서 눈 깜짝할 사이에 떨어져 내렸다.

커트럽이 붉은 구슬을 향해서 유리궁을 난사했다. 그러면서 커트럽은 구슬이 아닌 포후라도 직접 공략했다.

Chapter 5

커트럽은 잡다하게 여러 가지 술법들을 사용하지 않았다. 그는 오직 유리궁 하나로 방어와 공격을 병행했다.

한데 이 점이 의외로 효과를 발휘하여 포후라의 강력한 공격을 거뜬히 막아내었다.

아니, 그 정도를 넘어서 포후라가 오히려 더 높은 하늘로 후퇴하게끔 만들었다. 그만큼 커트럽의 유리궁은 위협적이었다.

사실 포후라는 공격력은 막강하지만 방어는 상대적으로 다른 용인들보다 뒤처졌다. 때문에 이번에도 비카르가 포후라 대신 방어를 전담했다.

후웅!

골드 스케일 쉴드가 허공에 두텁게 나타나 유리궁을 대신 막아주었다.

바로 그 순간 커트럽의 입가에 잔혹한 미소가 어렸다.

'걸려들었구나.'

커트럽은 비카르의 행동을 미리 예측이라도 한 것처럼 숨겨 놓았던 한 발의 유리궁을 비카르에게 쏘았다.

그것도 그냥 유리궁이 아니라 붉은 기운이 깃든 유리궁이었다. 아무런 기척도 없이 쏘아진 유리궁이 비카르를 요격했다.

비카르는 예민한 감각으로 상대의 공격을 감지해 냈다.

"안 돼."

비카르가 황급히 골든 스케일을 몸 앞에 둘렀다.

때는 이미 늦었다.

꽈앙!

종 울리는 소리와 함께 비카르가 뒤로 튕겨나갔다.

처음에 유리궁에 폭격을 당했을 때 비카르는 인간의 모습이었으나, 수십 미터 뒤로 날아가 건물 벽에 거칠게 처박했을 때의 비카르는 골드 드래곤의 모습으로 바뀌어 있었다. 비카르와 충돌한 건물은 드래곤의 무게를 견디지 못하고 와르르 허물어졌다.

[끄으윽, 끄윽.]

비카르가 뇌파로 신음을 토했다.

드래곤의 모습으로 폴리모프한 이상 비카르는 인간의 목소리를 내지 못했다. 두 종족은 성대 구조가 다른 탓이었다.

비카르의 동체는 포후라보다 훨씬 더 커서, 머리부터 꼬리까지 길이가 거의 킬로미터 수준을 넘어섰다.

하지만 라웅고보다는 훨씬 더 작았다.

이는 라웅고가 모체인 비카르를 넘어섰다는 의미였다.

[크흥. 고작 그 정도 크기였느냐? 우리 선조들은 과거에 거의 8킬로미터나 되는 용인도 사냥한 전력이 있느니라.]

커트럽이 비카르를 무시했다.

[크왕.]

화가 잔뜩 난 비카르는 적을 향해서 언령의 권능을 발동했다.

비카르가 평생토록 매달린 언령은 '감전'이었다.

비록 이 언령은 격이 가장 낮은 최하격이었으나, 그래도 언령은 언령이었다. 비카르가 '감전'을 발동하는 순간, 언노운 월드의 모든 전하가 다 몰려들어 상대를 완전히 지져 버리곤 하였다.

비카르는 이번에도 '감전'이 상대를 무너뜨릴 것이라 믿었다.

한데 웬걸?

비카르가 전력을 다해 언령의 권능을 사용했건만, 전하는 한 톨도 모여들지 않았다. 그저 비카르가 체내에 보유하고 있던 벽력의 기운만이 브레스 형태로 튀어나갔을 뿐이었다.

[크후후훗. 내 이럴 줄 알았지. 큭큭큭.]

커트럽이 잿빛 털 사이로 하얀 송곳니를 드러내었다.

커트럽은 상대의 공격을 비웃기라도 하듯이 유리궁을 난사하여 비카르의 브레스를 무산시켰다. 그런 다음, 또 한 발의 유리궁을 골드 드래곤의 목에 꽂아 넣었다.

[쿠웩?]

비카르가 헛바람 빠지는 소리와 함께 뒤로 나자빠졌다. 거대한 체격의 골드 드래곤이 벌러덩 쓰러지자 뒤쪽 건물들이 또 뭉개졌다.

[이 노옴, 네 상대는 나다.]

쉬라가 겨우 정신을 차리고는 커트럽에게 달려들었다.

쉬라도 더 이상 인간의 모습으로 남아 있지 않았다. 쉬라는 1 킬로미터가 넘는 은빛 동체를 드러낸 다음, 단숨에 커트럽을 덮쳤다.

비카르가 벼락의 마법을 즐겨 사용하고, 포후라가 화염을 일으키는 반면, 쉬라는 마법에 의존하지 않았다. 이 실버 드래곤은 적에게 직접 육탄돌격하여 갈가리 찢어버리는 것으로 유명했다.

콰콰콱! 콰콰콰콱!

쉬라의 은빛 발톱이 커트럽이 서 있던 지역을 날카롭게 긁고 지나갔다. 주변의 땅바닥에 가로 세로로 할퀸 흔적이 길게 남았다.

한데 어디에도 커트럽의 모습이 보이지 않았다.

'이놈이 어디로 갔지?'

쉬라가 눈알을 빠르게 두리번거렸다.

그 순간 유리궁 한 발이 쉬라의 뱃가죽을 뚫고 몸속에 파고들었다.

[끄어어엉.]

쉬라가 길게 울부짖으며 뒤로 나뒹굴었다.

쉬라는 가파른 산비탈을 타고 구르더니 먼저 쓰러져 있던 비카르의 몸뚱어리 위에 대가리를 콰앙 처박혔다. 쉬라의 배에서는 피가 철철 흘렀다.

[안 돼애—.]

밑에 깔린 비카르가 쉬라에게 재빨리 치료 마법을 퍼부었다. 힐(Heal)이 연달아 터지면서 쉬라의 상처 부위를 치료했다.

커트럽이 입꼬리를 비틀어 끌어올렸다.

[크큭. 남을 도울 겨를이 있나? 네 한 몸 챙기기도 바쁠 텐데?]

커트럽의 뇌파가 끝나기도 전에 수십 발의 유리궁이 날아와 골드 드래곤과 실버 드래곤을 무차별 폭격했다.

[끄억, 킥, 킥, 킥.]

쉬라는 유리궁에 몸에 꽂힐 때마다 긴 동체를 뒤틀었다.

쉬라가 앞에서 몸빵을 해준 덕분에 비카르는 상대적으로 공격을 덜 받았다. 비카르는 그 틈을 놓치지 않고 다시 한번 아가리를 쩍 벌려 브레스를 쏘았다.

쩌저저저적!

금빛 뇌전이 실린 브레스가 벼락처럼 튀어나가 커트럽을 공격했다. 비카르는 그 브레스 위에 언령의 힘을 더했다.

한데 이번에도 '감전'의 권능을 효력을 발휘하지 못했다. 원래 비카르가 이 언령을 사용하면 언노운 월드 대륙에 존재하는 모든 전하들이 다 이곳으로 몰려들어 세상을 통째로 지져버려야 정상이었다.

[말도 안 돼. 내 권능이 왜 작동하지 않는 게야?]

비카르가 안타깝게 소리쳤다.

Chapter 6

이번에는 포후라가 나섰다. 포후라는 붉은 동체를 높이 일으키더니, 온몸을 불덩이로 만들어서 커트럽 대선인을 공격했다.

동시에 포후라는 '열화'의 언령도 꺼내들었다.

포후라가 깨우친 '열화'도 비카르의 '감전'과 마찬가지로 최하격의 언령이었다. 비록 격이 낮다고는 하지만 그래도 언령은 정상 세계를 지탱하는 얼개였다. 정상 세계를 지배하는 인과율이었다.

그러니 '열화'의 위력이 평범할 리 없었다.

일단 열화가 발동하면 그 주변은 온통 펄펄 끓는 열탕으로 변하게 마련. 지상에 태양을 강림시킨 듯한 효과가 나타나야 마땅했다.

그나마 포후라가 열화의 언령을 100 퍼센트 깨우치지 못해서 이 정도에 불과하지, 이 언령이 온전히 발휘되면 그 위력은 상상을 초월했다.

한데 그 중요한 언령이 힘을 발휘하지 못했다. 포후라가 끌어내려 했던 언령의 권능은 포후라의 눈앞에 등장함과 동시에 푸시시식 소리를 내면서 꺼져버렸다.

물론 포후라가 체내에 지니고 있던 화염은 고스란히 힘을 발휘했다. 하지만 그 이상의 열기는 결코 응집되지 않았다.

[이럴 수가.]

포후라는 해머로 뒤통수를 한 대 얻어맞은 표정이었다.

쩍 벌어진 포후라의 입 속에 유리궁 한 발이 날아와 박혔다.

[꿰엑?]

포후라는 돼지 멱따는 소리와 함께 지상으로 추락했다.

유리궁의 위력이 어찌나 매서웠던지 포후라의 턱뼈가 잘게 으스러졌다. 붉은 비늘로 뒤덮인 입가에서는 피가 철철 흘렀다.

목에 큰 상처를 입은 비카르.

턱과 입이 으스러진 포후라.

온몸에 구멍이 숭숭 뚫린 쉬라.

이들 3명은 한때 언노운 월드의 하늘이 좁다고 자만하며 세상을 눈 아래로 보았던 늙은 용인들이었다. 그 위대한 용인들이 코이오스 가문의 가주 단 한 명에게 처참하게 망신을 당했다.

더 끔찍한 일은 이들 3명의 패배만으로 끝난 게 아니라는 점이었다. 비카르, 포후라, 쉬라가 커트럽 대선인을 맞아 혈투를 벌이는 동안, 북명에서 넘어온 잿빛 늑대족 술법사들이 대규모 술법진을 구현하여 레온 가문을 짓밟았다.

코이오스 가문의 늑대족 술법사들은 피사노교의 사도들을 흉내 내어 머리에 로브를 깊게 눌러쓰고는 기괴한 주문을 외웠다.

흑주술로 만들어낸 술법진으로부터 불길한 기운이 아지랑이처럼 피어올랐다. 그 기운이 이내 1,000개의 손을 가진 커다란 악마로 변하여 레온 가문을 공격했다.

하체는 없이 상반신만 남은 이 악마종의 정체는 천수악마종.

천수악마종은 피사노교의 호교사도들이 전쟁터에서 종종 소환하는 유명 악마종이었다. 그러다 보니 악마종의 모습만 보더라도 침입자 무리의 정체를 능히 짐작할 수 있었다.

레온 가문의 젊은 용인들은 일제히 분노를 터뜨렸다.

"피사노교의 사도들이로구나. 놈들이 악마종을 소환했다."

"자랑스러운 레온의 혈족들이여, 모두 나와서 저놈들을 물리쳐라."

무너진 건물 여기저기서 젊은 용인들이 뛰쳐나왔다. 그들은 하나같이 용모가 수려했고 눈이 반짝반짝 빛났다.

전쟁터에 뛰어든 용인들은 각종 마법을 캐스팅하여 천수악마종과 맞섰다.

일부 용인들은 폴리모프를 통해 본체를 드러낸 다음, 직접 육탄으로 악마종과 맞붙기도 하였다.

비록 용인들의 숫자는 50명에도 미치지 못했으나, 그 정도만으로도 코이오스 가문의 술법사들을 막아낼 만했다.

바로 그때 균형을 무너뜨리는 일이 발생했다. 산비탈을 타고 타우너스 전사들이 들이닥친 것이다.

타우너스 전사들은 코이오스 술법사들의 도움을 받아 몸을 투명화한 상태에서 접근했다. 그러다 레온 병력 측면에서 갑자기 등장하여 육중한 무기를 휘둘렀다.

마침 용인 한 명이 블루 드래곤의 모습으로 천수악마종 한 명을 칭칭 휘감아 조이던 중이었다.

[꾸억?]

그 블루 드래곤은 타우너스 전사의 해머에 등이 찍혀 집중력이 흐트러졌다.

천수악마종은 그 짧은 틈을 놓치지 않고 1,000개의 손에 힘을 꽉 주어 블루 드래곤을 강제로 떼어내었다.

[이런! 수인족 따위가 감히.]

블루드래곤이 타우너스 전사를 향해서 브레스를 확 뿜었다.

그러는 동안 천수악마종은 완전히 포박에서 벗어나 기력을 회복했다.

바로 옆에서는 또 다른 용인이 천수악마종 두 개체를 맞아서 치열한 전투를 벌였다. 이 용인은 은발을 멋들어지게 휘날리며 각종 마법들을 쏟아내었다.

하지만 효과를 크게 보지는 못하였다.

원래 천수악마종은 몸뚱어리가 단단하기로 유명했다. 이 악마종은 마법에 대한 저항력도 아주 높았다.

천수악마종은 자신의 신체적 특성을 믿고서 용인들의 공격을 버텨내었다. 악마종들은 그렇게 기회를 엿보다가 은발의 용인에게 확 달려들었다.

[이익, 어림도 없다.]

은발 용인이 재빨리 마법을 바꿨다. 그는 손가락 사이에서 은빛 줄을 소환하여 그 줄로 천수악마종들을 묶었다.

마법에 대한 저항력이 높은 천수악마종들도 이 줄은 쉽게 끊지 못하고 꾸물거렸다.

바로 그 타이밍에 폰스족 암살자가 나타났다.

이 은밀한 암살자는 기척을 숨긴 채 전쟁터로 스며든 다음 기회를 엿보던 중이었다. 그러다 기회가 나타나자 갑자기 확 등장해서 실버 드래곤, 즉 은발의 용인의 옆구리를 클러로 긁었다.

순간 은빛 비늘이 확 찢어지면서 용인의 옆구리에서 선혈이 솟구쳤다.

"크악."

은발의 용인이 잠시 휘청거렸다.

그 사이 2명의 천수악마종이 은빛 줄을 끊고 달려들어 2,000개나 되는 주먹을 마구 휘둘렀다.

"이런 빌어먹을. 안 되겠구나."

기세에서 밀린 은발의 용인은 결국 옆구리를 움켜잡고는 후퇴할 수밖에 없었다.

이와 같은 일들이 전쟁터 곳곳에서 벌어졌다.

몸이 튼튼한 천수악마종이 정면에서 용인들의 시선을 잡아끌었다. 타우너스 전사들은 그 사이에 측면으로 파고들어 용인들의 약점을 공략했다. 그림자 속에서는 폰스족의 암살자들이 툭툭 튀어나와 용인들에게 일격을 가하고 사라졌다.

적들이 손발을 척척 맞춰 조합을 이루자 결국 레온 가문의 용인들은 궁지에 몰릴 수밖에 없었다.

Chapter 7

사실 용인들은 강했다. 용인들이 본 실력을 드러내면 감히 타우너스 종족이나 폰스 종족 따위가 맞설 수 없었다.

문제는 천수악마종이었다. 부정 차원에서 소환된 이 악마종 무리는 용인들도 쉽게 제압하기 힘들 만큼 강했다.

그렇다고 용인들이 천수악마종만 신경을 쓸 수 있냐?

이것도 불가능했다. 타우너스족이나 폰스족은 교활하게도 용인들이 악마종과 싸우는 틈을 적절하게 노렸다.

용인들은 밀리고 또 밀리다가 결국 파탄을 드러내었다. 어린 용인 한 명이 천수악마종의 손에 붙잡혀 날개가 꺾인 것이다. 이어서 어린 용인의 발톱도 처참하게 부러졌다.

[크워웤. 크웤.]

몸길이가 불과 수십 미터에 지나지 않은 어린 용인은 온몸을 뒤틀며 비명을 질렀다.

천수악마종들이 상대의 꼬리와 몸통을 붙잡고 전장 밖으로 질질 끌어내었다.

[이놈들, 그 아이를 놓아주지 못할까.]

녹색 머리카락의 용인이 끌려가는 어린 용인을 구하기 위해서 달려들었다. 녹발의 용인은 아가리를 쩍 벌려 극독의 브레스를 내뿜었다.

천수악마종들은 기다렸다는 듯이 수백 개가 넘는 주먹을 풍차처럼 휘둘러서 상대의 브레스를 흩어버렸다. 그리곤 어린 용인을 꽉 붙잡아 완전히 후방으로 끌어내었다.

[크워억? 안 돼. 안 돼. 제발 살려주세요. 크우워억.]

어린 용인이 필사적으로 구원을 요청했다.

주변의 성체 용인들이 어린 용인을 구하려 달려들었으나 천수악마종들에게 막혀서 뜻을 이루지 못했다.

무너진 담벼락 뒤에서는 타우너스 전사들이 육중한 도끼를 던져서 용인들의 구조 활동을 방해했다.

결국 용인들은 눈물을 머금고 뒤로 후퇴해야만 했다.

그때 또 한 명의 용인이 악마종들의 마수에 걸렸다. 천수악마종이 던진 밧줄에 발목이 붙잡혀 드래곤 한 마리가 또다시 악마종들에게 끌려갔다.

이 드래곤은 제법 거세게 반항했다. 그는 적들에게 브레스를 마구 쏘았다. 마법도 난사했다. 그러다 끝내는 아가리를 쩍 벌려 악마종의 머리통을 물어뜯었다.

드래곤이 억센 이빨로 천수악마종의 머리를 우적우적 씹는 동안, 또 다른 악마종들이 갈고리와 밧줄로 드래곤의 몸을 칭칭 옭아맸다.

용인들이 제아무리 강하다고 해도 천수악마종들의 억센 힘을 이기지는 쉽지 않았다. 악마종 하나를 물어뜯어 죽인 뒤, 이 드래곤도 결국엔 가문의 담장 밖으로 끌려 나갔다.

[안 돼애. 안 된다고. 끄아악!]

담장 밖에서 드래곤의 처절한 뇌파가 터졌다. 공포에 질린 그 뇌파를 듣는 것만으로도 남은 용인들은 몸서리를 쳐야만 했다.

더 끔찍한 일이 그때 발생했다. 커트럽 대선인이 늙은 용인 3명을 거꾸러뜨린 다음, 전쟁에 개입한 것이다.

뻐엉!

전쟁터에서 한창 활약 중이던 은발의 용인이 폭음과 함께 수십 미터 뒤로 날아갔다.

커트럽은 유리궁을 곡사 형태로 쏘아서 엄폐물 뒤의 용인들을 요격했다.

투명한 화살이 날아와 폭발할 때마다 용인들은 비명과 함께 나뒹굴어야 했다. 사방에서 가죽북 터지는 소리가 울렸다.

결국 파란 머리카락의 용인이 후퇴를 주장했다.

[모두 피해라. 여기서 더 싸우다가는 피해만 늘어날 뿐이야.]

청발의 용인은 뿔 사이에서 푸른 번개를 방출하여 천수악마종들의 돌격을 저지했다. 그러는 한편 청발의 용인은 주변 동료들에게 후퇴하라고 종용했다.

청발의 용인이 그렇게 앞에 나섰다가 커트럽의 주목을 끌게 된 것이 불운이었다. 그 즉시 청발의 용인, 즉 블루 드래곤을 향해서 유리궁이 날아왔다.

안타깝게도 이 블루 드래곤은 유리궁을 감지할 능력이 없었다.

뺑!

블루 드래곤의 눈앞에서 폭음과 함께 별이 번쩍 터졌다. 블루 드래곤은 강한 타격을 받아 잠시 주변이 암전된 것처럼 느꼈다.

블루 드래곤이 다시 정신을 차렸을 때, 그는 천수악마종 2명에게 붙잡혀서 담장 밖으로 질질 끌려가는 중이었다.

[크으윽, 이놈들이 감히 내가 누구인 줄 알고 이렇게 다루느……, 크헉!]

블루 드래곤이 크게 호통을 치다가 머리를 쾅! 한 대 얻어맞았다.

번쩍하고 날아온 해머가 블루 드래곤의 이마를 찍어버렸다. 해머를 내리친 장본인은 다름 아닌 타우너스 대족장이었다.

[끄륵.]

뇌가 흔들리는 충격에 블루 드래곤이 긴 목을 배배 꼬았다.

뒤이어 해머와 도끼가 블루 드래곤의 몸뚱어리로 사정없이 쏟아졌다. 주변에 있던 타우너스 전사들이 우르르 달려들어 내리친 탓이었다. 블루 드래곤의 비늘이 강철보다 훨씬 더 단단하지 않았다면 그는 이미 잘 다진 어육이 되었을 뻔했다.

[끄루룩.]

가물가물 의식이 흐려지는 와중에 블루 드래곤은 끔찍한 이야기를 엿듣게 되었다.

[어허, 이런 어리석은 자들을 보았나. 용인들을 거칠게 다루지 말고 섬세하게 대하라고 몇 번을 말해야 알아듣는 게야? 용인들의 피를 최대한 많이 뽑아내야 한다고. 그런데 저렇게 피투성이로 만들면 어떻게 해.]

뇌파의 주인공은 커트럽 대선인이었다.

커트럽이 짜증을 내자 타우너스 대족장이 움찔했다.

[크읍.]

[크우우. 죄송합니다.]

타우너스 전사들도 찔끔 놀라 머리를 굽실거렸다.

블루 드래곤은 등에 소름이 쫙 돋았다.

'뭣? 우리의 피를 뽑는다고?'

고귀한 드래곤들이 푸줏간의 고기처럼 주렁주렁 매달려 피를 뚝뚝 흘리고, 피사노교의 악마들이 항아리로 선혈을 받아내는 끔찍한 장면이 블루 드래곤의 뇌 속에서 파노라마처럼 펼쳐졌다.

하지만 더 길게 상상할 여력은 없었다. 블루 드래곤은 피를 철철 흘리다가 까무룩 정신을 잃었다.

Chapter 8

그 후로 몇 분이 더 지나자 레온 가문의 용인들은 완전히 패전 상태로 접어들었다. 용인들은 사방으로 흩어져서 도망쳤다.

[우후후후. 놈들을 붙잡아라.]

커트럽이 번들거리는 잿빛 눈으로 명을 내렸다.

[크우우, 그러리다.]

타우너스 대족장과 폰스 대족장이 혀로 입술을 핥으며 사냥에 나섰다. 코이오스 가문의 술법사들과 타우너스족, 그리고 폰스족은 도망치는 자들을 쫓아서 몰이사냥을 하듯이 승리를 만끽했다.

은발의 용인 한 명이 눈 덮인 계곡을 따라 도망치면서 피눈물을 흘렸다. 나풀거리는 용인의 귀밑머리는 피에 젖어 축축했다.

그녀(혹은 그)의 이름은 치피.

치피는 비교적 나이가 어린 용인이었다. 치피는 레온 가문에서 가장 나이가 많은 3명의 드래곤 가운데 실버 드래곤인 쉬라의 후대였다.

모든 용인들이 그러하듯이 치피도 남녀의 성별은 없었다.

하지만 개인적인 취향 때문인지 치피는 인간의 모습을 하고 있을 때 주로 어여쁜 소녀로 변신하곤 했다.

지금 눈 덮인 계곡을 지나 빠르게 도망치는 중에도 치피는 아름다운 은발 소녀의 모습을 유지했다.

"크우욱. 우리 일족이 어쩌다 이 꼴이 되었단 말인가? 우리가 한낱 저급한 수인족들에게 몰이사냥을 당하다니."

치피가 피눈물을 흘리며 한탄했다.

치피뿐 아니라 레온 가문의 모든 용인들 가운데 오늘의 전투가 이 꼴이 될 것이라 예상한 자는 단 한 명도 없었다.

솔직히 용인들은 오만할 자격이 있었다. 용인들은 인간족 및 수인족보다 훨씬 더 마법에 능했다. 그들은 물리적인 공격력과 방어력도 수인족보다 월등했다. 무엇보다도 용인들은 언령이라는 무서운 권능을 지녔다.

물론 레온 가문의 용인들이 가진 언령은 진짜배기 언령이 아니었다. 그것은 정상 세계를 지배하는 인과율 자체가 아니라 인과율의 여신에 의해서 인위적으로 각인된 종속적인 언령에 불과했다.

따라서 인과율의 여신에게 문제가 생기면 레온 가문의 용인들도 언령 사용에 제약을 받았다.

설령 그렇다고 하더라도 언령은 언령이었다.

만약에 레온 가문의 용인들이 언령의 권능만 발휘할 수 있었다면?

그럼 오늘의 전투가 이렇게 일방적으로 레온 가문에게 불리하게 전개되지는 않았을 것이다. 제아무리 상대가 선7급의 수인족 대선인이라고 할지라도 용인들이 무너질 리는 없었다. 오히려 레온 가문을 공격했던 수인족들이 참패를 면치 못했을 테지.

그러나 역사에서 '만약에' 라는 가정은 무의미했다. 오늘 레온 가문은 커트럽의 기습공격을 받아서 처절하게 무너졌다.

오직 이것만이 사실이었다.

다수의 용인들이 수인족들에게 사냥을 당해 비참한 포로가 되었다. 탈출에 성공한 용인은 정말 극소수에 불과했다.

다행히 어린 치피는 적들의 1차 포위망을 뚫는 데 성공했다. 이어서 2차 포위망도 운 좋게 돌파해내었다.

이것은 치피가 유독 몸이 빠른 덕분도 있었지만, 그것보다는 그녀가 선택한 도주로 방향에 포위망이 늦게 갖춰졌기에 가능했던 일이었다.

즉 치피는 운이 좋았다는 의미였다.

하지만 그 운도 끝이 난 모양이었다. 얼마 지나지 않아 치피에게 코이오스 가문의 술법사들이 따라붙었다.

늑대족들은 원래 후각이 발달했다. 잿빛 늑대족들은 더더욱 감각이 예민하여 수십 킬로미터 밖의 냄새도 곧잘 포착하곤 했다.

[저쪽이다. 저 멀리서 어린 도마뱀 새끼의 냄새가 풍겨.]

[쫓아가자.]

잿빛 늑대족 술법사 2명이 서로의 얼굴을 마주보고는 고개를 끄덕였다. 두 술법사는 원반형 비행법보에 올라타더니 곧바로 추적에 나섰다.

기이이잉—. 기이잉—.

술법사들을 태운 비행법보는 치피가 달리는 속도보다 두 배는 더 빠르게 하늘을 갈랐다. 원반이 허공을 가르는 소리가 치피의 예민한 청각에 잡혔다.

"헉, 추격자가 따라붙었구나."

치피의 심장이 터질 듯이 박동했다. 만약에 치피가 본체로 폴리모프한다면 지금보다는 훨씬 더 빠르게 비행하는 것이 가능했다.

하지만 그랬다가는 대번에 적들의 이목을 집중시킬 터, 치피는 본체로 돌아가는 대신 인간의 몸으로 계속해서 달리는 쪽을 선택했다.

현명한 판단이었다. 덕분에 치피는 코이오스의 가주인 커트럽의 이목을 끌지 않고 무사히 산맥을 넘었다.

"허억, 허억, 허억."

치피는 숨이 턱 밑까지 차올랐다. 입에서는 단내가 풍겼다.

최대한 눈밭에 흔적을 남기지 않으면서 산봉우리를 타넘고 계곡을 가로지르다 보니 치피의 체력도 고갈되었다.

그렇게 치피가 최선을 다해 도망쳤건만 여전히 코이오스 가문의 술법사들은 그녀의 뒤를 쫓아오는 중이었다.

잿빛 늑대족 특유의 뛰어난 후각에 빠른 비행법보가 더해진 덕분에 술법사들의 추격은 진저리 쳐질 정도로 집요했다. 치피처럼 어린 용인이 이들의 추격을 떨쳐내기란 그리 쉽지 않았다. 솔직히 말해서 치피가 여기까지 도망친 것도 무척 잘한 일이었다.

하지만 이런 행운도 이제 슬슬 바닥이 났다. 치피는 적들이 후방에서 날린 공격을 서너 번 허용했고, 그것이 심각한 부상으로 이어졌다.

치피의 얼굴이 점점 더 해쓱하게 변했다.

"헉헉. 젠장. 여기가 어디지?"

치피가 한참을 도망쳐서 도착한 곳은 깊은 산중이었다.

만년설과 낙엽이 적당히 섞여 있는 이곳 지형은 치피와 같은 어린 용인에게는 낯설기만 했다.

사실 이곳은 피요르드 시의 북쪽에 위치한 깊은 산속으로, 한때 은화 반 닢 기사단의 총단이 위치해 있던 장소였다.

치피는 무작정 적들의 추적을 피해서 도망치다가 우연치 않게도 여기까지 남하하게 되었다.

슈왁—.

날카로운 소리와 함께 기다란 밧줄이 날아왔다. 밧줄 끝에 매달린 갈고리가 마치 살아있는 매처럼 움직여서 치피의 등짝을 찍으려고 들었다.

이 갈고리는 술법의 일종으로, 도망치는 적을 자동으로 추적하는 기능을 지녔다.

치피는 뒤도 돌아보지 않고서 위험을 감지했다. 치피가 은발을 펄럭이며 허공으로 점프했다.

그렇게 치피가 무사히 적의 공격을 피했다 생각한 순간, 적의 갈고리가 방향을 확 틀어서 치피에게 따라붙었다.

체력이 방전 상태인 치피는 그 갈고리에 결국 발목에 걸리고야 말았다.

Chapter 9

"꺄악!"

치피가 바닥에 철퍽 고꾸라졌다.

[옳거니. 걸렸구나.]

코이오스 가문의 술법사는 밧줄을 휙 잡아당겨 치피를 잡아끌었다.

치피는 뒤로 줄줄 끌려가는 와중에 몸을 홱 뒤집었다. 그런 다음 은빛 손톱으로 밧줄을 끊었다.

그 전에 술법사가 자신의 검지와 중지를 모아서 밧줄을 스릉 쓸었다.

그 즉시 밧줄이 술법에 의해서 강화되었다. 얇은 밧줄 전체가 철근을 꼬아서 만든 것보다 더 질겨졌다.

좌앙!

치피의 손톱과 부딪친 찰나 밧줄에서 시퍼런 불똥이 튀었다. 치피와 같은 어린 용인의 발톱으로는 강화된 밧줄을 단숨에 끊기는 무리였다. 치피의 손톱은 그저 날카로운 파열음만 만들어 내었을 뿐이었다.

"이이익."

치피가 한 번 더 손톱으로 밧줄을 내리쳤다.

그 타이밍에 또 다른 술법사가 갈고리를 날려서 치피의 어깨를 찍었다. 매가 사냥을 하듯이 날아온 갈고리가 치피의 비늘을 찢고 어깨에 콱 박혔다.

"꺄악."

치피는 다시 한번 비명을 질러야 했다.

이제 2개의 밧줄이 동시에 치피를 잡아끌었다.

치피는 눈 위에서 질질 끌려가면서 어떻게든 벗어나려고 발버둥 쳤다.

그러자 코이오스 가문의 술법사들이 중얼중얼 주문을 외웠다. 술법사들의 등 뒤에서 밧줄에 매달린 갈고리가 추가로 2개 더 떠올랐다. 그 갈고리 2개가 벼락처럼 날아와 치피의 몸을 한 번 더 옭아맸다.

그리고 2개 더 추가.

다시 또 2개 추가.

이제 총 8개의 밧줄이 치피를 잡아당겼다. 치피가 발버둥 치면 칠수록 술법사들은 더 많은 갈고리를 쏘아 보내 치피를 붙잡았다.

"아, 안 돼."

치피의 눈에 절망이 어렸다. 치피의 얼굴에는 공포라는

감정이 떠올랐다.

반면 술법사들은 무사히 사냥을 끝냈다는 희열감에 하얗게 이빨을 드러내며 웃었다.

[크흐흐흐. 반항하지 말고 곱게 끌려오너라.]

[킥킥킥킥. 그래. 그렇게 곱게 끌려와야지.]

술법사들은 포동포동한 어린 사슴을 사냥한 사냥꾼의 기분으로 희희낙락하며 밧줄을 잡아당겼다.

그때 변고가 발생했다. 신나게 쭉쭉 딸려오던 밧줄이 어느 순간 우뚝 멈췄다.

[뭐야?]

코이오스 가문의 술법사들이 잿빛 눈동자를 부릅떴다. 술법사들의 눈에 방해꾼이 한 명 포착되었다.

어디선가 홀연히 등장한 이 불청객은 치피를 낚은 여덟 가닥의 밧줄을 한 손에 거머쥐고는 코이오스의 술법사들을 멀뚱멀뚱 바라보는 중이었다.

[웬놈이냐?]

2명의 술법사 가운데 한 명이 불청객에게 호통을 쳤다.

[감히 우리를 방해하다니. 죽어랏.]

또 다른 술법사는 불청객을 향해서 다짜고짜 쇠갈고리를 날렸다.

매처럼 활공한 갈고리가 불청객의 목을 찍었다.

아니, 찍는 것처럼 보였지만 실제로는 찍지 못했다. 코이오스의 술법사가 날린 갈고리는 불청객의 손바닥에 부딪치자마자 폭발하더니, 그 파편들이 100배의 속도로 튕겨 나왔다.

파편 가운데 일부가 술법사들의 몸에 구멍을 뚫었다. 술법사들은 자신도 모르게 두 손으로 얼굴을 가리고는 상체를 수그렸다.

그때 불청객이 손목에 스냅을 주어 밧줄을 잡아챘다.

그 힘이 어찌나 셌던지 원반을 타고 공중부유 중이던 술법사 2명이 불청객을 향해서 휙 딸려왔다. 코이오스의 술법사들은 무려 수백 미터를 날아가서 방해꾼의 발밑에 강하게 얼굴을 처박았다.

[크헉? 대체 뭐가 어떻게 된 거야?]

[끄윽. 이런 찢어죽일 놈. 네놈은 대체 누구냐?]

술법사들은 눈 속에 처박았던 얼굴을 번쩍 들었다.

수백 미터를 날아와서 바닥에 얼굴을 처박은 탓에 술법사들의 주둥이는 피투성이가 되었다. 이빨도 여러 개가 부서졌다. 조금 전 파편에 얻어맞은 부위에서도 피가 줄줄 흘렀다.

코이오스 가문의 술법사들 입장에서 보았을 때, 이 불청객은 마른하늘에 날벼락처럼 갑자기 등장했다. 그리곤 단숨에 자신들을 제압하더니, 깊이를 알 수 없는 무저갱 같은 눈으로 코이오스 술법사들을 내려다보았다.

불청객이 입꼬리를 씨익 끌어올렸다.

[하하하. 주위가 소란스럽기에 나와 봤더니 이게 웬 횡재냐? 너희들은 바로 그놈들이로구나. 스스로를 어둠의 숭배자라 부르는 미치광이들. 북명 코이오스의 늑대족 놈들이 분명해. 하하하하.]

불청객이 반색을 했다.

여우 목도리를 목에 두른 방해꾼의 정체는 다름 아닌 이탄. 이탄이 유령처럼 등장하여 코이오스 술법사들을 막아선 것이다.

'누구지?'

이탄의 등 뒤에서는 어린 용인 치피가 엉덩방아를 찧은 자세 그대로 입을 살짝 벌리고 이탄의 뒷모습을 올려다보았다.

그러는 동안 이탄은 치피를 거들떠도 보지 않은 채 코이오스의 술법사들만 자세히 뜯어보았다.

'역시 얘네들이 맞네. 잿빛 털의 늑대족. 어둠의 숭배자들이 분명해.'

흥분을 한 듯 이탄의 입꼬리가 씰룩거렸다. 지금까지 이탄은 코이오스 가문을 머릿속에서 잊은 적이 없었다.

근래에 이탄은 이 수상쩍은 어둠의 숭배자들과 두 번 부딪쳤었는데, 그 가운데 첫 번째 충돌은 그릇된 차원에서 발생했다.

당시 코이오스 가문의 잿빛 늑대족들은 셋뽀 일족의 지배자인 에스더(서리를 판매하는 뱀)의 동생 레니를 납치하려 시도했다.

그때 이탄이 코후엠과 함께 등장하여 코이오스 가문의 계획을 어그러뜨리고 레니를 구출했다.

Chapter 10

이탄과 코이오스 가문 간의 두 번째 충돌은 대륙 남부의 지하도시에서 벌어졌다.

당시 코이오스 가문의 수뇌부인 루암 코이오스는 마르쿠제 술탑의 후계자인 비앙카 공주를 납치하려 시도했다.

그때도 이탄이 백마 탄 왕자—최소한 비앙카의 눈에는 그렇게 비쳐졌다.—처럼 불쑥 나타나 루암의 손에서 비앙카를 구해주었다.

이어서 이번이 세 번째 충돌이었다.

오늘 코이오스 술법사들은 치피를 납치하려고 시도했다

가 이탄에게 딱 걸렸다. 비록 이탄이 의도한 바는 아니었지만, 그는 벌써 세 차례나 어둠의 무리와 부딪쳤으며, 번번이 코이오스 가문의 계획에 재를 뿌린 셈이었다.

코이오스 술법사들이 이탄을 향해서 으르렁거렸다.

[크르르. 이놈. 네놈이 누구인지 모르겠으나 우리를 방해한 것에 대한 사죄의 표시로 순순히 팔 한쪽을 자르고 물러나는 것이 좋을 것이다. 그렇지 않다면 네놈뿐 아니라 네놈의 가족과 동료들이 무참하게 죽어나갈 게야.]

[그렇다. 만약 우리가 누구인지 알게 된다면 네놈은 두고두고 오늘의 일을 후회하게 될 것이니라. 크르르르.]

코이오스 술법사들은 늑대족 특유의 몸짓으로 가슴을 크게 부풀리면서 이탄을 윽박질렀다. 그러면서 두 술법사는 손으로 무릎을 짚고 일어섰다.

바로 그 타이밍에 이탄이 몸이 검푸른 연기로 흩어졌다.

퍼엉!

기체로 흩어졌던 이탄의 몸뚱어리가 술법사들의 코앞에서 다시 나타나 상대의 팔목을 툭 쳤다.

가볍게 톡 건드리기만 했을 뿐인데 코이오스 술법사의 팔뚝이 〈자 모양으로 부러졌다.

무릎을 짚고 일어서려던 술법사는 감전이라도 당한 듯주둥이를 쩍 벌렸다. 그리곤 다시 앞으로 고꾸라지며 바닥에 턱을 찧었다.

[끄악.]

코이오스 술법사의 뇌에서 뒤늦은 비명이 터졌다. 팔이
부러진 통증은 그제야 파도처럼 밀려왔다.

[미친놈. 네놈은 우리가 누구인 줄이나 알고서 이런 짓
을…….]

동료 술법사가 이탄을 향해서 고래고래 악을 쓸 때였다.
이탄은 상대의 말이 끝나기도 전에 손으로 상대의 주둥이
를 덥석 붙잡았다.

우그적!

뼈 으스러지는 소리와 함께 코이오스 술법사의 주둥이가
그대로 뭉개졌다. 술법사의 위턱과 아래턱, 그리고 하얀 건
치들이 한방에 나갔다.

[꾸르륵.]

술법사는 비명도 제대로 지르지 못하고 피거품을 게워냈
다.

이탄이 하얗게 웃었다.

[하하하. 너희들을 모르긴 왜 몰라? 조금 전에 내가 네
녀석들의 정체를 읊었잖아. 어둠의 숭배자들. 북명 코이오
스 가문의 늑대새끼들. 맞지?]

이탄은 북명의 언어가 아닌 언노운 월드의 언어로 중얼

거렸다.

코이오스 술법사들은 언노운 월드의 언어도 잘 알아들었다.

[우힉?]

[아니, 그걸 어떻게 알았지?]

두 술법사가 화들짝 놀랐다.

술법사들뿐 아니라 치피도 자지러졌다.

'뭣이? 북명 코이오스 가문이라고? 피사노교의 사도가 아니라?'

치피를 비롯한 레온의 용인들은 자신들의 가문을 급습한 적들이 피사노교의 악마들일 것이라 믿고 있었다. 용인들은 적이 동차원 북명 소속의 술법사일 것이라고는 꿈에도 생각하지 못했다.

치피의 근육이 경직된 것을 감지했기 때문일까? 이탄이 뒤를 힐끗 돌아보았다.

'헙.'

치피가 흠칫 놀라 이탄의 시선을 피했다.

"후훗."

이탄은 피식 웃은 뒤 고개를 천천히 다시 앞으로 돌렸다. 그런 다음 이탄은 두 술법사들 앞에 쪼그려 앉아 상대를 무장해제 하기 시작했다.

우두둑 소리와 함께 술법사들의 어깨가 이탄에 의해 탈골되었다. 술법사들의 무릎 뼈도 으스러졌다. 발목 인대는 처참하게 뜯겨나갔다.

이탄은 한 발 더 나아가 술법사들의 경동맥 부위도 건드렸다. 법력이 흐르는 통로를 차단하기 위함이었다.

그 통로가 이탄의 손가락에 걸려 완전히 뭉개졌으니 이제 이들 술법사는 평생 술법을 펼칠 수 없을 것이다.

[꼼꼼하게 손을 봐놔야 도망칠 생각들을 못 하겠지? 아하하하. 마침 잘 걸렸다. 내가 너희들에게 묻고 싶은 게 아주 많았는데 이렇게 내 앞에 척 나타나 주고. 좋아. 아주 좋다고. 흥흥흥흥~.]

이탄은 전문가(?)다운 손길로 늑대족의 신체를 분해하면서 콧노래를 흥얼거렸다. 어느새 이탄의 손은 피로 흥건하게 물들었다.

'으윽.'

잔혹한 장면에 치피가 몸서리를 쳤다.

코이오스의 술법사들은 고통을 견디지 못하고 이미 기절한 상태였다.

이틀 전만 하더라도 이탄은 솔노크 시 인근의 강변에서 한바탕 접전을 치르던 중이었다. 티스아와 합작하여 비크 교황과 도미니코 추기경을 붙잡는 것이 이탄의 역할이었다.

목표를 이룬 뒤, 이탄은 미련 없이 전쟁터를 이탈했다.

그 전에 티스아가 이탄을 붙잡았다. 이탄과 좀 더 대화를 나누고 싶다는 것이 티스아의 생각이었다.

하지만 이탄이 딱 잘라 거절했다.

"죄송합니다. 제가 자리를 오래 비우면 백 진영 놈들에게 의심을 받게 됩니다."

"그래? 체엣. 재미없어라."

이탄이 백 진영을 들먹거리자 티스아도 차마 이탄을 붙잡지 못했다.

단호하게 대화를 끊은 것이 미안했기 때문일까? 이탄은 은근슬쩍 티스아의 비위를 맞춰주었다.

"티스아 님, 제가 조만간 기회를 봐서 교의 총단에 들리겠습니다. 그때 허락을 해주시면 티스아 님의 거처로 한번 찾아뵙고 싶은데, 괜찮으실까요?"

이탄이 직접 찾아오겠다고 하자 티스아는 다시 기분이 좋아졌다. 그녀는 요 근래 보기 드물게 활짝 웃었다.

"괜찮고말고. 언제든지 찾아오너라. 아니, 내게 꼭 들러야 해."

티스아는 이탄에게 이렇게 신신당부를 한 뒤, 마도전함

을 타고 피사노교의 총단으로 돌아갔다.

티스아의 혈족들도 포로로 잡은 비크와 도미니코를 질질 끌고 피사노교로 복귀했다. 그녀들은 자리를 뜨기 전 이탄을 힐끗힐끗 뒤돌아보는 것을 잊지 않았다.

Chapter 11

피사노교 내에서 이탄의 인기는 이미 사도의 레벨을 뛰어넘었다. 교도들은 이탄을 열 번째 신인이라 불렀다.

물론 신인들은 아직까지 이탄을 자신들과 동급으로 인정하지 않았다.

설령 그렇다고 하더라도 여검수들의 입장에서는 이탄과 같은 영웅의 얼굴을 자세히 봐두고 싶은 것이 솔직한 심정이었다.

피사노교가 먼저 자리를 뜬 뒤, 이탄은 주변을 쓰윽 훑어보았다.

굼실굼실 흐르는 솔강이 가장 먼저 이탄의 눈에 들어왔다. 전투가 벌어졌던 강가엔 피냄새가 물씬 풍겼다.

그래서인지 생명체의 기운은 전혀 느껴지지 않았다. 강변 생태계를 구성하고 있던 생물들이 모두 자리를 피한 모양이었다.

"후."

이탄은 죽음의 기운이 물씬 풍기는 강가를 보면서 뜻 모를 숨을 내뱉었다.

다음 순간,

샤라랑~.

이탄의 몸은 빛의 알갱이로 변해서 와르르 흩어졌다.

그렇게 흩어졌던 이탄이 다시 등장한 곳은 대륙 동북부의 쿠퍼 본가였다.

이상이 이틀 전에 벌어졌던 일이었다.

가문에 복귀한 이후 이탄은 밀렸던 업무들을 처리했다.

이탄은 쿠퍼 가문 가주의 직인을 들어 서류들에 도장을 찍었다. 본가를 방문한 상단주들과도 회의를 진행했다.

과거에 은화 반 닢 기사단이 쿠퍼 가문의 진짜 주인이고 이탄은 단순히 허수아비 노릇만 할 때에는 이런 귀찮은 일들을 그가 직접 처리할 필요는 없었다.

하지만 지금은 이탄이 은화 반 닢 기사단의 진정한 주인이었다. 집사장 세실은 그에 걸맞게 가문의 굵직한 사안들을 이탄이 직접 처리할 수 있도록 유도했다.

물론 사소한 일들은 여전히 세실이 알아서 처리했다. 이탄에게는 중요한 문서들만 올릴 뿐이었다.

이탄은 이해력이 빠르기에 가주 역할도 그럭저럭 잘 적
응했다.

바쁜 업무가 끝나고, 저녁나절이 되었다.

333호가 이탄을 방문했다.

이탄은 333호와 마주 앉아서 비크 교황의 납치 사건에
대해서 의논했다.

이탄은 자신이 비크 교황의 납치를 주도했다는 사실을
333호에게도 숨겼다. 전투가 벌어진 장소에 직접 다녀왔다
는 점도 말하지 않았다.

333호는 비크의 납치 소식을 듣고는 충격을 받았다.

"피사노교가 여전히 모레툼 교단을 노리고 있었다고요?
역시 그들은 집요하고 무섭군요."

333호가 가늘게 몸서리를 쳤다.

이탄은 그런 333호를 걱정해주었다.

"요새 정세가 범상치 않으니까 몸조심해. 아무래도 흑과
백 사이의 전쟁이 점점 더 확대될 것 같으니까 섣불리 나서
지 말고."

"명심하겠습니다, 49호 님."

333호가 냉큼 대답했다.

그러면서 333호는 '49호 님이 내 걱정을 다 해주시는구

나.' 라고 생각하며 속으로 흐뭇한 마음을 품었다.

이탄이 333호의 달콤한 기분을 깨뜨렸다.

"그렇게 몽롱하게 졸지 말고 현안들이나 살피지?"

이탄의 톡 쏘는 말에 333호가 복어처럼 뺨을 부풀렸다.

'쳇. 졸은 게 아니라고요. 49호 님은 아무 것도 모르면서. 핏!'

333호는 마음속으로는 이탄에게 이렇게 쏘아붙였으나, 겉으로는 아무런 티도 내지 않았다. 이탄과 333호는 머리를 다시 맞대고 은화 반 닢 기사단의 현안들을 상의했다.

밀도 있게 회의를 마친 뒤, 이탄은 홀로 가문을 빠져나와 은화 반 닢 기사단의 어르신들이 머물던 아지트를 찾았다.

이 아지트에는 그동안 은화 반 닢 기사단이 수집한 각종 정보들이 잔뜩 쌓여 있었다. 이탄은 그 정보들을 분석하여 앞으로 확대될 전쟁에 대비할 요량이었다.

그러던 중에 아지트 밖에서 툭탁거리는 소리가 들렸다.

처음에 이탄은 밖의 소음에 신경을 쓰지 않았다. 그저 자료들만 계속해서 읽어 내려갔다.

그런데 갑자기 밖에서 법력의 파동이 느껴지는 것 아닌가. 코이오스의 술법사들이 술법을 사용하자 그 기척이 이탄에게 감지된 것이다.

이탄은 벌떡 일어나 아지트 밖으로 나왔다. 그리곤 코이오스 술법사들을 맞닥뜨렸다.

"우후훗. 밖에 나와 보기 잘 했지 뭐야. 그동안 찾으려고 애쓰던 어둠의 숭배자들을 이렇게 우연히 마주하게 될 줄이야 누가 알았겠어? 후훗."

이탄은 기분 좋게 입맛을 다셨다.

또 한 가지 소득.

이탄은 코이오스의 술법사들뿐 아니라 어린 용인도 한 명 확보하게 되었다. 덕분에 이탄은 치피를 통해서 새로운 사실들을 많이 파악했다. 이 가운데 중요한 것들만 나열해도 다음 네 가지나 되었다.

첫째, 세상에 용인들만으로 이루어진 가문이 존재한다는 점.

둘째, 시시퍼 마탑의 라웅고 부탑주도 그 레온 가문 출신이라는 점.

셋째, 어둠의 숭배자들, 즉 코이오스 가문이 용인들을 타겟으로 삼아서 그들을 대거 납치했다는 점.

넷째, 침략자(코이오스 가문)의 우두머리로 보이는 자가 용인들의 피를 원한다는 점.

이런 정보들을 알게 된 것만으로도 이탄에게는 큰 수확이었다.

"흐음. 어둠의 숭배자들이 용인들의 피를 원한다고? 왜지? 용인들의 피에는 무슨 특별한 점이 있는 것일까?"

이탄은 벽난로 앞에 쪼그려 앉아있는 치피를 힐끗 쳐다보았다.

지금 어린 용인은 몸에 모포를 두르고 따뜻한 밀크티를 홀짝이는 중이었다. 체온이 따뜻하게 올라가자 놀란 가슴도 다소 진정된 듯 치피의 표정은 한결 누그러져 있었다. 하지만 이탄에 대한 그녀의 경계심은 여전했다.

이탄은 치피가 몸을 녹일 동안 언령의 권능을 사용하여 레온 가문에 다녀왔다.

하지만 아쉽게도 이탄이 한발 늦었다.

레온 가문이 세워져 있던 곳은 이미 폐허로 변했다. 현재 그곳에는 무너진 건물의 흔적만 남았을 뿐 단 한 명의 용인도 보이지 않았다.

어둠의 숭배자들, 즉 코이오스 가문의 늑대족 술법사들이 용인들을 끌고 어디론가 사라진 탓이었다.

타우너스족과 폰스족도 모두 철수한 뒤였다.

"쩌업."

이탄은 허탈하게 입맛만 다셨다.

제5화
초마의식

Chapter 1

레온 가문이 무너진 직후, 언노운 월드 곳곳에서 분노에 가득 찬 포효들이 터져 나오기 시작했다.

격렬한 적의를 품은 이 분노들은 역사의 표면으로 올라 오지는 않고 내부에서만 발생하였으나 실상 그 파급효과는 대륙 전체를 뒤흔드는 계기가 되었다.

대표적인 사례가 바로 시시퍼 마탑이었다.

대륙 중앙 퍼듐 시 인근에 위치한 시시퍼 마탑의 꼭대기 층.

"쿨럭."

마탑의 부탑주인 라옹고가 병상에서 벌떡 일어나다 말고 피를 토했다.

라웅고는 지난번 피사노교와의 전투에서 입은 부상 때문에 몸조리를 하던 중이었다. 그러다 레온 가문의 피습 소식을 접하고는 크게 분노했다.

"끄으으으. 피사노교의 악마들이여, 저주 받고 또 저주받을 지어다. 먼 태고 시절 오염된 신조차도 우리 레온 가문은 건드리지 않았다. 그런데 한낱 악마를 추종하는 미천한 것들이 감히 위대한 종족을 건드려? 크으윽. 두고 보자."

라웅고의 황금빛 눈동자가 분노로 이글거렸다. 라웅고의 동공 테두리에 어린 금빛은 고풍스러운 문자 모양을 만들면서 빙글빙글 회전했다.

이것은 라웅고가 진짜로 화가 났을 때만 벌어지는 현상이었다.

라웅고는 피사노교 때문에 레온 가문이 멸망을 맞았다고 굳게 믿고 있었다. 가문이 공습을 받았을 때 라웅고에게 급하게 연락을 취한 후배 용인이 라웅고에게 그렇게 전달한 탓이었다.

"가만 두지 않는다. 피사노교의 주춧돌까지 모조리 부숴 버리리라."

쿠콰콰콰콰—.

병상 주변의 물건들이 저절로 허공에 떠올라 라웅고의 몸 둘레를 빙글빙글 돌았다. 그 물건들은 결국 퍽퍽 터지면서 가루로 흩어졌다. 라옹고는 가슴 깊은 곳에서 치밀어 오르는 분노를 모두 피사노교를 향해서 쏟아내었다.

한편 깊은 산중에 머물던 아울5검도 얼굴이 시뻘겋게 변했다.

아울5검은 검탑을 떠나 홀로 검의 길을 찾던 중이었다. 그래서 그는 최근에 아울검탑이 피사노교의 공격을 받아 큰 피해를 입었다는 사실도 듣지 못했다.

그런 아울5검에게 레온 가문의 용인 한 명이 직접 급보를 전했다.

피사노교의 사도들이 네트워크를 통해서 원거리에서도 서로 연락을 주고받는 것처럼, 용인들도 이와 비슷한 방법으로 서로 뇌파를 주고받았다.

이러한 이능력 덕분에 아울5검은 폐쇄된 장소에 머물면서도 레온 가문의 급보를 전해들을 수 있었다.

"미친 악마의 종자들이 감히 무슨 짓을 했다고? 레온 가문을 멸망시켰어?"

아울5검이 검자루를 움켜쥐고 벌떡 일어섰다.

파츠츠츠츠!

아울5검의 머리카락은 하늘을 향해서 올올이 일어섰다. 그의 두 눈에서는 시퍼런 번개가 튀어나오는 듯했다.

실제로 아울5검의 검날에서는 푸른 번개가 무섭게 응집

되었다.

피사노교를 향해서 울분을 터뜨리는 용인들은 비단 언노운 월드에만 있지 않았다. 동차원 북명의 삼대세력 가운데 한 곳인 슭에서도 큰 포효가 터져 나왔다.

콰앙!

슭의 정신적 지주라 불리는 피피르가 손바닥으로 의자 팔걸이를 내리쳤다. 옥을 깎아서 만든 의자가 푸스스 먼지로 부서졌다.

피피르의 피부에선 자줏빛 비늘들이 좌르르륵 돋아났다. 피피르의 눈동자 속에는 진한 자줏빛 뇌전이 똬리를 틀었다.

그 뇌전이 이내 창의 형태로 변하면서 눈동자 속에서 튀어나와 피피르의 손아귀로 들어왔다.

자줏빛 뇌전으로 이루어진 창을 들고 벌떡 일어선 피피르의 모습은 뇌신, 그 자체였다.

라웅고, 아울5검, 피피르의 분노는 시작에 불과했다. 언노운 월드 전역과 동차원에 흩어져 있던 모든 용인들이 피사노교의 만행에 극도로 분노했다.

용인들은 자신들의 힘, 자신들이 동원할 수 있는 모든 세력을 총동원하여 피사노교를 박살 내겠노라고 다짐하고 또 다짐했다.

실제로 언노운 월드 대륙 곳곳에서 동시다발적인 국지전이 벌어졌다. 용인들과 관련이 있는 백 세력들이 피사노교의 지부들을 적극적으로 습격하였다.

그 결과 피사노교의 교도들이 제법 피해를 입었다. 화가 잔뜩 난 피사노교에서는 백 세력을 다시 공격했다.

그렇게 촉발된 전쟁의 화마는 대륙 전체로 점점 더 넓게, 점점 더 크게 번져갔다.

이제 수십 년간의 평화가 끝난 것이 분명했다. 언노운 월드는 또 한 번의 대전란의 시대를 맞이하게 되었다.

이탄은 바로 이 시점에 피사노교의 총단 방문 계획을 세웠다.

원래는 계획에 없던 일이었다.

"당분간은 쿠퍼 본가에 처박혀 조용히 지내고 싶었는데 말이야. 쯧쯧."

이탄이 씁쓸하게 혀를 찼다.

하지만 그냥 쿠퍼 가문에 웅크리고 있기에는 싸마니야의 압박이 극심했다. 요 며칠 사이, 싸마니야는 수시로 이탄에게 네트워크를 연결하여 교의 총단으로 들어오라고 종용했다.

이탄이 백 진영의 핑계를 대면서 차일피일 미루는 것도 결국엔 한계에 부딪혔다. 이탄은 결국 싸마니야의 뜻을 따르기로 하였다.

⊗ [쿠퍼] 싸마니야 님, 그렇게까지 말씀하시니 제가 어찌 제 입장만 되풀이하여 말씀드리겠나이까. 저는 사흘 안에 총단으로 들어갈 것입니다.

⊗ [피사노 싸마니야] 그게 정말이냐? 진짜로 오는 거냔 말이다.

⊗ [쿠퍼] 진짜로 가겠습니다. 다만 제게 사흘만 허락해주소서.

⊗ [피사노 싸마니야] 사흘?

⊗ [쿠퍼] 그 사흘 동안 저는 양떼들을 속일 핑곗거리를 만들겠습니다. 그런 다음 더러운 양떼 우리를 떠나서 저의 진짜 고향인 검은 드래곤의 품으로 들어가겠나이다.

⊗ [피사노 싸마니야] 으허허. 네가 그리 말해주니 기쁘구나. 요새 대륙 전체 전운이 고조되고 있어 나도 너를 교의 총단으로 부르기 미안하다. 하지만 그래도 이해해라. 나와 내 형제 자매들은 이 참에 너를 교의 열 번째 기둥으로 우뚝 세워 교도들의 사기를 북돋으려 한다. 이는 쿠퍼, 너에게도 결코 나쁜 일은 아닐 것이야. 으허허허.

싸마니야는 이탄을 불러들이는 목적을 솔직하게 밝혔다.

이탄은 두 가지 점에 놀랐다.

우선 싸마니야가 미안하다고 사과한 점.

둘째, 자신을 열 번째 신인으로 세우겠다는 점.

'혹시 신인이 되면 피사노교의 보고에 또 들어가 볼 수 있으려나?'

이탄은 놀라기도 하고, 또 기대도 되었다.

Chapter 2

이탄은 반사적으로 혀부터 움직였다.

⊗ [쿠퍼] 민망하여 듣기 힘드옵니다. 싸마니야 님께서 제게 미안하시다니요? 절대 그런 말씀 하지 마십시오. 아버님께서 부르시면 찾아뵙는 것은 자식인 제가 마땅히 해야 할 도리일 뿐입니다. 신인께서 부르시면 찾아뵙는 것은 신도인 제가 마땅히 해야 할 도리일 따름입니다.

이탄이 딱히 의도하지 않아도 그의 사탕발림 능력은 혀

에 장착되어 마구 발사되었다. 이탄의 혀는 기름칠을 한 듯
매끄러웠다.

싸마니야는 이탄의 아부에 마음이 사르륵 녹는 기분이었
다.

⊙ [피사노 싸마니야] 쿠허허허. 오냐. 오냐. 내 아
들. 아비가 너만 오기만을 기다리마. 크허허허헛.

싸마니야는 연신 웃음을 터뜨렸다.

[끌끌끌, 아들이 온다니까 그렇게 좋냐? 끌끌. 팔불출이
따로 없구먼. 천하의 싸마니야가 어쩌다 이렇게 변했누. 끌
끌끌.]

싸마니야의 뒤통수에 결합된 악마종이 긴 혀를 날름거리
며 핀잔을 주었다.

그래도 싸마니야의 웃음은 그칠 줄 몰랐다.

사흘 뒤인 10월 13일.

이탄은 약속대로 피사노교의 총단에 입성했다.

이번에도 이탄은 과거에 피사노교를 방문할 때와 똑같은
루트를 이용했다.

우선 이탄은 쿠퍼 가문에 소속된 점퍼들—사실은 은화

반 닢 기사단의 점퍼들—을 동원하여 대륙 서부의 실키 가문에 들렀다.

이탄이 실키를 방문한 명목상의 목적은 사업 협력이었다.

물론 실제 목적은 달랐다. 이탄은 실키 가문에서 피사노 사브아 혈족들의 도움을 받아 피사노교의 총단으로 공간이동했다.

지난번 전투에서 사브아가 큰 부상을 입었기 때문인지 사브아 혈족들의 표정은 다소 어두워 보였다.

이탄은 사브아의 혈족들과는 굳이 말을 섞지 않았다.

사브아의 혈족들도 말없이 이탄을 피사노교의 총단으로 보내주었다. 그러면서도 이탄을 대하는 그들의 태도는 전에 없이 공손했다.

이 점은 피사노교의 총단에서도 마찬가지였다.

과거에 이탄이 처음 피사노교의 총단을 방문했을 때는 이것저것 복잡한 검사들을 받아야만 했다.

지금은 이탄의 위상이 달라졌다. 그 어떤 교도들도 감히 이탄의 앞을 가로막지 못했다. 다들 이탄을 접하자마자 무릎을 꿇고 공손히 머리를 조아렸다. 이탄을 바라보는 피사노 교도들의 눈동자에는 강한 존경심이 일렁거렸다.

"이거 참."

오히려 이탄이 민망하여 뒤통수를 긁적였다.

이탄을 향한 융숭한 대접은 싸마니야의 대전까지도 이어졌다.

"으허허허. 쿠퍼, 어서 오너라."

놀랍게도 싸마니야는 손수 대전 밖까지 나와서 이탄을 맞았다. 싸마니야의 뒤에는 그의 혈족들이 두 줄로 늘어서서 이탄을 환영했다.

이는 전례가 없던 일이다. 신인이 사도를 마중 나오다니. 지금까지 이런 일이 벌어진 적은 없었다.

다만 이탄의 경우는 좀 특수했다.

피사노교의 사도와 교도들은 이탄을 사도라고 여기지 않았다. 다들 이탄을 열 번째 신인으로 인정하고 있었다.

다만 신인들의 생각은 조금 달랐다. 신인들은 이탄이 공식적인 절차를 밟아야 비로소 열 번째 신인의 자리에 앉을 수 있다고 생각했다.

이탄은 고개를 위로 들어 키가 10미터나 되는 싸마니야를 올려다보았다.

"검은 드래곤의 아들이 싸마니야 님을 알현하나이다."

이탄은 싸마니야에게 냉큼 무릎부터 꿇으려고 들었다.

그 전에 싸마니야가 손수 몸을 구부려 이탄을 붙잡았다.

"아니다. 너는 굳이 이럴 필요가 없느니라. 으허허허."

싸마니야는 이탄을 자신의 혈족이 아니라 형제 신인을 대하는 것처럼 대우해주었다.

실제로도 피사노교의 예법에 따르면 이탄이 열 번째 신인으로 추인을 받는 순간, 그는 이미 싸마니야의 자식이 아니라 아우가 되는 셈이었다.

더군다나 이탄이 신인이 될 것은 이미 기정사실이었다. 다만 그가 신인으로 인정받으려면 한두 가지 의식과 형식적인 절차만이 남았을 뿐이었다.

"그 가운데 가장 중요한 것이 초마의식이지."

싸마니야가 이렇게 말했다.

이탄이 반문했다.

"초마의식이요?"

"그렇다. 초마의식이란, 바로 너의 의식을 부정 차원과 연결하여 그곳의 악마종을 네 몸 안에 불러들이는 의식이란다."

싸마니야는 이탄에게 초마의식에 대해서 설명을 해주었다.

사실 이탄은 이미 알고 있는 정보였다.

그것도 단지 귀동냥으로 들은 정도가 아니었다. 이탄은 악마를 초대하여 결합하는 피사노교 특유의 의식을 직접 경험해 보았다. 최근 이탄이 부정 차원에 머물 당시, 이탄은 피사노 와힛이 베푼 연회를 통해서 초마의식을 직접 접해 본 것이다.

'하지만 싸마니야 님은 그 사실을 모르지.'

때문에 이탄은 싸마니야 앞에서 천연덕스럽게 연기를 했다. 마치 이탄은 "초마의식이라니요? 대체 그게 무엇입니까?"라고 묻는 듯한 표정으로 싸마니야의 설명을 경청했다.

싸마니야는 신이 나서 이것저것 상세하게 설명을 덧붙였다.

"으허험. 잘 듣거라. 검은 드래곤의 피를 이어받은 사도들은 때가 되면 모두 초마의식을 치른단다. 악마를 초대하는 의식을 통해서 악마종과 결합하고 나면 한 층 더 강력해지게 마련이거든."

"아!"

"물론 그게 끝은 아니니라. 일반적으로 사도들은 악마종과 결합한 이후로도 한참을 더 노력해야 비로소 깨달음을 얻을 수 있지. 그리고 오직 깨달음을 얻은 자만이 높은 기둥에 올라서 신인이 되는 게다."

"오호라, 그렇군요."

이탄은 적당히 추임새를 넣으며 싸마니야의 설명을 들었다.

Chapter 3

싸마니야는 그런 이탄을 굽어보면서 빙그레 웃었다.

"으허허. 그런데 너는 예외니라."

"네? 그게 무슨 말씀이십니까?"

이탄은 초롱초롱한 눈으로 싸마니야를 올려다보았다.

싸마니야는 이탄이 예뻐서 죽겠다는 듯이 얼굴을 씰룩거렸다.

"쿠퍼, 너는 예외, 즉 이레귤러(Irregular)라고 했느니라. 으허허허. 내가 살다 살다 세상에 너 같은 별종은 또 처음 보았느니라."

"네?"

이탄은 한 번 더 눈을 동그랗게 떴다.

"커허허허. 초마의식도 치르지 않았는데 벌써 깨달음을 얻어서 신인의 경지에 이르다니. 우리 피사노교의 오랜 역사를 뒤져보아도 너 같은 이레귤러는 정말 처음일 게야. 허허허허."

싸마니야는 진심으로 이탄이 자랑스러웠다.

싸마니야의 뒤통수에 결합된 악마종도 이탄에게 강한 호기심을 느낀 모양이었다. 악마종은 긴 혀를 싸마니야의 어깨 위로 빼고는 요리조리 이탄을 살폈다.

그날 이탄은 싸마니야가 다스리는 구역 내에 머물면서 싸마니야와 이런 저런 이야기를 나누었다.

다음 날 아침이 밝자 이탄은 피사노교의 신인들을 차례로 만났다. 싸마니야가 직접 이탄을 데리고 다니면서 신인들을 한 명 한 명 소개시켜 주었다.

이탄의 첫 방문지는 당연히 쌀라싸가 다스리는 구역이었다.

피사노 쌀라싸는 대나무로 짠 마루에 앉아서 이탄을 맞았다. 마루 아래에는 목에 개목걸이를 찬 나체의 미녀들이 바닥에 엎드려 뱀처럼 흐느적거렸다. 약물에 중독이라도 되었는지 미녀들의 눈은 몽롱하게 풀린 상태였다.

쌀라싸도 상의를 벗은 차림이었는데, 덕분에 쌀라싸의 가슴에 결합된 악마종의 모습이 훤히 드러났다.

이 악마종은 뱀 떼로 이루어진 수염을 꿈틀거리면서 이탄을 자세히 뜯어보았다. 그리곤 이탄을 극찬했다.

[최고네⋯⋯. 우리 악마종들이 가장 선호하는 극상품이야. 지금까지 저런 극상품은 본 적이 없어.]

쌀라싸의 악마종은 이전에 이탄의 기운을 접해본 경험을 지녔다. 쌀라싸가 대군을 이끌고 동차원 남명에 쳐들어왔을 무렵에 있었던 일이었다. 당시 쌀라싸의 악마종은 이탄이 만자비문의 권능을 드러내는 장면을 직접 목격했다.

그런데도 이 악마종은 지금 자신의 눈앞에 있는 쿠퍼가 동차원의 그 괴물과 동일인일 것이라고는 생각하지 못했다.

그때 이탄이 풍겼던 기운은 술법사의 것이었던 반면, 지금 이탄이 풍기는 기운은 흑마법사에 가까워서였다.

하긴, 한낱 악마종 따위가 마격 존재인 이탄을 속속들이 살펴볼 수는 없는 법이었다.

[호오? 저 아이가 그렇게 뛰어난가?]

쌀라싸가 악마종에게 물었다.

악마종이 뱀 떼로 이루어진 수염을 꿈틀거리며 대답했다.

[뛰어나냐고? 그 정도가 아니야. 극상품이라니까.]

[어허허. 여덟째 아우는 복도 많지. 어떻게 저런 뛰어난 자식을 낳았을꼬? 흘흘흘.]

쌀라싸는 진심으로 싸마니야가 부러웠다.

한편 이탄은 쌀라싸가 악마종과 나누는 대화를 모두 엿들었다.

언노운 월드의 인간족은 뇌파로 대화를 나누는 경우가 거의 없었다. 하지만 그릇된 차원이나 부정 차원에서는 말보다는 뇌파가 더 유용한 대화 수단이었다.

이탄은 그릇된 차원과 부정 차원에 오래 머물렀기에 뇌파로 나누는 대화에 익숙했다. 또한 이탄은 타인의 뇌파를 가로채서 엿듣는 일에도 능통했다.

"그래. 자네의 이름이 쿠퍼라고 하였지?"

쌀라싸가 이탄에게 직접 말을 걸었다.

이탄은 공손히 고개를 숙였다.

"그렇습니다. 저는 교 밖에서 커서 위대하신 분들을 뵈올 기회가 없었사온데, 검은 드래곤의 피를 이어받으신 위대한 분이시자 교의 세 번째 신인을 이렇게 가까이서 뵈오니 참으로 감회가 새롭습니다."

그 말에 쌀라싸가 싸마니야를 타박했다.

"흘흘흘. 그런가? 그렇다면 여덟째 아우가 참으로 모질었구먼. 이렇게 훌륭한 자식을 품 안에서 키우지 않고 저 척박한 백 진영에 내팽개쳐두다니 말일세. 흘흘흘흘."

"크허. 저도 그 점을 늘 미안하게 생각하고 있습니다. 교를 위한다는 충정에서 이 아이를 양 떼 우리에 처박아 두었습니다만, 막상 쿠퍼 본인에게는 정말 못 할 짓이었지요."

싸마니야가 얼굴을 붉혔다.

이탄이 재빨리 대화에 끼어들어 손사래를 쳤다.

"아닙니다. 저는 그런 뜻으로 드린 말씀이 아니옵니다. 오히려 싸마니야 님의 안배 덕분에 제가 더 꿋꿋이 잘 자란 게 아닌가 싶습니다."

"으잉? 그게 무슨 뜻인고?"

쌀라싸가 이탄을 돌아보았다.

이탄은 재빨리 말을 둘러대었다.

"더러운 양 떼 사이에서 자라면서 저는 늘 검은 드래곤의 위대한 혈통을 잊지 않으려고 노력했습니다. 하루하루 몸에 배는 더러운 양의 냄새를 빼내고 마음의 갈피를 잃지 않으려 이를 악물었지요. 그렇게 애를 쓰다 보니 마음 수양이 깊어졌고, 거기에 싸마니야 님의 도움으로 검은 드래곤의 피를 각성하면서 한층 발전할 수 있었던 게 아닌가 싶습니다."

쌀라싸가 오늘 이탄을 부른 진짜 이유는, "너는 어떻게 초마의식도 치르지 않았는데 만자비문에 대한 깨달음을 얻었느냐?"라는 질문을 하기 위함이었다.

이탄은 상대의 질문이 나오기도 전에 미리 힌트를 던져 주었다.

그 힌트를 듣자마자 쌀라싸와 싸마니야의 눈이 휘둥그레졌다.

"허어, 양 떼 사이에서 자신의 혈통을 잊지 않으려고 몸부림을 쳤다? 그러면서 마음 수양이 깊어졌다?"

쌀라싸는 손으로 수염을 쓸어내리면서 나직이 중얼거렸다. 그러면서 쌀라싸가 악마종에게 확인해 보았다.

[저게 가능한 일인가? 조금 전에 쿠퍼가 한 말이 가능하냐고?]

쌀라싸와 결합한 악마종은 곰곰이 생각하다가 대답했다.

[키히힝. 전혀 불가능한 일은 아니야. 아니. 오히려 쿠퍼가 겪은 방법이 더 지름길일 수도 있겠네. 부정 차원을 지배하는 인과율에 대한 깨달음은 결국 마음 속 깊은 곳에 자리한 어두운 심연으로부터 나오는 법이거든. 키히히힝.]

일단 악마종의 견해는 긍정적이었다.

쌀라싸가 무릎을 탁 쳤다.

"역시! 검은 드래곤을 향한 자네의 올곧은 마음이 자네를 위대한 길로 이끌었구먼. 허허허. 쿠퍼 자네는 정말 우리 피사노교의 귀감이 될 만한 인재일세. 흘흘흘흘."

한편 싸마니야도 이탄의 이야기에 큰 감명을 받았다.

싸마니야와 결합한 악마종도 이탄의 말에 공감을 했고, 그 의견을 싸마니야에게 전달해 주었다.

Chapter 4

쌀라싸가 또 다른 것을 물었다.

"하면 자네는 어쩌다 다크 그린을 익히게 되었는고?"

다크 그린, 즉 검록색 편린은 쌀라싸의 주력 스킬 가운데 하나였다. 쌀라싸의 입장에서는 당연히 이 점이 궁금할 수밖에 없었다.

이탄은 기다렸다는 듯이 싸마니야를 돌아보았다.

"지난번에 제가 교의 총단에 들어왔을 때였습니다. 싸마니야 님께서는 황송하게도 제게 피사노교의 보고에 들어가 볼 기회를 주셨습니다."

"어? 맞다. 그 때 그랬었지. 하면 거기서 다크 그린을 익혔나 보구나?"

싸마니야가 옛 기억을 되살렸다.

이탄은 고개를 끄덕였다.

"맞습니다. 저는 마침 주술에 관심이 많던 터라 피사노교의 보고에서도 흑주술 위주로 찾아보았습니다. 그러다 운이 좋게 다크 그린이라는 귀한 흑주술을 접하게 되었습니다."

이탄은 다크 그린을 귀하다고 표현했다.

그 표현이 쌀라싸의 마음에 쏙 들었다.

"하면 사령마를 소환하는 스킬도 그때 익혀둔 겐가?"

쌀라싸가 집요하게 확인했다.

이탄은 공손히 고개를 주억거렸다.

"쌀라싸 님의 말씀이 맞습니다. 리콜 데쓰 호스도 그때 연마한 흑마법입니다."

그 말에 쌀라싸가 흐뭇하게 미소를 지었다.

"흘흘흘. 역시 재능이 남다르구먼. 교의 보고에 짧게 머무는 동안에 다크 그린 흑주술 한 가지만 배워가도 천재라고 칭송을 받을 터인데, 거기에 더해서 리콜 데쓰 호스도 배워갔구먼. 흘흘흘흘."

"과찬이십니다. 저는 아직도 많이 부족합니다. 위대하신 분들께서 저를 이끌어주시지 않는다면 저는 아무것도 할 줄 모르는 어린아이에 불과합니다."

이탄의 겸손한 태도가 쌀라싸를 기쁘게 만들었다.

검록의 마군 쌀라싸가 가장 우려하는 바는, 새로 탄생한 신인이 시건방져서 기존의 질서를 무시하는 것이었다.

'자고로 강맹했던 세력이 퇴보하는 가장 큰 원인은 내부 분열 때문이 아니던가. 한데 그럴 염려는 덜었구먼. 우리 교의 미래가 정말 밝으이. 흘흘흘.'

쌀라싸는 너무 기뻐서 눈물이 날 지경이었다.

그 후로도 쌀라싸는 한참 동안 이탄을 붙잡고 놓아주지 않았다. 쌀라싸는 정말 이탄에게 궁금한 게 많은 모양이었다.

이탄이 자라온 환경.

이탄이 백 진영에서 맡은 직위 및 역할.

그동안 이탄이 피사노교를 위해서 세운 공로.

쌀라싸는 이런 것들을 꼼꼼하게 묻고 또 확인했다. 그런 다음 쌀라싸는 싸마니야에게 뇌파를 보냈다.

[흘흘흘. 나는 찬성일세. 쿠퍼를 교의 열 번째 신인으로 세우자는 여덟째 아우의 제안에 찬성한단 말일세. 흘흘흘흘.]

[쌀라싸 님, 아니. 셋째 형님. 고맙습니다. 정말 고맙습니다.]

싸마니야가 쌀라싸를 향해서 넙죽 허리를 숙였다.

이탄은 영문을 모르겠다는 듯이 눈을 동그랗게 떴다.

사실 이탄은 쌀라싸와 싸마니야 사이에 오간 뇌파를 모두 가로채서 들었지만, 겉으로는 그런 내색을 내비치지 않았다.

그러는 동안에도 쌀라싸와 싸마니야의 악마종들은 이탄에게 시선을 떼지 못했다. 악마종들은 홀린 듯이 이탄만 바라보았다.

쌀라싸의 구역에서 물러나온 뒤, 싸마니야는 이탄을 제4 신인인 아르비아에게 데려갔다.

아르비아는 기괴하게 생긴 쇠의자에 앉아서 이탄을 맞았다.

아르비아의 얼굴을 본 순간, 이탄은 과거의 기억을 떠올렸다.

예전에 이탄이 동차원의 술법사들과 함께 피사노교를 공격했을 때였다. 당시 이탄은 거신강림대진을 발휘하여 아르비아와 싸웠다. 아르비아도 거대 조각상에 빙의하여 이탄이 조종하는 거신과 맞섰다.

결과는 당연히 이탄의 압승.

아르비아는 무참하게 깨지면서 허둥지둥 도망쳤었다. 진격의 티스아도 아르비아와 함께 도망쳤다.

'그렇게 엉망진창으로 쳐맞던 분이 지금은 목에 힘을 꽉 주고 어른 행세를 하는구먼. 후후훗.'

이탄은 속으로 웃음을 삼켰다.

물론 겉으로는 아주 공손하게 아르비아를 대했다.

아르비아도 이탄의 사근사근한 태도를 마음에 들어 했다. 그녀는 이탄에게 이것저것 질문을 던졌는데, 그 대부분은 사행술에 대한 것이었다.

쌀라싸가 흑주술에 조예가 깊다면, 아르비아는 흑체술에 정통한 무인이었다. 당연히 이탄이 연마한 사행술에 관심이 많을 수밖에 없었다.

사실 이탄도 체술사에 가까웠다.

비록 이탄이 가진 가장 강력한 무력은 언령과 만자비문, 그리고 붉은 금속이지만, 그리고 이탄이 가장 선호하는 공격 방식은 술법들이지만, 실제로 이탄이 실전에서 가장 많이 써먹는 수법은 다름 아닌 체술이었다.

이탄은 직접 상대를 주먹으로 부수는 자였다. 손으로 적을 잡아서 찢는 자였다. 손바닥으로 상대를 으깨버리는 자였다.

그러니 아르비아와 말이 잘 통할 수밖에.

아르비아는 어느새 의자에서 내려왔다. 그리곤 이탄 앞에서 직접 몸을 움직이며 체술에 대한 견해를 나눴다.

"오호라. 자네 같으면 거기서 그렇게 손을 쓴단 말이지? 이렇게? 요런 자세로?"

"네, 아르비아 님. 저 같으면 이렇게 아래서 위로 손을 쳐낸 다음, 손등으로 상대의 목젖을 찍어버리는 편을 선택하겠습니다."

"크허. 그거 괜찮은 수법이구먼. 공격 태세가 시원시원한 것이 마음에 쏙 들어."

신바람이 잔뜩 난 아르비아의 태도는 마치 마음에 맞는 친구를 새로 사귄 어린아이를 보는 듯했다.

'허어, 역시 쿠퍼의 친화력은 역시 범상치가 않구나. 넷째 누님이 결코 저렇게 쉽게 마음을 여는 분이 아닌데.'

싸마니야가 혀를 내둘렀다. 솔직히 아르비아는 마음을 쉽게 열지 않는 정도가 아니라 성질이 고약하고 고집불통으로 유명했다.

그런 아르비아조차도 이탄 앞에서는 어느새 무장해제 되었다. 싸마니야는 이탄의 사람 홀리는 능력에 탄복했다.

Chapter 5

다음으로 이탄이 방문한 장소는 피사노 감사가 다스리는 구역이었다.

피사노교 서열 5위에 랭크된 감사는 신인들 가운데는 유일하게 잠행사도 출신이었다.

일명 키르케의 별이라 불리는 잠행사도들은 은신과 매복, 침투에 능했다. 그래서 잠행사도들은 주로 적진 교란 작전이나 암살 작전에 투입되곤 했다.

특히 감사의 혈족들은 검은 드래곤의 피를 숨기는 능력을 타고났기에 백 진영에서도 가장 침투가 까다로운 삼대탑을 전담했다.

오래 전 시시퍼 마탑에 도제생으로 침투했던 힐다와 카날이 그 대표적인 예였다. 이들 2명은 이탄에게 발각되어 축출되기 전까지만 하더라도 시시퍼 마탑의 그 어떤 마법사에게도 의심을 사지 않았었다.

게다가 시시퍼 마탑에 침투해 있는 감사의 혈족들 가운데 나머지 한 명은 아직까지도 마탑 안에 남아서 첩자 노릇을 하는 중이었다.

당시 이탄은 이 마지막 한 명마저도 발견하였으나, 흑과 백의 균형을 위해서 그냥 모르는 척 눈을 감아 주었다.

어쨌거나 그만큼 캄사의 혈족들은 위장 능력이 탁월했다.

이는 캄사도 마찬가지였다.

아니, 캄사는 그의 혈족들보다도 오히려 더 위장 능력이 뛰어났다. 이탄이 캄사를 보면서 받은 첫 느낌은 '속을 알 수 없는 자로구나.' 였다.

"어허허. 어서 오게."

머리에 터번을 쓰고 멋들어지게 콧수염을 가다듬은 캄사가 두 팔을 활짝 벌려 이탄을 환영했다. 이탄을 향해서 활짝 웃는 캄사의 모습은 신사답기 이를 데 없었다.

실제로도 캄사는 9명의 신인들 가운데 가장 점잖기로 정평이 나 있는 사람이었다.

전설 속의 마신 와힛.

산 사람을 그저 마법의 실험체로만 여긴다는 마녀 이쓰낸.

웃으면서 사람을 고문하는 검록의 마군 쌀라싸.

말이 통하지 않는 괴팍한 불통의 마녀 아르비아.

사람의 숨통을 꽉 막히게 만드는 싯다.

채찍과 환락의 마녀 사브아.

불과 폭력의 마왕 싸마니야.

마지막으로 핏빛 검날로 사람을 저며서 죽이는 티스아.

피사노교의 신인들은 하나 같이 악명이 높았다. 백 진영이나 중립 진영 사람들은 물론이고, 같은 흑 진영에서도 피사노교의 신인들이 나타났다고 하면 몸을 숨기기에 바빴다.

그런 상황에서 오직 캄사만이 점잖은 신사로 통했다.

하지만 이것은 겉보기 모습일 뿐이었다.

이탄은 캄사가 아르비아보다 더 괴팍하다고 보았다. 음흉하기로 치면 캄사가 쌀라싸보다도 더하다고 느꼈다. 또한 포악함에 있어서도 캄사가 싸마니야나 티스아보다도 더할 것이라는 게 이탄의 판단이었다.

'뭐, 그래 봤자 무슨 상관이겠어?'

이탄은 딱히 캄사에게 신경을 쓰지는 않았다. 그저 평소 습관대로 상대방에게 정중히 고개를 숙여 인사했을 따름이었다.

"싸마니야 님의 혈족인 쿠퍼가 위대하신 분을 뵙습니다. 제게는 정말 큰 영광입니다."

이탄의 입에서는 습관처럼 사탕발림이 튀어나왔다.

캄사가 너털웃음을 터뜨렸다.

"어허허. 이거 오히려 내가 더 영광일세. 자네는 지난 전투의 영웅이 아닌가. 교의 사도들이 우러러보는 영웅 말일세. 허허허."

캄사는 이탄은 잔뜩 치켜세웠다.

이탄은 캄사의 칭찬이 그리 달갑지 않았다. 마음에도 없는 칭찬이라는 점이 딱 보이는 까닭이었다.

그래도 이탄은 싫은 내색을 하지 않았다. 이탄은 캄사의 칭찬에 어쩔 줄 모르겠다는 듯이 얼굴을 붉혔다.

이탄이 순진한(?) 모습을 계속 보여주자 이탄에 대한 캄사의 경계심도 차츰 누그러졌다.

이탄도 그 점을 느꼈다.

'캄사와의 첫 대면에서는 이 정도 거리가 딱 좋지. 이것보다 더 친근하게 다가가면 캄사는 나를 경계할 테고, 이것보다 멀어지면 나를 의심할 거야.'

이탄은 인간관계에서 거리 설정을 기가 막히게 해냈다. 과연 대륙 최고의 거상 가문을 이끄는 가주다운 솜씨였다.

그 결과 캄사는 이탄에게 별다른 불편함을 느끼지 않았다.

이탄이 캄사 앞을 물러나오면서 마지막 인사를 올릴 즈음, 이탄을 대하는 캄사의 태도도 한결 편해졌다.

"그럼 캄사 님, 다음에 또 뵐 기회를 주시면 감사하겠습니다."

이탄이 꾸벅 허리를 숙였다.

캄사는 함박웃음으로 이탄을 배웅했다.

"어허허. 내가 할 말을 자꾸 먼저 하시는구먼. 다음에는 형제의 관계로 또 만납시다."

이것은 캄사가 이탄에게 던져줄 수 있는 최고의 말이었다.

서열5위인 캄사를 만났으니 다음은 서열 6위인 싯다를 방문할 차례였다.

하지만 싸마니야는 이탄을 싯다에게 데려가지 않았다. 대신 싸마니야는 싯다의 배신에 대해서 이탄에게 귀띔해주었다.

"네에? 피사노 싯다 님께서요? 뭔가 착오가 있었던 것 아닙니까?"

이탄은 살짝 놀랐다.

싸마니야가 고개를 가로저었다.

"아니. 착오가 아니다. 지난번에 우리가 아울 검탑을 공략할 당시, 사브아 누님과 싯다 그 배신자가 아울 검탑의 배후를 공략하기로 약속이 되어 있었느니라. 그런데 그 배신자가 사브아 누님을 기습 공격하여 큰 부상을 입히고는 도망쳤지 뭐냐. 크으윽. 더러운 배신자 자식! 다시 만나기만 해봐라. 크으윽."

싸마니야가 두 주먹을 부르르 떨었다.

이탄은 눈썹을 살짝 찌푸렸다.

'이게 무슨 소리야? 싯다가 사브아를 급습하고 배신을 했다고? 예전에 과이올라 시에서 마주쳤던 경험을 되짚어보면, 싯다는 딱히 피사노교를 배신할 것처럼 보이지는 않았는데? 이게 어찌된 일이지?'

이탄은 싯다의 배신에 대해서 좀 더 자세히 알아봐야겠다고 생각했다.

Chapter 6

이탄이 문득 다른 질문을 던졌다.

"그렇다면 사브아 님께서는 무사하십니까? 그렇게 불시에 기습을 받으셨다면 혹시 위태로우신 것 아닙니까?"

"크후우, 위태롭지. 사브아 누님은 몸 상태가 그리 좋지 않구나. 그래서 지금은 총단이 아닌 다른 장소에서 요양 중이시다."

싸마니야가 고개를 절레절레 저었다.

이탄이 싸마니야를 올려다보았다.

"하면 싯다 님, 아니 그 배신자 놈과 사브아 님은 오늘 만나 뵙기 어렵겠군요? 그렇다면 남은 분은……."

"그래. 남은 신인은 이제 티스아뿐이지. 그곳으로 가자꾸나."

싸마니야는 이탄을 티스아의 구역으로 데려갔다.

티스아는 이탄을 반겨 맞았다.

아니, 그 정도를 넘어서 티스아는 모처럼 곱게 꽃단장을 하고 이탄을 마중 나왔다.

아르비아와 마찬가지로 티스아도 속마음을 숨기는 데 서툴렀다. 그녀가 이탄을 향해서 어찌나 환하게 웃는지, 그녀의 혈족들이 다 놀랄 정도였다.

'평소에 검에만 몰두하시던 분이 저렇게 활짝 미소 지으신다고?'

'햐아~. 진격의 여검제, 핏빛 태풍이라는 별명을 가지신 분이 어떻게 저렇게 한순간에 봄바람이 되신단 말인가?'

'태세 전환 좀 보소.'

티스아를 섬기는 혈족들, 즉 여검수들은 놀라움을 금치 못했다.

'거 참, 희한하구나. 막내인 티스아가 저렇게 곱게 차려입은 적이 있었던가?'

싸마니야도 티스아의 변화를 느꼈는지 고개를 갸웃했다.

"험험."

주변을 의식했는지 티스아는 헛기침을 한 번 하고는 서둘러 싸마니야와 이탄을 궁 안으로 들였다.

티스아는 이탄을 자리에 붙잡아 앉히고는 이것저것 이야기꽃을 피웠다.

지난번 솔강 전투에서 도와줘서 고맙다는 둥.

덕분에 엉뚱한 곳에서 시간 낭비하지 않고 비크 교황을

생포할 수 있었다는 둥.

지금 그 비크를 고문해서 모레툼 교단의 비밀을 캐내는 중이라는 둥.

티스아가 주로 떠들어대었다.

이탄은 간간이 추임새를 넣으며 티스아의 말을 들어주는 편이었다.

"호호호. 역시 너는 말을 잘하는구나. 이렇게 대화를 재미있게 하다니, 무뚝뚝한 여덟째 오라버니와는 정말 닮지 않았어. 호호호호."

티스아가 손으로 입을 가리며 웃었다.

싸마니야는 기가 막혔다.

'푸헐? 쿠퍼가 말을 잘한다고? 뭐, 그게 틀린 주장은 아니다만, 지금까지 주로 떠들어댄 사람은 내 아들 쿠퍼가 아니라 티스아 바로 너라고.'

싸마니야뿐 아니라 방문 밖에 도열해 있던 여검수들도 어안이 벙벙했다.

이탄이 활짝 웃었다.

"하하하. 제가 말을 잘한다는 소리는 처음 들어봅니다. 다만 말귀가 통하지 않는 더러운 백 진영 놈들 사이에서 입을 꽉 틀어막고 지내다가 이렇게 분위기가 있으신 티스아 님과의 대화를 나누다 보니 저도 모르게 즐겁게 이야기꽃을 피운 것 같습니다.”

“어쩜! 어쩜! 너 지금 뭐라고 했니?”

“네?”

“조금 전에 나를 뭐라고 표현했어?”

“아! 분위기가 있으시다는 표현 말씀이십니까?”

“그래. 그거 좋다. 그 표현이 아주 딱 좋아. 아 뇨 진짜. 내 혈족들은 다들 머리가 나쁜가? 왜 아무도 나에게 그런 표현을 해주지 않는 거니?”

티스아가 방문 밖의 혈족들을 향해서 눈을 흘겼다.

티스아의 혈족들은 진짜로 어이가 없었으나, 감히 티스아 앞에서 그런 기색을 드러내지는 못하였다.

게다가 티스아의 혈족들도 이탄의 부드러운 언변에 감탄하던 중이었다.

평생 검만 끼고 살아온 피사노교의 여검수들에게 이탄의 기름 좔좔 흐르는 혓바닥은 치명적인 무기 그 자체였다.

서열3위인 쌀라싸부터 시작해서 서열 9위 티스아에 이르기까지, 이탄은 만 하루 동안 피사노교의 주요 인사들을 모두 만났다.

신인들은 이탄을 무척 마음에 들어 했다. 신인들과 결합한 악마종들도 이탄에게 지대한 호기심을 보였다.

그나마 피사노 캄사만이 이탄을 살짝 경계했다.

하지만 그런 캄사조차도 이탄을 직접 대면하기 전보다는 대면한 이후에 경계심이 많이 누그러진 것은 사실이었다.

10월 15일.

이날은 이탄이 초마의식을 치르는 날이었다.

원래 올해 예정된 초마의식은 모두 종결되었다. 그런데 이탄을 위해서 긴급하게 초마의식을 한 번 더 치를 필요가 생겼다.

하여 쌀라싸는 부정 차원의 악마종에게 추가 의식을 주문했다. 이것은 오직 단 한 명 이탄만을 위한 초마의식이었다.

부정 차원의 악마종들은 남의 부탁을 잘 들어주지 않는 편이었으나, 이번만큼은 예외로 두었다.

이탄에게 관심을 보이는 악마종들이 워낙 많아서였다.

최근 부정 차원 모드레우스 제국의 악마종들 사이에서 이탄은 핫(Hot)한 관심사로 떠올랐다. 피사노교의 신인들과 결합하여 언노운 월드로 넘어온 모드레우스 제국의 악마종들이 이탄의 특별함에 대해서 떠들어 대었는데, 그 이야기에 호기심을 느낀 악마종들이 추가 초마의식에 동의하면서 10월 15일로 날짜가 잡혔다.

부정 차원의 최강의 제국으로 손꼽히는 모드레우스 제국

의 수도.

와힛은 그 수도 한복판에서 머리에 검은 로브를 뒤집어쓴 채 양손을 앞으로 내밀어 피라미드 조각에 가져다 대었다.

웅웅웅웅웅!

피라미드 조각이 공명을 하면서 허공으로 떠올랐다. 이윽고 그 피라미드 조각이 와힛의 양손 사이에서 빙글빙글 자전하기 시작했다.

와힛의 발 앞에는 황금쟁반이 하나 놓여 있었다.

피라미드 조각이 자전을 시작하자 황금쟁반에 얇게 깔린 푸른 물이 겹겹이 파문을 만들어내었다.

그 푸른 물로부터 수증기가 발생하여 주변을 뒤덮었다. 동시에 푸른 물 표면에는 하나의 영상이 맺혔다.

Chapter 7

영상 속의 배경은 다름 아닌 피사노교의 신전 내부였다. 웅장한 기둥이 양 옆으로 줄지어 늘어섰고, 악마를 조각한 부조가 벽을 온통 차지한 신전 말이다. 신전 중심부에는 피와 해골로 장식된 제단이 하나 설치되어 있었는데, 제단에 이르는 길목에는 검은 종이가 갈기갈기 찢어져 흩뿌려진 상태였다.

제단 위에는 검은 색깔의 피라미드 조각이 하나 존재했다.

이 조각은 와힛의 손바닥 사이에서 자전 중인 피라미드 조각과 똑같이 생겼다.

제단 주변에는 검보랏빛 로브를 걸친 남녀가 웅얼웅얼 주문을 읊었다. 그들은 검은 종이를 맨발로 지르밟으며 제단을 향해서 나아갔다. 그들이 밟고 지나갈 때마다 검은 종이가 화염으로 변해서 화르륵 타올랐다.

검보랏빛 로브를 입은 남녀는 발밑에서 불길이 치솟는데도 아무런 고통도 느끼지 못했다. 그들은 중얼중얼 주문을 읊으며 초마의식에만 전념했다.

철컹, 철컹, 철컹, 철컹.

행렬의 선두에 선 사내가 조그만 황금 주전자를 규칙적으로 흔들었다.

주둥이에서 회색 연기를 폴폴 쏟아내는 황금 주전자는 가느다란 황금 사슬에 묶인 채 좌우로 까딱까딱 진자운동을 했다.

검보랏빛 로브를 입은 자들이 황금 주전자를 흔드는 사내의 뒤에 2열로 늘어섰다. 그들은 두 손으로 황금 그릇을 조심스럽게 들고 있었다.

황금 그릇 안에서는 피비린내가 물씬 풍겼다.

그럴 만도 한 것이, 황금 그릇을 가득 채우고 있는 것은 시뻘건 선혈이었다. 검보랏빛 로브를 입은 자들은 찰랑거리는 핏물을 단 한 방울도 흘리지 않고서 제단을 향해서 한 발 한 발 나아갔다.

마침내 선두의 사내가 제단에 도착했다. 사내는 황금 주전자를 좌우로 까딱거리면서 제단 주변을 한 바퀴 돌았다.

그러는 동안 사내를 뒤따르던 자들은 제단 위의 피라미드 조각에 시뻘건 선혈을 차례로 들이부었다.

웅웅웅웅웅!

검은 피라미드 조각이 선혈을 흡수하면서 새빨간 빛을 토했다.

그러자 와힛의 손바닥 사이에서 자전 중인 피라미드 조각도 그와 보조를 맞춰서 피를 뒤집어쓴 것처럼 빨갛게 변했다.

와힛이 주변의 악마종들에게 물었다.

[자, 누가 언노운 월드로 넘어가 저 인간족과 결합을 해보시렵니까?]

악마종들은 경쟁적으로 손을 들었다.

[내가 해보겠소.]

[아니. 이번엔 내 차례요.]

[다들 비켜. 내가 하겠다니까.]

하지만 이마에 3개의 뿔을 가진 악룡족이 쿵쿵 다가오자 다들 부랴부랴 자리를 비켰다.

이 악룡족은 모드레우스 제국에서도 포악하기로 소문난 진마 최상급의 존재였다. 그것도 그냥 최상급이 아니라 조만간 벽을 넘어 성마가 될 것으로 기대되는 초강자였다.

[으윽. 볼칸 후작님이시다.]

[제길. 후작님이 나서신다면 할 수 없지. 물러설 수밖에.]

앞다투어 이탄과 결합을 노리던 악마종들이 한 발 뒤로 물러섰다.

볼칸은 뇌전이 번뜩이는 눈으로 주변을 쓱 둘러본 다음, 와힛 앞에 섰다.

와힛이 고개를 까딱 숙였다.

사실 와힛은 볼칸을 그리 높이 평가하지 않았다. 당연히 볼칸을 두려워하지도 않았다.

수십 년 전, 부정 차원에 진입한 이래 와힛은 단단한 벽을 깨고 성마의 단계를 돌파하였으며, 그 후로 한 번 더 벽을 뛰어넘어 지금은 성마 하급의 존재로 거듭났다.

그에 비하면 볼칸은 아무것도 아니었다.

'하지만 굳이 이 무식한 악마종들 앞에서 힘자랑을 할

필요는 없지.'

와힛은 비릿하게 웃으며 볼칸에게 고개를 숙였다.

[그 결합이라는 거, 내가 한번 해보지.]

볼칸은 거만한 태도로 와힛을 윽박질렀다.

볼칸은 와힛이 성마라는 사실을 알지 못했다. 볼칸뿐 아니라 이 자리에 모인 악마종들도 와힛의 진정한 실력을 몰랐다.

와힛은 볼칸에게 싫은 내색을 내비치지 않았다. 그저 와힛은 입가에 엷은 웃음기를 머금을 따름이었다.

[볼칸 후작님이 나서주신다면 영광입니다만.]

와힛은 볼칸을 한 번 추켜세운 다음, 결합 요령을 상세하게 일러주었다.

[알아들었으니 어서 의식을 진행해라.]

불칸은 와힛을 아랫것처럼 대했다.

와힛도 볼칸을 윗분처럼 모셨다.

와힛의 목덜미에서 커다란 아나콘다가 튀어나와 볼칸의 손을 접촉했다. 볼칸은 와힛이 시키는 대로 자신의 영혼을 아나콘다에게 넘겼다.

볼칸의 영혼이 아나콘다를 타고 미끄러지더니 황금 쟁반에 퐁! 떨어졌다.

웅웅웅웅웅!

두 차원을 연결한 피라미드 조각이 터져나갈 것처럼 진동했다. 피사노교의 신전 내부에 설치된 제단도 부서져 내릴 것처럼 흔들렸다.

그러는 가운데 검보랏빛 로브를 쓴 자들 가운데 한 명이 로브를 뒤로 젖혔다.

그의 정체는 바로 이탄이었다.

지금까지 초마의식을 거행할 때면, 피사노교는 다수의 사도들을 제단 앞에 세워놓고 악마종에게 마음에 드는 자를 선택할 기회를 주었다.

일명 '초이스(Choice)'라 부르는 제도였다.

이번에는 그 시스템이 적용되지 않았다. 오늘 악마종과 결합할 대상은 오작 단 한 명, 이탄만 내정되었다.

[옳거니. 네가 결합 대상이로구나.]

볼칸의 영혼은 로브를 뒤로 젖힌 사내를 발견하자마자 곧바로 뛰어들었다.

그 순간, 이탄은 벼락이라도 맞은 듯이 부르르 몸을 떨었다.

신인들은 높은 기둥 위에서 초마의식을 지켜보았다. 그러다 피라미드 조각이 웅웅 울고 이탄이 몸서리를 치자 손뼉을 쳤다.

"드디어 악마종의 영혼이 방문을 했구먼."

"과연 쿠퍼는 어떤 악마종과 결합을 할까?"

신인들이 관심을 가지고 지켜보는 가운데 이탄의 얼굴이 마구 일그러졌다. 이탄의 입에서는 고통을 참는 신음 소리가 가늘게 들렸다.

사실 이건 연기였다.

볼칸의 영혼 따위가 감히 이탄의 몸에 뛰어들고도 무사할 리 없었다. 이 불쌍한 악마종은 이탄에게 뛰어든 즉시 붉은 금속에 결박을 당했다.

[뭐. 뭐야? 이건 대체 뭐냐고?]

볼칸의 영혼이 붉은 금속 안에 갇혀서 발버둥 쳤다.

포악하기로 유명한 악룡족이 발톱으로 할퀴고 이빨로 물어뜯어도 붉은 금속에는 흠집 하나 나지 않았다.

오히려 붉은 금속이 꽈악 조여들자 볼칸의 영혼이 나 죽는다며 꽥꽥 비명을 질렀다.

'거참 시끄럽네.'

이탄이 인상을 썼다.

Chapter 8

[끼요오옵! 시끄럽지? 역시 나만 한 친구도 없지? 끼요

오오옵. 시끄러우니까 저 녀석의 아가리부터 찢어버리자. 끼요오오옵. 시끄러우니까 저 도마뱀 새끼의 팔다리를 모두 뜯어내고 배때기도 갈라주자.]

아나테마가 덩실덩실 춤을 추면서 볼칸을 괴롭힐 방법들을 제안했다.

'아우, 영감도 시끄러우니까 그만 입을 다무쇼. 지금 이럴 때가 아니라고. 어서 초마의식을 끝마쳐야 한다니까.'

[끼욥. 그래. 그래. 입을 다물게. 끼요옵.]

아나테마는 두 손으로 자신의 입을 막았다.

그 익살스런 태도에 이탄이 피식 웃음을 터뜨렸다.

[에헤헤.]

아나테마가 마주 웃었다.

한편 볼칸은 지금 이게 무슨 상황인가 싶어서 눈만 멀뚱거렸다.

그러는 동안 볼칸의 영혼 앞에 붉은 칼날이 등장했다. 거대한 칼날은 볼칸의 머리 위쪽을 썽둥 잘라서 뿔 3개를 분리했다.

[크헉!]

잘린 부위에서 피가 철철 쏟아졌다.

물론 이건 진짜 피가 아니었다. 볼칸의 뿔이 진짜로 잘린 것도 아니었다. 이것은 단지 볼칸의 영혼을 대상으로 벌어진 일이었다.

하지만 영혼에 벌어진 일이라고 해서 무시할 수는 없었다. 뿔이 잘릴 때 볼칸은 실제와 똑같은 고통을 느껴야만했다.

게다가 이탄도 악룡족의 뿔을 진짜로 얻어낸 듯한 효과를 거두었다. 상대의 뿔을 잘라낸 순간, 뿔을 구성하는 물질이나 분자구조, 배열 등의 정보가 고스란히 이탄의 뇌리로 쏟아져 들어왔다.

아나테마의 악령이 그 정보를 이용하여 실제 악룡족의뿔에 대한 분석을 마쳤다..

이탄과 아나테마가 볼칸의 뿔을 들고 희희낙락하는 동안, 볼칸의 영혼은 크게 당황했다.

[으으윽. 내가 환각을 보나? 이게 대체 뭐냐고?]

볼칸은 이 괴상한 공간으로부터 서둘러 탈출하려고 들었다. 어떻게든 이곳을 벗어나 모드레우스 제국으로 돌아가려는 것이 볼칸의 의도였다.

당연히 불가능했다. 볼칸이 아무리 애를 써도 붉은 금속으로 둘러싸인 이 공간으로부터 벗어날 길이 없었다.

볼칸이 허둥거리는 동안에도 그의 두개골 윗부분에서는피가 철철 흘렀다.

이탄이 아나테마를 다그쳤다.

'영감. 서두르쇼. 나는 저따위 하찮은 악마종 따위와 결합할 생각이 없으니까 영감이 그럴듯하게 연기를 잘해야 해.'

[끼요오옵. 알았다. 알았어. 끼히히히.]

아나테마는 볼칸의 뿔 3개를 자신의 가슴에 팍! 꽂아 넣었다. 그런 다음 아나테마의 악령은 고대 악마사원의 흑마법을 이용하여 볼칸의 뿔을 몸으로 흡수했다.

악마종의 피부나 발톱, 뿔 등을 몸에 이식하여 신체를 강화하는 흑마법은 고대 악마사원에서 오랫동안 연구했던 분야였다. 아나테마도 불멸의 악마종답게 이 비법을 연구하여 나름 깊은 성취를 이루었다.

'영감, 서두르라니까. 자칫하다가는 부정 차원의 악마종들, 그리고 피사노교의 신인들에게 의심을 받는다고.'

이탄이 아나테마를 다시 한번 재촉했다.

아나테마가 진땀을 흘렸다.

[아이고, 알았어. 알았다니까. 나도 오랜만에 해보는 흑마법이라 시간이 좀 걸린단 말이다. 끼요오옵.]

말은 이렇게 하였지만, 아나테마는 불과 몇 초 만에 성공적으로 볼칸의 뿔을 자신의 영혼에 결합했다.

아나테마가 이탄에게 신호를 주었다.

[끼요오옵. 되었다. 성공했어. 이제 네 녀석 차례다.]

'알겠소. 이제부턴 내게 맡기쇼.'

이탄이 눈을 까뒤집고 중얼중얼 주문을 읊었다.

이탄은 마치 악마종과 한 몸이 되는 듯이 연기를 하면서 견갑골과 목뼈 부근의 피부의 일부를 스스로 찢어내었다.

그런 다음 이탄은 아나테마의 영혼을 몸 밖으로 밀어내었다.

만약 아나테마가 영혼만 남아 있는 상태라면, 이탄의 지금 행동은 무의미하게 보였을 것이다.

이 자리에 모인 신인들과 사도들은 아나테마의 악령을 눈으로 볼 수 없으니까.

하지만 지금 아나테마는 영혼만 남아 있는 상태가 아니었다. 최근 이탄은 신체를 잃은 아나테마를 위해서 그의 영혼을 담을 도구, 즉 제2의 신체를 만들어 주었다.

본 사이드(Bone Scythe: 뼈의 낫)라는 무기형 악마종의 몸뚱어리는 베이스(Base)로 삼고, 거기에 고대 고양이족의 것으로 추정되는 노란 털과 여우왕의 두개골을 결합하여 만들어낸 극강의 작품이 바로 아나테마의 제2의 신체인 것이다.

아나테마는 평소 이탄의 영혼 속에 기생할 때는 악령의 형태로 머물지만, 그가 원하면 언제든지 이탄이 만들어준 제2의 신체를 드러낼 수 있었다.

게다가 아나테마는 지금 그 신체에 악룡족 볼칸의 뿔까지 추가한 상태였다.

이탄이 자신의 양쪽 견갑골과 뒷목 쪽 피부를 찢고 아나테마를 그곳으로 내보내자, 이탄의 몸 뒤에서 악룡족 특유의 뿔 3개가 뿌드득 뿌드득 자라나는 듯한 현상이 발현되었다.

하얀 뼈다귀로 뒤덮인 뿔의 표면에는 고양이 눈을 닮은 문양이 아로새겨져 있었다. 그 뿔이 마치 박쥐의 날개를 구성하는 날개뼈처럼 쭉쭉 자라났다.

길게 자라난 세 가닥의 뿔은 이탄의 뒤에서 거칠게 펄럭거렸다.

이 세 가닥의 뿔로부터 각기 상이한 3개의 기운이 풍겼다.

왼쪽의 뿔은 본 사이드와 여우왕을 합쳐놓은 듯한 기운을 발산했다. 교활하면서도 잔혹한 기운 말이다.

중앙의 뿔은 고양이족 특유의 탐욕스러운 기운을 뭉텅이로 내뱉었다.

마지막으로 오른쪽 뿔은 불멸의 악마종 아나테마로부터 비롯된 광포한 죽음의 기운을 뿜어내었다.

서로 다른 3개의 기운이 이탄의 등 뒤로부터 소름 끼치게 뻗어 나오더니 허공에서 빙글빙글 회전하면서 하나로 엮였다.

"허얼. 저게 대체 어떤 종류의 악마종이지?"

쌀라싸가 두 눈을 끔뻑거렸다.

쌀라싸와 결합한 악마종도 고개를 갸웃했다.

[저건 악룡족의 뿔 같은데? 하면 악룡족의 강자가 내려온 겐가? 아니다. 아니다. 악룡족과는 조금 다른 기운이 풍기는 것 같기도 하고?]

한편 아르비아의 악마종도 이와 비슷한 이야기를 중얼거렸다.

[거 참. 3개의 뿔이 각각 다른 느낌을 주는데? 느낌은 악룡족의 뿔인 것 같은데, 확실하지가 않네.]

이것이 아르비아와 결합한 악마종의 의견이었다.

제6화
열 번째 신인으로 추대되다 I

Chapter 1

싸마니야의 악마종도 긴 혀를 날름거렸다.

[할짝, 할짝. 공기 중에 퍼진 냄새는 분명 악룡족의 것이야. 그런데 그 속에 포유류의 냄새가 살짝 섞였어. 아니, 언데드의 냄새가 나는 것 같기도 하단 말이지.]

싸마니야가 악마종에게 물었다.

[포유류? 어떤 포유류? 곰? 사자? 표범?]

[글쎄. 잘 모르겠네. 여러 가지 냄새가 뒤섞여서 구별이 잘 안 돼. 고양이과인 것 같기는 한데 분명치가 않아.]

싸마니야의 악마종은 혀를 좌우로 흔들었다.

싸마니야가 다시 물었다.

[흐음? 그렇다면 이게 쿠퍼에게 좋은 소식인가?]

[그건 나도 모르겠는데? 뭐, 나쁠 것은 없겠지. 내가 잘 파악을 못 할 정도라면 중하위급의 악마종은 아닐 테니까.]

[크허. 그거 잘되었군.]

싸마니야는 쿠퍼(이탄)가 강한 악마종과 결합했을 거라는 소리에 기분이 좋아졌다.

쌀라싸와 아르비아, 싸마니야 등이 이탄의 악마종을 추측하는 동안, 티스아는 다른 관점에서 이번 초마의식을 지켜보았다.

"오오! 개멋지다."

이것이 티스아가 내뱉은 첫마디였다.

보통 악마종과 결합하면 멋이 있기는 힘들었다.

멋은커녕 오히려 징그러운 쪽에 가까웠다.

초마의식을 끝마친 이후, 결합자는 뒤통수에 눈알이 생겨난다거나, 뺨에 혀가 돋아난다거나, 아니면 가슴에 악마종의 얼굴이 돋아나곤 했다.

그러니 이게 뭐가 멋있겠는가. 기괴하고 징그러울 뿐이지.

한데 이탄의 경우는 조금 달랐다. 이탄은 뒤쪽에 뿔 같은 것 세 가닥이 쭉쭉 자라났는데, 그 뿔이 마치 날개뼈처럼 보였다. 악마종과 결합을 했는데 이탄처럼 그럴듯한 외양을 갖기란 참으로 힘들었다.

티스아는 바로 이 점에 주목했다.

티스아의 옆에서 아르비아가 물었다.

"어쨌거나 결합은 성공인 것 같지?"

티스아는 고개를 주억거렸다.

"아, 네. 성공인 것 같습니다. 그러니까 저렇게 등 뒤에 희한한 뼈가 돋아났겠지요."

"그래. 성공인 게야. 끌끌끌."

아르비아가 히죽거리며 웃었다.

다른 신인들도 티스아의 의견에 동의했다.

악마종과 결합에 실패할 경우, 해당 사도는 온몸이 터져서 죽는 경우가 대부분이었다.

그런데 이탄은 몸이 터지지 않았을뿐더러 악마종의 신체 일부가 이탄의 등에 또렷하게 돋아났다.

'그러니 당연히 초마의식은 성공일 테지.'

초마의식을 지켜본 모든 목격자들은 이렇게 확신했다.

기둥 위의 신인들도 같은 생각들이었다.

부정 차원 악마종들도 이번 초마의식이 성공했다고 믿었다.

[오오, 성공이네.]

[역시 볼칸 후작님께서 무사히 결합을 끝마치셨구먼. 내

이럴 줄 알았지.]

이 자리에 모인 모든 악마종들은 이탄의 등에서 볼칸의 뿔이 돋아나는 모습을 똑똑히 목격했다.

목격자들 가운데 일부는 볼칸을 축하해주었다.

하나 그보다 더 많은 숫자의 악마종들은 볼칸의 성공을 질투했다.

[쳇. 그렇다면 내게는 기회가 없다는 뜻이잖아?]

[제기랄. 볼칸 후작이 우리의 기회를 빼앗아간 것 아냐.]

악마종들이 투덜거릴 즈음, 와핏은 홀로 이마를 찌푸렸다.

[와핏 님? 왜 그러시는 겁니까? 무슨 문제라도 있습니까?]

한 악마종이 와핏에게 물었다.

[으응? 아무것도 아니외다. 어허험.]

와핏은 서둘러 얼굴을 폈다.

솔직히 이번 초마의식에는 아무런 문제도 없어 보였다. 볼칸은 피사노교의 사도와 무사히 결합을 한 것처럼 여겨졌다. 의식도 잘 마무리되었다.

초마의식을 구경하던 모든 악마종들이 결합 장면을 똑똑히 확인했으니 성공 여부를 가타부타 따져볼 여지도 없었다.

그럼에도 불구하고 와힛은 뭔가가 마음에 걸렸다.

'기분이 왜 이렇게 찜찜하지?'

와힛은 눈썹 사이에 깊은 주름을 만들었다.

'혹시 저 뿔 때문인가?'

와힛의 섬뜩한 눈동자가 이탄의 뒤쪽에 돋아난 날개뼈 모양의 뿔을 주시했다.

일반적으로 악마종이 인간과 결합을 할 경우, 상대 인간 족의 몸에는 악마종의 눈이나 코, 그리고 혀와 같이 신경다 발이 잘 발달한 기관이 돋아나는 경우가 많았다. 혹은 악마 종의 얼굴 전체가 결합하거나, 촉수가 돋아나는 경우도 가 끔 있었다.

그런데 이번에는 뿔이다.

'왜 하필 뿔일까? 뿔에는 신경다발이 거의 없는데?'

와힛은 입술을 꾹 깨물었다.

'그리고 저 뿔은 과연 볼칸의 것이 맞을까? 뿔 표면을 뒤덮은 하얀 뼈는 또 뭐지? 뿔의 표면에 고양이 눈처럼 보 이는 문양이 새겨져 있던데, 아무래도 볼칸의 뿔과는 조금 달라 보인단 말이지.'

와힛은 사소한 점 몇 가지가 마음에 걸렸다.

또 한 가지.

지금까지 와힛은 초마의식이 성공할 때마다 희뿌연 환영

같은 것을 보곤 했다. 결합 대상자의 신체에 악마종의 영혼이 파고드는 환영이었다.

만약 와힛의 뇌리에 이런 영상이 떠오르면 그 초마의식은 성공이었다. 반대로 와힛이 아무런 환영도 보지 못한 경우에는 초마의식이 실패로 끝나고 말았다.

'그런데 이번에는 환영이 보이지 않았어.'

와힛의 눈빛이 깊어졌다.

'아무런 환영도 떠오르지 않았기에 나는 당연히 볼칸의 초마의식이 실패했다고 생각했지. 그런데 성공이라고?'

결과만 보면 이번 초마의식은 분명 성공이었다. 와힛도 그 사실을 부정하지는 못했다.

그럼에도 와힛은 여전히 뒷맛이 개운치 않았다.

'으흐음. 조금 더 상황을 지켜볼 필요가 있겠구나.'

와힛은 손으로 자신의 이마를 쓱쓱 문질렀다.

Chapter 2

초마의식이 종료되자 언노운 월드와 부정 차원을 연결했던 가느다란 끈이 끊겼다. 황금쟁반에 맺혔던 영상도 뿌옇게 흐려졌다가 완전히 사라졌다.

피사노교의 신인들은 높은 기둥에서 훨훨 날아내려 이탄 앞에 다가왔다.

[위대한 분들을 뵙습니다.]

신인들이 등장하자 사도들은 황급히 무릎을 꿇고 머리를 조아렸다.

신인들은 주변의 사도들을 거들떠보지도 않았다. 그들은 오직 이탄만 눈에 보이는 듯 이탄을 빙 둘러싸고는 앞다투어 축하해주었다.

이탄은 신인들 한 명 한 명에게 머리를 숙여 감사의 뜻을 전했다.

"흘흘흘. 정말 좋구먼."

쌀라싸는 예의 바른 이탄이 마음에 들었다.

아르비아와 싸마니야, 그리고 티스아도 환한 낯으로 이탄에게 덕담을 해주었다.

캄사도 표정 자체는 밝았다. 하지만 이탄은 캄사의 눈동자에 깃든 차가운 경계심을 감지했다.

'쯧쯧쯧. 캄사는 여전히 나를 경계하는군.'

캄사를 힐끗 쳐다보는 이탄의 눈빛 속에도 서늘한 기운이 어렸다.

하지만 그 기운은 나타났던 것보다도 더 빠르게 자취를 감추었다. 이탄은 재빨리 마음에 가면을 쓰고는 호의적인 낯빛으로 캄사를 대했다.

캄사도 아무렇지 않은 척 이탄을 축하해주었다.

한바탕 축하 인사가 끝나자 쌀라싸는 비로소 이탄에게 본론을 꺼냈다.

"흘흘흘. 초마의식을 치렀으니 이제 한 가지 절차만 더 치르면 된다네. 어떤가? 다음 절차를 곧바로 진행하겠는 가? 아니면 잠시간의 휴식이 필요한가?"

"휴식은 필요 없습니다."

이탄은 딱 잘라 대답했다. 사실 이탄은 초마의식보다도 쌀라싸가 언급한 절차에 더 큰 관심을 두었다.

'싸마니야 님께서 귀띔해준 바에 따르면, 신인으로 추대 될 후보자는 부정의 요람에 들어갈 기회를 부여받는다고 했으렷다? 후후훗.'

이탄은 부정의 요람에 어서 들어가 보고 싶었다.

피사노교의 역대 신인들은 세 가지 절차, 혹은 관문을 거 치게 되는데, 그것들은 다음과 같았다.

첫째, 초마의식에 참여하여 악마종과 결합할 것.

둘째, 부정의 요람에서 악마종의 지식을 깨우칠 것.

셋째, 악마종의 지식을 연구하고 또 확장하여 부정 차원 을 지배하는 인과율에 대한 깨달음을 얻을 것.

이상 세 가지 관문을 모두 통과한 자만이 피사노교의 신인으로 추대받을 자격을 얻었다. 당대의 신인인 와힛과 이쓰낸, 그리고 쌀라싸 등도 모두 다 이 관문을 통과한 자들이었다.

그런데 관문을 통과하는 방법은 순서가 정해져 있었다.

우선 신인이 되려는 자는 초마의식을 통해서 악마종과 결합해야 했다.

그 다음 그는 부정의 요람에 들어가서 부정 차원의 지식을 배워야 하는데, 이때 결합한 악마종의 조언이 필요했다.

마지막으로 그는 부정의 요람에서 깨우친 지식을 깊이 연구하여 스스로 만자비문의 일부를 깨달아야 했다.

오직 이것만이 신인이 되는 길이었다.

역대의 모든 신인들도 이와 같은 절차를 밟았다.

이탄의 경우는 달랐다.

이탄은 부정 차원의 인과율을 먼저 깨우쳤다.

아니, 이탄은 단순히 비문에 대한 조그만 깨달음을 얻는 수준을 뛰어넘어 10,000개의 비문을 통째로 가진 오롯한 주인이 되었다.

이탄은 그렇게 세 번째 관문을 먼저 돌파한 다음, 뒤늦게 첫 번째 관문에 도전하여 부정 차원의 악마종(아나테마)과 결합에 성공했다.

이제 이탄에게 남은 절차는 부정의 요람에 들어가서 악

마종의 지식을 얻는 것뿐이었다.

'과연 부정의 요람에는 어떤 지식이 보관되어 있을까나?'

이탄은 기대에 차서 쌀라싸를 바라보았다.

쌀라싸가 싸마니야에게 시선을 돌렸다.

"흘흘흘. 여덟째 아우가 부정의 요람을 열어주게. 흘흘흘."

"네. 형님."

싸마니야는 공손한 대답과 함께 손가락으로 허공에 선을 그었다.

치이익―, 치이이익―.

싸마니야의 손끝에서 방출된 검은 화염이 직선과 원, 사각형들을 그리며 하나의 마법진을 구성했다.

잠시 후, 복잡한 모양의 마법진이 완성되었다.

"웃차."

싸마니야는 마법진에 음차원의 마나를 불어넣었다.

그러자 마법진으로부터 검은 연기가 뭉클뭉클 뿜어져 나왔다. 마법진을 구성하는 기괴한 문양들이 빙글빙글 회전했다.

쌀라싸가 히죽 웃으며 마법진을 향해 턱짓을 했다.

"마법진이 열리면 그 안으로 들어가게. 그러면 저 마법진이 알아서 자네를 부정의 요람으로 인도해줄 게야."

"네."

이탄은 대답과 함께 검은 연기를 뿜어내는 마법진을 살펴보았다.

쌀라싸가 말을 이었다.

"흘흘흘. 요람에 들어가면 악마종 한 명이 대기하고 있을 게야. 자네에게 부정의 요람에 대해서 상세하게 설명을 해줄 악마종이지. 흘흘흘흘."

"그렇습니까?"

이탄은 문득 피사노교의 보고에서 만났던 안내자를 떠올렸다.

'불친절하게 툴툴거리던 그 난쟁이 악마종이 피사노교의 보고에 대해서 이것저것 설명을 해주었더랬지. 그런데 부정의 요람에도 그와 같은 안내자가 있나 보구나.'

이탄이 과거를 회상할 때였다. 쌀라싸가 쓰게 입맛을 다셨다.

"쩌업. 불과 몇 개월 전까지만 하더라도 부정의 요람에는 정말 많은 지식이 남아 있었다네. 우리 피사노교의 역대 선조들이 남긴 산더미 같은 유산과, 부정 차원에서 전해진 지식들이 총집합된 장소가 바로 부정의 요람이니까."

"오! 그렇군요."

이탄은 적당히 감탄사를 섞으며 쌀라싸의 설명을 들었다.

Chapter 3

쌀라싸가 말을 계속했다.

"부정의 요람에 비하면 자네가 경험했던 피사노교의 보고는 한 단계 아래에 불과하다네. 그런데 그 중요한 곳이 몇 개월 전에 그만 폭삭 주저앉고 말았어. 동차원의 그 찢어죽일 술법사 놈들이 비겁하게 기습을 하여 그 중요한 부정의 요람을 부숴버린 탓이지. 끄으으응."

쌀라싸는 분통을 참기 힘든 듯 주먹을 꽉 움켜쥐었다.

쌀라싸뿐 아니었다. 다른 신인들도 모두 열이 받아 얼굴이 시뻘겋게 변했다.

'헙? 이거 내 얘기잖아?'

이탄은 속이 뜨끔했다.

언노운 월드의 시간으로 5개월쯤 전, 피사노교의 총단으로 쳐들어와서 부정의 요람을 부순 장본인이 바로 이탄 본인이었다.

한데 이탄은 그 사건 이후로도 많은 일들을 겪었다.

피사노교에서 무사히 탈출한 뒤, 이탄은 은화 반 닢 기사단에서 내려온 퀘스트들을 몇 개나 더 해결했다. 이탄은 동차원에도 들렀다.

어디 그뿐이랴.

이탄은 그 사이에 그릇된 차원에서도 몇 년간이나 머물렀었다. 이탄은 간씨 세가 세상에서 벌어진 일들에도 일부 신경을 써야만 했다. 그러다 최근에 이탄은 부정 차원에도 다녀오게 되었다.

이처럼 이탄이 다른 차원을 방문할 때마다 언노운 월드에서의 시간은 거의 멈춰져 있었다. 덕분에 언노운 월드에서 불과 몇 개월 전에 벌어진 사건이 이탄에게는 수 년도 더 전에 벌어진 과거의 일처럼 느껴졌다.

'쳇. 내게는 부정의 요람을 박살낸 게 먼 과거의 추억인데 말이야, 피사노교의 신인들에게 그 사건은 불과 5개월 전에 겪은 치욕이겠구먼. 쩝.'

이탄은 쓰게 웃었다.

쌀라싸가 악독하게 눈빛을 벼렸다.

"하여간 그 망할 술법사 놈들 때문에 부정의 요람에 보관 중이던 중요한 지식들 태반이 날아가 버렸다네. 하여 지금 요람 안에 남은 지식들은 보잘것없어졌지."

싸마니야가 옆에서 말을 보탰다.

"그나마 지금 요람 안에 보관된 지식들은 부정 차원의 악마종들이 복구해준 것들이야. 역대 선조들의 유산은 모두 사라져버렸다고. 크으윽. 가만 두지 않겠다. 언젠가 동차원의 그 개자식들을 모조리 붙잡아서 씹어 먹을 것이야. 크으으윽."

싸마니야는 설명을 하다가 분노가 도진 듯 세차게 발을 굴렀다.

쿠웅!

싸마니야가 발로 내리찍은 부위를 중심으로 신전 대리석 바닥에 금이 쩍쩍 갔다.

'쩌업.'

이탄은 한 번 더 쓴 미소를 지었다.

불편했던 시간이 지나가고, 드디어 마법진이 완성되었다. 검은 화염으로 이루어진 마법진 중심부에는 구멍이 뻥 뚫렸다.

"시간이 되었네. 어서 요람으로 들어가게."

쌀라싸가 턱으로 구멍을 가리켰다.

"그럼 다녀오겠습니다."

이탄은 신인들에게 꾸벅 고개를 숙였다. 그런 다음 싸마니야가 열어준 구멍을 통해서 부정의 요람으로 진입했다.

요람 안에는 검보랏빛 요사한 기운이 넘실거렸다. 이건 이탄에게는 무척 익숙한 기운이었다.

'여기는 마치 부정 차원을 한 조각 잘라서 옮겨온 듯하구나. 악마종과 결합하지 않은 인간족이라면 이곳의 부정한 기운을 견디기 힘들겠어.'

물론 이탄은 예외였다. 이탄은 악마종과 결합하기 이전부터도 부정 차원의 기운이 불편하지 않았다. 오히려 이탄은 검보랏빛 기운 속에서 편안함을 느끼곤 했다.

'게다가 이곳의 기운은 부정 차원의 그것보다 밀도가 많이 떨어지네. 디아볼 제국에 위치한 지옥의 평원과는 비교할 수 없어.'

이탄은 부정 차원에 머물 당시 디아볼 제국 지옥의 평원을 횡단했었다. 언령의 벽을 찾기 위한 여정이었다.

그 평원은 정말 지독하리만치 부정한 기운이 농밀했다. 악마종들마저 견디지 못하고 미쳐버리는 장소가 바로 지옥의 평원이었다.

거기에 비하면 부정의 요람은 애들 장난이나 다름없었다.

'쳇. 어째 시시해 보이는걸.'

이탄은 살짝 실망했다.

어쩌면 이것은 이탄의 기대치가 너무 높았던 탓일지도

몰랐다. 과거에 이탄은 피사노교의 보고에 들어갔다가 많은 수확을 얻었다.

태초의 마신 피사노가 남긴 피사노의 비석.

사령마를 소환하는 흑마법, 리콜 데쓰 호스.

검록색 편린을 소환하는 흑주술, 다크 그린.

이탄이 솔강 갈대숲에서 선보였던 흑주술, 블러드 트리.

어둠의 기운을 숨겨주는 흑주술, 블랙 투 화이트 트랜스퍼(Black to White Transfer: 흑백 전환).

이탄의 볼록한 배를 쏙 들어가게 만들어준 기적의 흑체술, 사행술(蛇行術).

또 다른 흑체술인 셰입 오브 싸우전드(Shape of Thousand: 천의 형상).

일곱 걸음 만에 적을 죽일 수 있는 세븐 스텝(Seven Step) 등등등.

당시 이탄은 피사노교의 보고에서 유용한 흑주술과 흑마법, 흑체술들을 한 보따리나 챙겼다.

또한 이탄은 그곳에서 피사노교가 제공하는 우수한 보물들도 손에 넣었다. 그 가운데 이탄은 한 세트의 귀걸이형 법보를 몇몇 여성들에게 나누어 선물했다.

'피사노교의 보고에서도 그렇게 많은 것을 건졌는데, 그보다 한 단계 위라는 부정의 요람에서는 또 얼마나 귀한 것

들을 손에 넣게 될까? 후후훗.'

이곳에 들어오기 전까지만 하더라도 이탄은 이런 기대를 품었다.

한데 부정의 요람에 흐르는 밋밋한 기운—이탄의 기준에서는 알차지 못하고 흐리멍덩하게 느껴지는 기운—이 이탄을 살짝 실망시켰다.

이탄이 불안하게 지켜보는 가운데 검보랏빛 기운 속에서 악마종 한 명이 툭 튀어나왔다.

치지지직!

난잡한 소음과 함께 등장한 악마종은 과거에 이탄이 피사노교의 보고에서 만났던 악마종과 생김새가 똑같았다.

키는 1미터 정도.

악마종은 등에 잠자리 날개를 매달고 있으며, 엉덩이에는 긴 꼬리가 달렸다.

눈알은 뱀의 그것을 닮아 동공이 세로로 길쭉했다.

머리에는 뿔이 2개 돋아났다.

다만 이 난쟁이 악마종은 실체가 아니라 홀로그램처럼 보였다.

그 이유는 이탄 앞에 등장한 난쟁이 악마종이 실제가 아니라 정신적인 투영체, 즉 사념에 불과하기 때문이었다.

'아마도 난쟁이 악마종의 진짜 몸은 부정 차원에 머물고

있겠지.'

이탄은 이미 다 알고 있다는 듯이 빙그레 미소를 지었다.

Chapter 4

난쟁이 악마종이 이탄에게 말을 걸었다.

"안녕하냐?"

지금까지 이탄이 만났던 부정 차원의 악마종들은 모두
뇌파로 대화했다.

한데 난쟁이 악마종의 투영체는 뇌파 대신 성대로 직접
말을 했다. 그것도 꽤나 발음이 정확했다.

한데 악마종의 시건방진 말투는 예전에 피사노교의 보고
에서 이탄이 만났던 그 악마종과 다를 바가 없었다.

"그대가 부정의 요람을 지키는 안내자인가?"

과거에 이탄은 난쟁이 악마종에게 다짜고짜 반말을 했었
다. 상대의 거들먹거리는 태도가 꼴 보기 싫어서였다.

이번에는 이탄도 방법을 조금 달리 했다. 난쟁이 악마종
을 조금은 대우해준 것이다.

그 때문일까?

아니면 이탄이 일반 사도가 아니라 피사노교의 열 번째

신인으로 추대될 후보자여서 그런 것일까?

난쟁이 악마종도 이탄을 무시하지 않고 적당히 대우해주었다.

그렇다고 해서 난쟁이 악마종이 이탄에게 존댓말을 쓴 것은 또 아니었다. 단지 이탄을 대하는 태도나 어투가 고압적이지 않을 뿐이었다.

"그렇다. 나는 부정의 요람을 지키는 자이다. 과거의 기록을 살펴보니 자네는 교리사도가 되기 위한 도그마의 별을 입장했던 전력이 있구나. 또한 잠행사도가 되기 위한 키케로의 별에도 들어갔었어."

난쟁이 악마종이 언급한 대로였다.

과거에 이탄은 피사노교의 보고에 두 번 연달아 들어갔다. 첫 번째 방문 시 이탄은 교리사도가 되기 위한 도그마의 별에, 두 번째 방문 시에는 잠행사도를 위한 키케로의 별에 입장했었다.

이탄이 난쟁이 악마종에게 물었다.

"이곳 요람에서도 그런 구분이 있나? 6개의 별 가운데 하나를 선택해서 입장해야 하냔 말이다."

"그렇고말고. 나는 자네를 위해서 여러 개의 별 가운데 오직 하나의 별만을 열어줄 테다. 그런데 그 별의 숫자는 자네가 알고 있는 것과는 사뭇 다르지."

"다르다고?"

"피사노교의 보고에는 오직 6개의 별만 존재하잖아? 그러나 이곳 부정의 요람은 다르다. 여기에는 2개의 별을 더해서 총 8개의 별이 있지. 킥킥킥킥."

난쟁이 악마종은 이탄 앞에 8개의 손가락을 펼쳐 보였다.

호교사도를 위한 콥스의 별.

제례사도를 육성하는 카코의 별.

잠행사도를 키우는 키르케의 별

교리사도를 위해 준비된 도그마의 별.

포교사도를 위한 히프노스의 별.

마지막으로 신탁사도를 위해 존재하는 아리만의 별.

과거에 피사노교의 보고에서 이탄이 설명 들은 별은 이상 6개였다. 이 가운데 이탄은 도그마의 별과 키르케의 별을 차례로 방문했었다.

한데 부정의 요람에는 그보다 별이 2개나 더 많았다. 난쟁이 악마종은 8개의 별에 대해서 간략하게 설명을 해주었다.

"자네가 콥스의 별을 선택한다면, 자네는 장차 피사노교를 위해 앞장서서 싸우는 호교신이 될 수 있을 거다. 자네가 만약 카코의 별을 방문한다면, 자네는 장차 피사노교의 제례를 주관하는 제례신이 될 수 있을 거다. 자네가 만약 키르케의 별을 선택한다면, 자네는 장차 적을 교란하는 잠 행신이 될 가능성이 있지. 자네가 만약 도그마의 별을 연다 면, 자네는 장차 교리를 만드는 교리신이 될 수 있을 거다. 아니면 교세를 확장하고 교도들의 숫자를 대폭 늘리는 포 교신이 되면 좋겠는가? 그럼 히프노스의 별을 열어야겠지. 그것도 아니라면 피사노교를 위해서 미래를 읽은 신탁신이 될 수도 있어. 만약에 자네가 아리만의 별에 들어간다면 말 이지. 휘유우—."

여기까지 설명한 뒤, 난쟁이 악마종은 숨을 잠시 몰아쉬 었다.

이탄은 상대의 설명을 쉽게 알아들었다. 이 내용은 이탄 이 과거에도 들었던 바였다. 단지 '사도'가 '신'으로 바뀌 었을 뿐이었다.

난쟁이 악마종은 바로 이어서 두 가지 별을 추가로 설명 했다.

"부정의 요람에는 이상 6개 외에도 두 부류의 신이 더 준비되어 있다. 자네가 만약 피사노의 뜻을 이해하고 영생 토록 그 뜻을 전하려는 자가 되기를 원한다면, 톤의 별에 들어가서 문자의 힘을 얻고 문자신이 되어라. 자네가 만약 교의 죄인을 단죄하려는 자가 되겠다면, 북극의 별에 진입하여 처형신이 될지어다. 히유우—."

난쟁이 악마종은 이 대목에서 한 번 더 말을 끊었다.

'톤의 별? 북극의 별?'

이탄은 눈을 동그랗게 떴다.

이상 두 가지는 이탄이 난생 처음 듣는 이야기였다.

그런데 아주 낯설지는 또 않았다. 아니, 오히려 친숙한 느낌마저 들었다.

'톤의 별을 열면 문자의 힘을 얻어서 문자신이 된다고? 혹시 그 문자라는 것이 만자비문을 의미하는 것일까? 그렇다면 그곳에 꼭 들어가고 싶은데.'

이탄의 만자비문은 아직 100퍼센트 완성되지 않았다. 이탄은 10,000개의 비문, 즉 10,000개의 인과율을 오롯이 얻은 주인이었다.

하지만 이탄은 만자비문의 뜻만 깨우쳤을 뿐, 만자비문의 힘은 오직 절반인 5,000개만 획득했다.

이탄은 나머지 5,000개의 힘을 찾는 중이었다.

'톤의 별에 들어가면 그 나머지가 있을지도 몰라. 아니면 나머지를 찾을 단서라도 구할 수 있을지 모른다고.'

그렇다면 이탄은 반드시 톤의 별에 들어가야만 했다.

다른 한편으로 이탄은 마지막 여덟 번째 별에도 관심을 보였다.

'북극의 별이라고? 내가 깨우친 권능 중에도 북극의 별이 있는데? 상대방이 가진 음차원의 마나와 생명력을 쫙 흡수해버리는 가공할 흑마법 말이야.'

만자비문과 관련이 있을 것 같은 톤의 별.

상대의 모든 에너지를 흡수해 버리는 북극의 별.

이탄은 이상 두 가지 모두에 흥미를 느꼈다. 이탄이 입에 군침이 고였다. 이탄의 심장은 두근두근 뛰놀았다.

Chapter 5

난쟁이 악마종이 기괴한 웃음소리와 함께 설명을 이었다.

"키키킥킥. 자네, 너무 기대하지는 마라. 킥킥킥킥. 피사노교의 역사상 북극의 별을 열었던 자는 불과 12개의 손가락으로도 꼽지 못할 정도로 극소수다. 무리해서 북극의 별에 도전했던 신인들은 대부분 정신이 분열되어 미쳐버렸지."

이 이야기는 이탄도 들었던 바였다.

'피사노교에서 북극의 별을 금지마법으로 지정해 놓았다지? 그렇다면 혹시 내가 깨우친 북극의 별이 진짜일까?

이곳 부정의 요람에 보관된 북극의 별과 같은 것일까?'

이탄은 이런 궁금증을 느꼈다.

다른 한편으로 이탄은 다른 점에도 주목했다.

'조금 전에 이 난쟁이 악마종이 분명히 말했겠다. 무리해서 북극의 별이 도전했던 신인들이 있었다고 말이야.'

이걸 곰곰이 해석해 본 결과, 이탄은 다음과 같은 두 가지 결론을 유추해내었다.

첫째, 부정의 요람을 거쳐서 신인이 된 이후에도 기회가 되면 부정의 요람에 다시 들어올 수 있다는 점.

둘째, 지난번 피사노교의 보고에서는 안내자(난쟁이 악마종)가 사도의 재질을 판별하여 6개의 별 가운데 하나를 임의로 열어주지만, 이곳 부정의 요람에서는 신인 후보자가원하는 별을 직접 선택할 수 있다는 점.

그러면 난쟁이 악마종은 무조건 그 별을 열어주게 되어있다는 점.

이탄이 이러한 비밀을 포착할 즈음, 난쟁이 악마종은 다음 설명으로 넘어갔다.

"킥킥킥. 또한 톤의 별은 더더욱 난해하단 말이지. 역대피사노교의 신인들 가운데 톤의 별에 들어가서 뭔가를 얻어낸 신인은 나의 이 여섯 손가락에도 미치지 못하거든. 킥킥킥. 물론 당대의 신인들 중에서도 톤의 별에서 단서를 얻어낸 자가 한 명 있기는 하지만 말이야. 킥킥킥."

"당대 신인들 가운데 있다고? 그게 누구지?"

이탄이 고개를 갸웃했다.

난쟁이 악마종의 설명에 따르면, 톤의 별은 곧 문자의 힘을 전승하는 장소였다.

'그렇다면 톤의 별을 열었다는 그 신인은 만자비문에 대한 남다른 깨우침을 얻었을 것 아냐? 이상하다. 지금까지 내가 만나본 신인들은 그 정도는 아니었는데?'

이탄이 머릿속으로 신인들의 권능을 비교할 때였다. 난쟁이 신인은 손으로 자신의 입을 가리고 웃으며 수다를 떨었다.

"킥킥킥. 역시 자네도 톤의 별에 관심을 두는구먼. 내 이럴 줄 알았지. 키키키킥. 하긴, 지금까지 부정의 요람에 들어왔던 자들은 너나 할 것 없이 모두 다 톤의 별이나 북극의 별에 관심을 보였지. 다들 제 능력의 한계도 깨닫지 못한 채 나에게 그 두 별을 열어달라고 부탁했어. 하지만 자네, 똑똑히 알아두게. 괜한 과욕을 부렸다가 낭패를 보는 경우가 태반이야. 부정의 요람에서 자네는 오직 단 한 번만 별을 선택할 기회를 가질 뿐이라고. 만약에 자네가 톤의 별을 열었다가 그곳에서 아무것도 얻지 못하고 허탕만 친다면? 그럼 자네는 신인이 될 기회를 잃는 거라고. 킥킥킥킥."

"그러니까 당대 신인들 가운데 톤의 별에 들어갔던 신인이 누구냐고. 그리고 그 신인은 톤의 별에서 원하는 바를 얻었나?"

이탄이 거듭해서 캐물었다.

난쟁이 악마종은 별 거리낌 없이 대답해 주었다.

"킥킥. 그렇게 알고 싶다면 말해주지. 막내인 티스아를 제외한 당대 신인들은 모두 다 한 번씩은 톤의 별에 들어가 본 경험이 있어. 하지만 그 신인들 가운데 톤의 별에서 뭔가를 얻어낸 자는 오로지 단 한 명뿐."

"단 한 명?"

"그래. 오직 한 명. 피사노교의 서열 2위인 이쓰낸만이 톤의 별에서 뭔가를 얻어낸 거야. 킥킥킥. 나머지 신인들은 모두 아까운 기회만 한 번씩 날려먹었지."

"이쓰낸!"

이탄이 비명을 지르듯이 이쓰낸의 이름을 내뱉었다.

지금까지 이탄은 피사노교의 신인들을 대부분 만나 보았다. 서열 3위인 쌀라싸부터 서열 9위인 티스아에 이르기까지 이탄이 만나보지 못한 신인은 없었다.

더불어서 이탄은 피사노교의 서열 1위인 와힛과도 만났었다. 이탄은 부정 차원 모드레우스 제국 연회에서 와힛을 본 것이다.

한데 오직 이쓰낸만은 이탄이 만나볼 기회가 없었다.

'바로 그 마녀가 톤의 별을 전승했단 말이지? 이거 점점 더 궁금해지네? 과연 이쓰낸은 만자비문을 얼마나 깨우쳤을까? 과연 톤의 별에는 만자비문에 대한 내용이 얼마만큼이나 담겨 있는 것일까?'

난쟁이 악마종이 이탄을 다그쳤다.

"자, 이제 설명은 끝났다. 자네, 어느 별을 선택하겠는가?"

"내가 선택할 별은……."

이탄이 대답을 하려는 찰나, 난쟁이 악마종이 다급히 이탄의 말을 잘랐다.

"자네, 잘 선택해야 해. 자네가 키케로의 별을 열어서 잠행신이 된다면 피사노교에 큰 도움을 될 수 있을 거야. 피사노 감사처럼 말이지. 혹은 자네가 도그마의 별을 열어서 교리신이 된다고 해도 피사노교에는 큰 축복이야. 만약 자네가 이 두 별에 들어간다면, 분명히 자네는 중요한 지식을 얻어낼 거야. 그러니 괜한 욕심을 부리지 마."

"그래도 나는……."

이탄이 무슨 말을 하려고 하는데, 난쟁이 악마종이 또다시 이탄의 말을 차단했다.

"이 봐. 톤의 별이라도 선택하려고 그러나? 정 그곳이 궁금하다면 나중에 부정의 요람에 또 들어오게 되었을 때 자네의 운을 시험해 봐도 돼. 모든 신인들은 100년에 한 번씩 부정의 요람에 들어올 기회가 주어지거든."

"오호? 100년에 한 번씩 기회가 주어진다고?"

새로운 정보에 이탄이 눈을 반짝였다.

난쟁이 악마종이 빠르게 말을 이었다.

"그나마 톤의 별이 나을지도 모르지. 북극의 별? 거기는 정말 최악이야. 그곳만큼은 절대 권하고 싶지 않아. 북극의 별에 들어갔던 역대 신인들치고 뒤끝이 좋았던 경우가 없었거든."

난쟁이 악마종은 고개를 절레절레 저었다. 그리곤 설명을 계속했다.

"북극의 별에 들어갔던 자들은 12명이면 12명 모두 미치광이가 되어서 나왔단 말이지. 그 때문에 피사노교에서는 북극의 별을 금지한 거라고."

"나는……."

"아아아. 심호흡. 그래. 깊게 심호흡을 한 번 하라고. 이건 자네 인생에서 아주 중요한 순간이니까 숨을 한 번 깊게 들이쉬고 다시 길게 내쉬는 게 좋아. 그런 다음 침착하게 선택을 하라고. 다만 이 한 마디만 하겠네. 내가 자네라면 나는 도그마의 별이나 키케로의 별 가운데 하나를 고를 거야. 그게 제일 안전빵이니까."

난쟁이 악마종은 벌써 몇 차례나 이탄의 말을 중간에 끊었다.

'아 진짜, 이 새끼가 정말.'

이탄도 슬슬 부아가 치밀었다.

이탄의 심상치 않은 표정을 본 것일까? 난쟁이 악마종은 두 손을 활짝 펴서 좌우로 흔들었다.

"아아. 미안해. 미안해. 이제 진짜로 자네의 말을 끊지 않을게. 그러니까 신중하게 별을 고르라고."

Chapter 6

이탄이 다시 입술을 떼었다.

"내가 선택한 별은⋯⋯."

"그래, 내가 어떤 별을 열어줄까? 도그마의 별? 아니면 키케로의 별?"

"톨의 별이다."

이탄은 상대가 더 이상 말을 끊지 못하도록 후다닥 선택을 마쳤다.

난쟁이 악마종은 뱀처럼 가느다란 동공을 조그맣게 수축

했다.

"이런 썅!"

난쟁이 악마종의 입에서 욕설이 튀어나왔다.

"뭐라고?"

상대가 막 나가자 이탄이 인상을 썼다. 이탄의 등 뒤에서 음험한 기운이 스멀스멀 피어올랐다. 그 기운은 악마종조차 기겁하게 만들 정도였다.

난쟁이 악마종이 찔끔하여 손사래를 쳤다.

"아니야. 아니야. 내 혀가 미끄러지는 바람에 말이 헛 나왔어. 스스로 똥통에 빠지겠다는 멍청이에게 내가 뭐라고 하겠어? 자네가 그리 헛발질을 원한다면 내 기꺼이 톤의 별을 열어주지. 옛다, 똥이나 처먹어라."

난쟁이 악마종은 이탄을 향해서 감자주먹을 날렸다. 그리곤 이탄이 눈살을 찌푸리기도 전에 스르륵 사라지면서 소리쳤다.

"이봐. 너는 아직 신인이 아니라고. 네가 이미 신인이라면 그저 100년에 한 번 찾아온 기회를 차버린 셈 치면 그만이지. 하지만 신인이 되기도 전에 톤의 별을 선택한다? 그럼 너는 100퍼센트 신인이 될 기회를 차버리게 되는 셈이다. 내 말을 알아들었냐? 이 바보 멍청이야."

난쟁이 악마종의 말이 끝나기 무섭게 이탄 주변이 검보

랏빛 기운으로 가득 찼다. 온통 검보라 색깔인 세상 속에서 좌라라락 소리가 들렸다. 그러면서 이탄의 눈앞에 톤의 별이 활짝 열렸다.

이탄은 이미 이와 비슷한 경험을 해보았다.

과거에 피사노교의 보고에서 도그마의 별, 그리고 키케로의 별이 열렸을 무렵이었다. 이탄의 눈앞에는 역대 교리사도와 잠행사도들이 남긴 지식과 마보들이 좌라라락 소리를 내면서 등장했다.

이탄은 이번에도 같은 일이 벌어질 것이라 기대했다.

아니었다.

이탄의 귓가에는 도서 열람대와 보물 진열대가 솟구치는 듯한 소리가 좌라라락 좌라라락 울려댔지만, 막상 그 열람대와 진열대는 텅텅 비어 있었다.

"뭐야?"

이탄이 인상을 팍 썼다.

그런 이탄의 귓가에 난쟁이 악마종이 남긴 뇌파가 아스라이 전달되었다.

[이 멍청한 녀석아, 내가 처음에 분명히 말해주었잖아. 8개의 별에는 역대 신인들이 남긴 지식, 그리고 우리 부정차원 악마종들이 남긴 지식이 보관되어 있다고 했잖아. 그런데 피사노교의 역대 신인들 가운데 톤의 별에서 뭔가를

얻어간 신인은 없거든. 지금까지 문자신이 탄생한 적이 없다는 말이지.]

"허."

이탄은 텅 빈 진열대를 보면서 허파에서 바람 빠지는 소리를 내뱉었다.

[이 이야기를 알기 쉽게 풀어서 설명하면, 톤의 별에 남겨진 선조들의 유품이 전무하다는 소리잖아? 그런데도 톤의 별을 선택하다니, 내 살다 살다 자네와 같은 멍청이는 또 처음 본다.]

난쟁이 악마종은 이탄에게 듣기 싫은 잔소리를 잔뜩 퍼부었다.

"허어, 참."

이탄은 다시 한번 허탈한 신음을 흘렸다.

[자네, 어디 한번 잘 해봐라. 톤의 별에서 자네가 머물 수 있는 시간은 딱 72시간뿐이다. 텅 빈 별 안에서 사흘 동안 잘 뒹굴어 보라고. 킥킥킥킥킥.]

이 뇌파를 끝으로 난쟁이 악마종은 완전히 자취를 감추었다.

홀로 남겨진 이탄은 허무한 눈으로 검보랏빛 공간을 둘러보았다.

"내가 바보짓을 했나?"

이탄이 허탈하게 중얼거렸다.

이탄은 자신의 선택을 잠시 후회했다. 하지만 그는 곧 머리를 좌우로 흔들어 잡념을 털어내었다.

"아니야. 진짜로 톤의 별에 아무것도 없다면 이쓰낸은 어떻게 이곳에서 깨우침을 얻었겠어? 비록 이곳이 텅 빈 것처럼 보이지만, 분명히 방법이 있을 거야."

이탄은 기운을 다시 차렸다.

텅 빈 진열대를 보자 이탄은 오히려 오기가 돋았다.

"분명히 묘수가 있을 거야. 반드시 묘수를 찾아내서 그 시건방진 난쟁이 악마종 녀석의 코를 납작하게 만들어 주겠어."

이탄은 차돌처럼 단단하게 각오를 다졌다.

또 한 가지.

이탄은 난쟁이 악마종을 믿지 않았다.

지난번 피사노교의 보고에서 만났던 난쟁이 악마종도 어떻게든 이탄을 속이려고 들었다.

'난쟁이 악마종들은 원래 음험하고 교활하여 남이 잘되는 꼴을 보지 못하는 족속들이지. 다만 그들은 피사노교와 맹약으로 얽혀 있기에 사도들이나 신인들에게 해코지를 하지는 못해.'

그 음험한 악마종이 기를 쓰고 이탄을 말렸다. 난쟁이 악마종은 이탄이 톤의 별이나 북극의 별을 선택하지 못하게 하려고 집요하게 설득했다.

이탄은 그래서 오히려 더 톤의 별을 선택하고 싶었는지도 몰랐다.

이탄이 가장 먼저 시도해 본 방법은, 그가 가진 만자비문을 몸 밖으로 내보내 보는 것이었다.

이탄은 갈비뼈 안쪽에서 마치 심장처럼 두근두근 뛰고 있는 음차원 덩어리를 관조했다. 그 덩어리의 우툴두툴한 표면에는 꽈배기 모양의 비문들이 빼곡하게 박혀 있었다.

'나오너라.'

이탄이 의지를 일으키자 비문들이 하나둘 자리에서 이탈하여 이탄의 (진)마력순환로 속으로 기어들어 왔다. 그런 다음 꽈배기 모양의 비문들은 이탄의 몸 밖으로 튀어나와 검보랏빛 공간을 휙휙 가로질렀다.

만자비문의 오롯한 뜻이 등장했음에도 불구하고 검보랏빛 공간에는 아무런 변화가 발생하지 않았다.

이탄이 고개를 갸웃했다.

"어라? 내가 잘못 생각하고 있었나? 만자비문을 소환해도 아무런 반응이 없네?"

이탄은 내친김에 만자비문들을 더 많이 꺼냈다.

1,000개, 2,000개, 3,000개…….

점점 더 많은 숫자의 비문들이 이탄의 몸 밖으로 나와서 검보랏빛 공간을 돌아다녔다. 그러다 마침내 모든 비문들이 다 등장했다.

Chapter 7

검보랏빛 기운으로 가득 찬 공간은 10,000개나 되는 비문들의 등장에도 전혀 변화가 없었다.

"이 방법으로는 안 되나?"

이탄은 10,000개의 비문들을 다시 (진)마력순환로 안으로 회수했다.

"그렇다면 이번에는 언령의 벽을 대하듯이 해볼까?"

이탄은 지그시 눈을 감았다.

'마음을 텅 비우고, 욕심을 버리고, 심상으로 관조하듯이.'

이탄의 머릿속을 채운 상념들이 하나둘 사라졌다. 텅 빈 공간만큼이나 이탄의 머리도 텅 텅 비어 갔다.

그런 상태에서 24시간이 꼬박 흘렀다.

이대로 48시간만 더 지나면 이탄은 부정의 요람을 나가야 할 것이다. 요람에서 아무런 지식도 얻지 못하였으니 당연히 이탄은 신인이 될 수 없었다.

이건 이탄에게 나름 큰 타격이었다. 이탄은 애가 타고 초조할 법도 하건만 아무렇지도 않게 마음을 내려놓았다.

또다시 24시간이 지나갔다.

이제 이탄에게 주어진 시간은 만 하루뿐.

바로 그때 이변이 일어났다. 이탄이 앉아 있던 바닥—상하의 구별 없이 온통 검보라빛인 세상이라 바닥이라고 부를 수 있는지는 애매하지만—이 흐물흐물 녹는다 싶더니 이탄의 몸뚱어리가 아래로 쑥 내려갔다.

이탄은 몸이 아래로 꺼지는 줄도 모르고 계속해서 명상에만 잠겨 있었다.

그렇게 바닥을 뚫고 아래층으로 내려가자 또 다른 검보랏빛 세상이 이탄의 눈앞에 펼쳐졌다. 이탄의 귀에서는 다시 한번 촤라라락 소리가 들렸다.

텅 비어 있던 공간에 도서 열람대가 줄을 지어 나타났다. 마보가 전시된 진열대도 쑥쑥 올라와 이탄 앞에 모습을 드러내었다.

아쉽게도 열람대에 비치된 서적은 몇 권 되지 않았다.

다 합쳐봐야 세 권뿐.

그 말은, 지금까지 피사노교의 역대 신인들 가운데 톤의 별에 지식을 남긴 자가 몇 명 되지 않으며, 그 지식이 기껏해야 책 세 권 분량이라는 뜻이었다.

보물 진열대도 마찬가지였다.

진열대에 전시된 보물은 단 한 점뿐.

그나마 이탄이 명상을 통해 아래층으로 내려오지 못했다면 세 권의 책과 한 점의 보물은 만나보지도 못할 뻔했다.

이탄이 눈을 번쩍 떴다.

"이리 오너라."

이탄은 앉은 자세 그대로 손을 뻗었다.

세 권의 책이 휘리릭 날아와 이탄의 무릎에 사뿐하게 착지했다. 보물 한 개도 휙 날아와 이탄 앞에 내려섰다.

이탄은 세 권의 책을 차례로 훑어보았다.

이 서적들 가운데 첫 번째 책에는 시 한 구절만이 덩그러니 적혀 있었다.

큐브는 문이다.

정육면체의 큐브 속에 근원이 존재한다.

큐브는 음험하다.

장차 큐브를 남긴 자가 재래하리니, 그가 곧 소*렙이고 그가 곧 뮤*롬이다.

"어?"

이탄은 시를 보자마자 눈을 번쩍 떴다.

이탄이 부정 차원 디아볼 제국에 들렀을 당시, 이탄은 그곳 도서관에서 이와 비슷한 시를 발견했었다.

원래 그 시는 뤠펭 산 절벽에 새겨져 있던 것이었는데, 늙은 귀족 한 명이 종이에 옮겨 적어 디아볼 제국도서관에 남겨놓았다.

당시에 이탄은 시를 읽자마자 '큐브'라는 단어가 아조브를 의미한다고 생각했다. 또한 아조브를 세상에 남긴 자가 있으며, 그는 소이*, 혹은 뮤테*이라는 이름으로 불렸을 것이라고 추측했다.

지금 이탄이 읽은 시는 과거에 그가 디아볼 제국도서관에서 발견했던 시와 완전히 일치했다.

다만 과거에 이탄이 읽었던 시에는 큐브를 남긴 자의 이름 철자 가운데 뒷부분이 지워져 있었다.

'그때는 철자 뒷부분이 뭉개져서 소이*, 혹은 뮤테*이라고만 읽혔었지. 그런데 지금 이 서적에는 철자 중간 부분이 뭉개져 있잖아?'

이 둘을 조합해 보면, 아조브를 세상에 남긴 자의 이름이 '소이렙', 혹은 '뮤테롬'이라는 사실을 알 수 있었다.

"그런데 왜 이런 시가 톤의 별에 남아 있는 거지? 톤의 별과 아조브가 무슨 연관이라도 있나?"

이탄은 혹시나 싶은 마음에 아공간을 열어 아조브를 꺼냈다.

이탄이 대형 낫 형태의 아조브를 꺼내자마자 이탄의 무릎에 놓인 세 권의 책이 우우우우웅! 소리를 내면서 울었다.

"응?"

의외의 현상에 이탄이 눈을 크게 떴다.

그 순간 세 권의 책으로부터 찬란한 빛이 터졌다.

푸확!

검보랏빛 광휘가 폭발하여 이탄의 몸을 뒤덮었다. 이탄이 손에 들고 있던 아조브도 검보랏빛 광휘에 노출되었다.

그 즉시 아조브는 대형 낫의 모습을 버리고 네모반듯한 정육면체 큐브로 변했다.

검보랏빛 광휘가 큐브 속으로 빨려들 듯이 흡수되었다. 그와 더불어 세 권의 책이 하나로 합쳐지면서 크기가 1미터도 넘게 커졌다.

촤락!

이탄이 지켜보는 가운데 1미터 크기의 책이 허공으로 떠올라 저절로 펼쳐졌다.

책의 첫 페이지는 원래 텅 빈 백지였다. 그런데 아조브에서 쏟아진 빛이 책을 비추자 글씨가 사라락 드러나기 시작했다.

이 글씨는 꽈배기 모양의 문자들이었다.

"허."

책에 적힌 문자는 만자비문이 분명했다. 이탄이 읽을 수
없는 바이블로부터 깨달은 바로 그 만자비문 말이다.

'만자비문은 이미 바이블에 적혀 있잖아. 그런데 그 비
문들을 이렇게 어렵고 복잡한 방법으로 다시 남길 필요가
있을까? 대체 누가 이런 걸 세상에 남긴 거지?'

이탄은 고개를 갸웃했다.

Chapter 8

사람이 책을 만드는 이유가 무엇인가?

그것은 지식을 후대에 전하기 위해서다.

누군가가 톤의 별 안에 이 책을 남겼다면, 그 사람은 후
대 사람들이 자신의 지식을 전수받기를 희망하면서 책을
남겼을 것이다.

'한데 거의 미친놈이 아닌가 말이다. 이 책을 발견하기 위
한 조건이 거의 미친 수준이잖아. 우선 피사노교의 신인이나
신인 후보자가 톤의 별을 선택해야 하고, 그가 나처럼 느긋

한 명상을 통해서 톤의 별 아래층으로 내려와야 하고, 그런 다음 책 세 권을 나란히 놓고는 아조브를 가까이 대야 비로소 책이 하나로 합쳐지잖아? 이렇게 까다로운 방법을 통해서 겨우 만들어낸 책 안에 고작 만자비문이 적혀 있다고? 만자비문은 바이블 안에도 들어있는 흔하디흔한 것인데?'

이탄은 어이가 없었다.

사실 이탄이 그렇게 어이없어할 일은 아니었다.

바이블은 피사노교의 사도라면 누구나 가지고 있는 물건이지만, 그 바이블 속에서 이탄처럼 만자비문을 발견하고, 읽을 수 없는 문자를 깨우쳐서 오롯한 비문의 주인이 된 사람은 역사상 단 한 명도 없었다.

심지어 비문의 일부를 아주 조금 깨우친 신인들도 꽈배기 형태의 문자를 직접 눈으로 보지는 못했다.

비문 여러 개를 깨달은 부정 차원의 군주들도 이와 다를 바가 없었다. 군주들조차도 만자비문을 직접 보거나 느낄 수는 없었다.

그러니 책에 또렷하게 적혀 있는 10,000개의 비문을 발견한다는 것은 실로 엄청난 축복이었다.

만약 부정 차원의 군주들이 이 책을 발견했다면 펄쩍펄쩍 뛰면서 기뻐했을 것이다. 피사노교의 신인들도 까무러치게 놀랐을 것이다.

한데 이탄은 시큰둥했다. 이탄에게 만자비문은 이미 알고 있는 지식일 뿐이었다.

"쳇. 고작 이걸 얻으려고 톤의 별을 선택한 게 아닌데. 젠장."

이탄이 얼굴을 찌푸렸다.

그 순간 1 미터 크기의 책 속에 박혀 있던 꽈배기 모양의 비문들이 회색의 가루가 되어 흩어졌다.

그 회색 가루가 허공으로 튀어나와 하나로 섞이는가 싶더니, 이탄의 눈앞에서 하나의 영상으로 변했다.

영상 속에서는 엄청난 전투가 벌어지고 있었다.

꽈배기 모양의 문자들이 펄떡펄떡 튀쳐나와 온 차원을 뒤흔들었다. 부정 차원을 지배하는 인과율이 발동하면서 우주가 무너지는 듯한 파괴력을 발휘하였다.

영상 속에서 펼쳐진 전투는 마치 이탄이 여섯 눈의 존재와 싸우던 장면을 방불케 했다. 이탄이 인과율의 여신과 대적하던 장면을 연상시켰다.

신과 신이 격돌하는 듯한 전투 장면에 이어서, 꽈배기 모양의 비문들이 힘을 잃고 후두둑 떨어지는 장면에 영상에 잡혔다.

만자비문으로 우주를 질타하던 신도 힘이 다했는지 신음

을 토했다. 신의 신음은 흡사 별이 폭발하는 소리처럼 우렁 찼다.

'혹시 영상 속의 저 신이 태초의 마신 피사노가 아닐까?'

이탄은 얼핏 이런 추측을 해보았다.

이탄이 영상을 통해 지켜보는 가운데 신이 추락했다. 소멸을 앞둔 신은 꽈배기 모양의 비문을 세 갈래로 분리했다.

이 가운데 첫 번째 갈래는 비문의 '뜻'이 되어 부정의 요람으로 날아왔다. 그리곤 한 권의 책과 여러 개의 바이블에 복사되어 담겼다.

소멸을 앞둔 신이 만들어낸 두 번째 갈래는 비문이 가진 '힘' 가운데 절반이었다. 만자비문 가운데 5,000개의 회색 문자가 신이 만들어낸 비석 안에 갇혀서 피사노교의 보고로 들어갔다.

'어라? 저 회색 비석은 내가 얻은 바로 그 비석이잖아?'

이탄이 무릎을 쳤다.

한편 소멸을 앞둔 신이 남긴 세 번째 갈래도 하나의 비석으로 변했다. 그 회색 비석 안에는 이탄이 미처 얻지 못한 나머지 5,000개 비문의 힘이 담겼다.

소멸을 앞둔 신은 이 두 번째 비석도 언노운 월드로 보내려 했다.

'태초의 마신 피사노는 장차 언노운 월드에서 자신이 부활할 것이라 믿었던 것일까? 아니면 먼 미래에 언노운 월드에서 자신의 후계자가 탄생할 것이라고 예견한 것일까? 그게 아니라면 굳이 자신의 권능들을 언노운 월드로 보낼 이유가 없잖아?'

이탄은 문득 이런 추측을 했다.

그때 이변이 발생했다.

누군가가 두 번째 비석을 가로챈 것이다. 소멸을 앞둔 신이 언노운 월드로 쏘아 보내려던 마지막 비석을 누군가가 중간에 가로채버렸다.

그 약탈자는 시뻘건 혈해, 즉 피바다에서 떠올랐다. 파도치는 핏물을 뚫고 태양처럼 솟구친 약탈자의 모습은 얼핏 붉은 태양처럼 보였다.

'저건 또 뭐지?'

이탄은 눈매를 가늘게 좁히며 영상을 노려보았다.

그러자 약탈자의 모습이 좀 더 상세하게 보였다.

이탄의 눈에 비친 약탈자는 태양이 아니었다. 붉은 눈알이었다.

약탈자가 의지를 일으키자 피바다가 허공으로 솟구쳐서 붉은 쇠사슬로 응결되었다. 그 붉은 사슬이 우주를 가르며 날아와 회색 비석을 칭칭 옭아매었다.

철그럭, 철그럭, 철그럭.

회색 비석이 거칠게 몸부림쳤다. 그때마다 핏빛 쇠사슬이 마구 흔들렸다.

우우웅우웅웅!

비석 속에 박힌 5,000개의 비문이 사납게 울어댔다.

피바다에서 떠오른 붉은 눈알은 좀 더 많은 핏물을 쇠사슬 형태로 응결시켰다.

이 사슬은 일반 사슬이 아니었다. 인과율을 거스르고, 시간을 부식시키며, 공간을 무력화시키는 권능이 핏빛 사슬 안에 내재되어 있었다.

그러한 사슬 수십 가닥이 우주를 가르며 날아와 회색 비석을 포박했다.

[크워워억.]

소멸을 앞둔 신이 거칠게 울부짖었다.

그러나 이미 신의 시대는 저물었다. 신은 이미 소멸에 들어간 상태라 더 이상 아무런 권능도 발휘할 수 없었다.

소멸을 앞둔 신이 무력하게 지켜보는 가운데 두 번째 회색 비석은 언노운 월드로 넘어오지 못하고 피바다를 향해서 끌려갔다. 비석 속에 파묻힌 5,000개의 비문이 울부짖는 소리를 신은 서글프게 들었다.

제7화
열 번째 신인으로 추대되다 II

Chapter 1

마침내 회색 비석이 피바다 속에 첨벙 떨어졌다.

대륙 크기의 비석이 떨어지자 피바다에 거대한 해일이 발생했다. 핏물은 하늘 끝까지 튀어 올랐다.

피가 응결되어 만들어진 쇠사슬들은 마치 거대한 드래곤처럼 좌우로 꿈틀거렸다. 쇠사슬들의 방해 때문에 두 번째 비석은 수면 위로 떠오르지 못하고 피바다 속에 잠겼다.

[크워워워웍.]

소멸되기 직전, 신은 마지막으로 구슬픈 울음을 토했다.

그 울음에 반응이라도 하듯 혈해가 뒤집혔다. 회색 비석이 피바다 속을 헤집으며 다시 수면 위로 박차고 나왔다.

갑작스러운 비석의 용솟음 때문에 핏빛 쇠사슬 수백 가닥이 우두둑 끊어졌다. 붉은 눈알도 충격을 받은 듯 동공을 바짝 수축했다.

하지만 회색 비석은 끝내 언노운 월드로 오지 못했다. 붉은 눈알이 새로 응결한 핏빛 사슬들이 피바다에서 승천하는 드래곤처럼 하늘로 솟구쳐서 회색 빛깔의 비석을 다시 휘감은 탓이었다.

처엄벙!

회색 비석은 결국 혈해에 다시 떨어졌다. 혈해의 해수면으로부터 튀어 오른 핏물이 까마득한 상공까지 솟구쳤다.

강한 충격 때문에 피바다에 격랑이 일었다. 주변이 온통 터져나갔다.

하지만 요동치던 바다는 다시금 잔잔해졌다. 피바다에 처박힌 회색 비석은 수면 위로 떠오르지 못했다. 해일에 의해 대륙이 잠기듯이 회색 비석은 혈해 속으로 한없이 한없이 침수했다.

바로 이 장면에서 영상은 끝이 났다.

"저기로구나!"

이탄이 벌떡 일어나 외쳤다.

"내가 얻어야 할 두 번째 비석이 바로 저 피바다 속에 잠

겨 있어. 내가 가져야 할 비문의 힘을 저 시뻘건 눈깔 녀석
이 가로챈 거야. 크하."

이탄은 분노했다. 이탄의 부릅뜬 눈은 영상 속의 붉은 눈
알에게 집중되었다.

어쨌거나 이제 한 가지는 확실해졌다. 이탄이 찾아 헤매
는 회색 비석은 부정 차원 안에 있었던 것이다.

"붉은 바다! 피바다! 그곳을 찾으면 돼. 거기서 저 얍삽한
약탈자 녀석을 찢어버리고 비석을 되찾을 테다. 크으윽."

이탄은 당장에라도 부정 차원으로 돌아가서 혈해부터 찾
고 싶었다.

하지만 그 전에 몇 가지 처리해야 할 일들이 남아 있기에
이탄은 펄떡거리며 뛰는 가슴을 애써 가라앉혀야만 했다.

이탄이 톤의 별에서 얻어낸 성과는 제한적이었다.

처음에 이탄은 톤의 별에서 만자비문이나 언령을 얻을
수 있지 않을까 기대했다. 그게 아니더라도 최소한 쓸 만한
흑주술이나 흑체술, 혹은 흑마법을 기대했었다.

그 기대는 무산되었다.

대신 이탄은 몇 가지 중요한 정보들을 건졌다.

여러 차원에 아조브를 남긴 자(혹은 신)의 이름이 소이렙
이자 뮤테롬이라는 점이 첫 번째 정보였다.

10,000개의 비문이 적혀 있는 책 한 권을 얻은 것이 이 탄이 거둔 두 번째 소득이었다.

이탄이 발견한 세 번째 정보는 신들의 전투 장면이 녹화된 영상이었다.

이탄은 특히 세 번째 정보에 주목했는데, 그 이유는 이탄이 애타게 찾던 피사노 비석의 행방이 영상 속에 담겨 있기 때문이었다.

이상 세 가지 정보 외에도 이탄은 보물 한 가지를 입수했다.

그것은 하나의 뭉툭한 나무 조각이었다.

이 조각이 왜 톤의 별에 전시되어 있는지 이유를 아는 사람은 아무도 없었다. 나무 조각의 유래를 알고 있는 자도 전무했다.

지금까지 톤의 별을 거쳐 간 역대 신인들 중에는 나무 조각에 대해서 자세히 조사해 보려던 자도 분명히 존재했다.

하지만 그 신인조차도 나무 조각의 용도에 대해서 파악하지는 못했다. 허탕만 쳤다.

사실 이 나무 조각은 피사노교에 어울리는 마보가 아니었다. 그렇다고 해서 이 조각이 동차원에서 유래된 법보도 아니었다. 이것은 당연히 시시퍼 마탑에서 관심을 기울일 만한 마법 아이템에도 속하지 않았다.

그렇지만 이탄은 나무 조각을 보자마자 용도를 알아차렸다.

"허어, 이건 팔곡이잖아."

팔곡(八曲).

어이없게도 이탄의 손에 들고 있는 나무 조각은 보물이 아니라 악보였다. 좀 더 정확히 말하면 8개의 시리즈 악보 중 일부였다.

이탄은 동차원과 그릇된 차원에서 광목이 작곡한 악보 5종을 손에 넣었는데, 이 5종 악보의 명칭은 각각 광목화음, 광목수음, 광목목음, 광목금음, 그리고 광목토음이었다.

이탄이 아몬의 토템으로 광목의 음악을 연주하면 그 위력이 하늘을 허물고 땅을 무너뜨릴 정도였다.

오죽했으면 이탄은 광목 시리즈의 음악을 자신의 무력 서열 4위에 올려놓았을까.

이탄은 자신이 가진 여러 권능들 가운데 붉은 금속과 만자비문, 그리고 언령을 공동 1위의 자리에 올려놓았다.

그리고 바로 뒤를 이어서 4위의 위치에 광목 시리즈의 악보들을 선정했다. 그만큼 광목의 음악은 위력적이었다.

심지어 최근 이탄이 재해석에 성공한 천주부동 술법도 광목 시리즈보다는 약간 뒤떨어진다는 것이 이탄의 판단이었다.

한데 이탄은 팔곡을 광목 시리즈에 비견할 만큼 높이 평가했다.

팔곡의 정확한 유래는 이탄도 알지 못했다.

이탄은 그릇된 차원에서 팔곡의 8개 악보 가운데 하나를 손에 넣었는데, 그게 바로 '홍염산하(紅染山河)'라는 곡이었다.

'붉은 빛이 산과 강을 물들인다.'는 의미의 이 악보는 팔곡의 봄, 여름, 가을, 겨울 중에 가을을 상징하는 음악으로, 이탄이 판단하기에는 그 위력이 광목 시리즈에 결코 뒤지지 않았다.

그 후로 이탄은 '기회가 되어 팔곡의 나머지 악보들도 모두 모으면 좋겠구나.'라는 생각을 늘 가슴에 품고 지냈다.

그런데 오늘 이탄은 팔곡 가운데 3개의 악보를 찾아내었다. 톨의 별에 보관 중이던 나무 조각 표면에 무려 3개의 곡이 새겨져 있었던 것이다.

춘일지지(春日遲地).

폭염유화(暴炎流火).

엄동우맥(嚴冬于貉).

나무 조각에 새겨진 문자를 해석하면 위와 같았다.

Chapter 2

3개의 악보 가운데 춘일지지는 느리게 흘러가는 봄날을 노래하는 곡이었다.

폭염유화는 글자 그대로 불의 강을 관통하는 듯한 한여름의 폭염을 연상시키는 곡이었다.

마지막으로 엄동우맥은 담비 사냥에 나서는 추운 겨울을 저절로 떠올리게끔 만드는 음악이었다.

지금까지 톤의 별에 입장했던 역대 피사노교의 극소수 신인들은 어떻게든 나무 조각에 새겨져 있는 의문의 도형들을 해석해보려고 애썼으나, 단 한 명도 진도를 나가지 못했다. 심지어 그들은 조각에 새겨진 도형이 음표라는 사실도 밝히지 못하였다.

잔뜩 실망한 신인들은 나무 조각에 대한 연구를 포기하고는 그것을 다시 진열대에 반납해버렸다.

이탄은 달랐다.

오직 이탄만이 조각에 새겨진 도형들을 보자마자 이것이 악보임을 알아보았다. 더불어서 이탄은 이 악보들이 팔곡이라 불리는 시리즈 곡의 일부라는 사실도 파악했다.

이게 가능한 이유는 간단했다. 이탄이 그릇된 차원에 머물 때 그는 이미 팔곡에 대해서 연구해본 경험이 있기 때문이었다.

물론 이탄이 악보를 읽을 수 있다고 해서 곧바로 연주가 가능한 것은 아니었다.

"팔곡은 하루아침에 완성될 곡이 아니야. 앞으로 시간을 두고 차근차근 연주법을 구상해 봐야 할 거야."

이탄이 광목 시리즈의 음악을 해석할 때를 되새겨 보면, 우선 음악이 담고 있는 철학을 이해하고 내면을 꿰뚫어 보는 것이 중요했다. 이 과정이 없으면 진정한 곡 연주는 불가능했다.

"팔곡도 이와 마찬가지일 거야."

이탄은 이렇게 확신했다.

장차 이탄이 팔곡을 제대로 연주하여 곡의 위력을 오롯이 이끌어내고 싶다면, 춘일지지, 폭염유화, 홍염산하, 엄동우맥으로 이어지는 봄, 여름, 가을, 겨울, 즉 사계절에 대해서 찬찬히 고민해봐야 할 터.

사계절에 대해서 이해한다는 것은 당연히 어려운 작업일 터였다.

하지만 이탄은 어렵다고 지레 겁먹지 않았다. 도전의 난

이도가 높을수록 더더욱 의욕이 불타는 언데드가 바로 이
탄이었다.

이탄은 흐뭇한 마음으로 나무 조각을 품에 챙겼다.

이탄이 톤의 별에 입장한 지도 사흘이 지났다.

이탄이 부정의 요람에 처음 들어갔을 때는 난쟁이 악마
종이 나타나 안내를 해주었다.

이탄이 다시 밖으로 나올 때는 난쟁이 악마종을 만날 수
가 없었다. 주어진 시간이 모두 종료되자 이탄은 부정의 요
람에서 저절로 튕겨져 나왔다.

이탄이 다시 눈을 떴을 때 그는 이미 피사노교의 신전으
로 돌아와 있었다.

신인들은 이탄이 복귀할 타이밍을 딱 맞춰서 신전을 다
시 찾았다. 쌀라싸가 기다렸다는 듯이 이탄의 선택을 물었
다.

"그래, 요람 안에서 어떤 별을 선택했는고?"

"톤의 별에 들어갔었습니다."

이탄은 굳이 거짓말을 할 필요를 느끼지 못했다. 그래서
솔직하게 대답했다.

"뭣이?"

쌀라싸의 얼굴이 딱딱하게 굳었다.

"톨의 별이라고?"

싸마니야도 황급히 되물었다.

신인들은 이탄이 혹시라도 요람에서 허탕을 쳤을까 봐 걱정했다.

만약 이탄이 부정의 요람에서 아무런 지식도 얻지 못했다면, 이탄은 신인으로 추대될 될 수 없다.

그것이 율법이다.

싸마니야는 속으로 한숨을 지었다.

'푸하, 100년을 다시 기다려야 한단 말인가?'

싸마니야는 이탄이 톨의 별에서 빈손으로 나왔고, 그 때문에 100년 뒤에 부정의 요람에 다시 들어가야 할지도 모른다고 생각했다.

쌀라싸가 이탄을 붙잡고 계속해서 캐물었다.

"헐. 설마 톨의 별에서 빈손으로 나온 것은 아니겠지? 악마종의 지식에 대해서 얻은 것이 혹시 없나?"

이탄은 적당한 선에서 답을 주었다.

"톨의 별은 문자와 관련된 곳이었습니다. 저는 다행히도 그곳에서 읽을 수 없는 문자에 대한 어렴풋한 이미지를 보았습니다."

쌀라싸의 눈이 휘둥그레졌다.

"헉? 읽을 수 없는 문자를 눈으로 보았다고?"

싸마니야도 깜짝 놀랐다.

"진짜로 비문의 이미지를 보았단 말이냐?"

"말도 안 돼."

캄사는 이탄의 말을 부정했다.

이 자리에 모인 신인들은 10,000개의 비문 가운데 각자 한두 가지씩은 깨우친 자들이었다. 그 깨우침 덕분에 그들은 신인의 자리에 오를 수 있었다.

그렇다손 치더라도 신인들은 비문에 대한 어렴풋한 깨우침만 얻었을 뿐 비문의 형태를 눈으로 본 적은 없었다.

이곳 언노운 월드에서 만자비문을 눈으로 직접 볼 수 있는 존재는 오로지 이탄 단 한 명이었다.

'뭐 이렇게 놀라지?'

신인들의 반응이 심상치 않자 이탄은 적당히 둘러대었다.

"오해하지 마십시오. 제가 명확하게 무언가를 본 것은 아닙니다."

"그럼 뭘 보았다는 말인고?"

쌀라싸는 몸이 바짝 달아서 캐물었다. 쌀라싸뿐 아니라 다른 신인들도 침을 꼴깍 삼키며 이탄을 빙 둘러쌌다.

혹시라도 이탄에게 한 마디 귀동냥 한 것이 계기가 되어 만자비문에 대한 새로운 깨우침을 얻는다면?

피사노교의 신인들에게 그것보다 더 중요한 일은 없었다. 그게 가능하다면 신인들은 물불을 가리지 않을 것이었다.

Chapter 3

이탄은 뒤통수를 긁적였다.

"이거 제가 뭐라고 설명을 드려야 할지 모르겠습니다. 제가 톤의 별에서 목격한 문자는 아주 모호하고 추상적이었습니다. 그것을 이미지라고 불러도 될까 싶을 정도에 불과했습니다."

"허!"

"솔직히 말씀드리면, 제가 톤의 별에서 받은 모호한 느낌을 좀 더 구체화시키기 전까지는 전혀 그것을 실전에서 써먹지 못할 것 같습니다. 또한 제가 어떻게 노력해야 문자의 이미지를 구체화시킬 수 있을 것인지, 지금은 감도 잡지 못하겠습니다."

이탄은 침울하게 고개를 가로저었다.

"쳇. 그러면 그렇지."

캄사는 그럴 줄 알았다는 듯이 중얼거렸다.

반면 쌀라씨는 이탄을 다독여주었다.

"흘흘흘. 그렇게 실망할 것 없네. 자네가 톤의 별에서 전혀 소득이 없었던 것은 아니지 않은가. 지금까지 역대 선조들 가운데 톤의 별에서 자네 정도로 지식을 얻어낸 사람도 드물게야. 그러니 실망하지 말고 꾸준히 노력해 보게나. 톤의 별은 그만큼 신비롭고 중요한 곳이니까."

싸마니야도 이탄의 어깨를 툭툭 두드렸다.

"그래, 쿠퍼야. 셋째 형님의 말씀이 맞구나. 우리 교의 역사상 톤의 별에서 빈손으로 나온 선조들이 한둘이 아니었느니라. 그러니 너 정도의 지식을 획득한 것만으로도 충분히 칭찬을 받아 마땅하니라. 허헛헛."

싸마니야에 이어서 아르비아와 티스아도 앞다투어 이탄을 격려했다.

"맞다. 톤의 별에서 빈손으로 나오지 않은 것만으로도 훌륭하구나."

"쿠퍼야, 아무런 걱정할 필요 없어. 시간이 지나면 뿌연 안개처럼 모호했던 깨달음도 차차 정리될 테고, 그러고 나면 너는 한층 더 발전해 있을 거라고."

이탄은 그제야 침울했던 표정을 풀고는 손으로 가슴을 쓸어내렸다.

"그렇습니까? 위대하신 분들의 따뜻한 격려를 들으니 조금 안심이 됩니다. 휴우, 다행이다."

"흘흘흘."

"으허허허."

신인들은 그런 이탄을 귀여운 막내 대하듯이 바라보았다.

이탄은 초마의식을 무사히 끝마쳤을 뿐 아니라 부정의 요람에도 들어갔다 나왔다. 이제 이탄은 피사노교의 신인이 될 만한 자격을 모두 갖추었다.

남은 것은 기존 신인들의 결정뿐.

높은 기둥 위에서 쌀라싸가 검은 깃발을 손에 들었다.

"나는 쿠퍼를 막내로 받아들이는 것에 찬성이라네."

피사노교의 회의에서 검은 깃발은 안건에 대한 찬성을 의미했다. 다시 말해서 쌀라싸는 지금 이탄이 열 번째 신인이 되는 것에 대해 찬성한다는 입장이었다.

다음은 아르비아의 차례였다.

"나도 셋째 오라버니와 같은 생각이에요."

아르비아도 망설임 없이 검은 깃발을 들었다.

제5신인인 캄사는 잠시 주변의 눈치를 살폈다.

'보아하니 대세는 이미 기울었구나. 쳇. 운도 좋은 녀석이야.'

캄사는 마지못해 검은 깃발을 들었다. 이탄을 견제하려는 복잡한 속마음과 달리 캄사의 얼굴 표정은 온화하기 이를 데 없었다.

배신자인 싯다는 투표 자격을 박탈당했다. 제6신인이었던 싯다는 오늘 회의에 참석하지도 못했다.

제7신인인 사브아도 회의장 직접 나타날 수는 없었다. 사브아는 싯다에게 기습공격을 당한 상처가 너무 깊어서 회의에 참석할 처지가 못 되었다.

그래도 사브아는 크리스털 화면을 통해서 투표에 참여했다.

"나는…… 당연히 찬성이에요."

사브아는 화면 속에서 검은 깃발을 들고는 힘없이 좌우로 흔들었다. 병상에 누워 있는 사브아의 안색은 파리했다.

신인들은 마음속으로나마 사브아를 쾌유를 빌어주었다.

이어서 제8신인인 싸마니야가 검은 깃발을 번쩍 들었다.

"나는 쿠퍼를 막내로 받아들이는 안건에 100퍼센트 찬성합니다."

마지막으로 제9신인인 티스아가 이탄에게 한 표를 던졌다.

"저도 찬성입니다. 솔직히 이제 저도 막내 노릇 좀 그만하고 싶거든요. 호호호."

티스아는 반쯤은 농담 삼아 이렇게 너스레를 떨었다.

티스아의 말에 신인들이 모두 크게 웃었다.

투표 결과는 만장일치로 찬성이었다.

쌀라싸가 입술을 오물거리며 웃었다.

"흘흘흘. 그렇다면 티스아의 소원이 성취되겠군. 나 쌀라싸는 아우님들의 의지를 받들어 쿠퍼를 교의 열 번째 신인으로 추대하겠네."

쌀라싸는 회의 결과를 밖에 알렸다.

쌀라싸의 선포에 따라 피사노교는 열 번째 신인을 맞이하게 되었다.

빠빠라밤~.

신전 2층과 3층의 발코니에선 새로운 신인의 탄생을 축하하는 팡파르가 우렁차게 울렸다. 하늘에서는 폭죽이 화려하게 만발했다.

"만세! 만세! 피사노교 만세!"

"만세! 만세! 새로운 신인이시여, 영원하소서."

신전 밖에 구름처럼 모인 사도들과 교도들은 일제히 두 팔을 들어 만세를 불렀다. 피사노교의 총단 전체가 축제라도 벌어진 듯 들썩거렸다.

"흘흘흘흘. 정말 보기 좋구먼. 그렇지 않은가?"

쌀라싸가 높은 기둥 위에서 아래를 굽어보며 물었다.

아르비아가 그 말을 받았다.

"교도들이 저렇게 기뻐하는 모습을 보니 가슴이 벅차네요."

"맞습니다. 정말 속에서 뜨거운 것이 치밀어 오르는 기분입니다."

티스아도 동의했다.

다른 신인들도 높은 기둥 위에서 신전을 내려다보며 새 시대 새 신인의 탄생을 축하해주었다.

Chapter 4

얼마 후.

피사노교에 열 번째 신인이 탄생했다는 소문이 전 대륙을 강타했다.

이는 실로 이상한 일이었다. 열 번째 신인은 피사노교의 경전 첫 페이지를 거스르는 존재이기 때문이었다.

모든 피사노 교도들이 신앙처럼 떠받드는 경전 1장 1절을 글로 옮겨 적으면 다음과 같았다.

세상은 카오스(Chaos: 혼돈)으로부터 시작되어 종래에는 다시 카오스로 회귀할지니, 그 카오스계의 동방과 서방과 남방과 북방을 모두 꿰어 아우르는 존재가 바로 검은 드래곤이다.

검은 드래곤이 이 땅에 씨를 뿌려 위대한 피를 이어받은 자 아홉을 일으켜 세웠으니, 그 중 첫째는 와힛이고, 둘째는 이쓰낸, 셋째는 쌀라싸, 넷째는 아르비아, 다섯째는 캄사, 여섯째는 싯다, 일곱째는 사브아, 여덟째는 싸마니야, 마지막 아홉째는 티스아라 부른다.

아홉이 피의 뜻을 받들어 '원'을 청하니, 그 원이 곧 시프르다.

시프르는 스스로 검은 드래곤이며, 스스로 혼돈이고, 스스로 부정한 빛이니, 오로지 시프르만이 읽을 수 없는 문자를 읽어내는 주인이리라.

이 구절은 피사노교 총단 정문 앞 돌판에 단단히 새겨져 있을 정도로 의미가 깊었다.

위의 경전 1장 1절에 따르면, 검은 드래곤이 이 땅에 뿌린 씨앗은 총 아홉이었다. 그래서 피사노교에서는 아홉을 '완전수'라 불렀다.

이에 따라 피사노교에서는 모든 제례에 9라는 숫자를 사용했다. 심지어 피사노교는 신인들의 숫자도 최대 9명으로 제한했다.

예를 들어서 지금으로부터 두 세대 전, 피사노교의 신인은 총 7명이었다. 그러다 새로운 신인이 탄생하여 여덟 번째 자리를 채우고 싸마니야라는 이름을 하사받았다.

당시 여덟 번째 신인인 싸마니야(물론 두 세대 전의 싸마니야는 현재의 싸마니야와는 다른 사람이지만)가 탄생하는 데는 아무런 문제가 없었다. 완전수인 아홉이 아직 다 채워지지 않아서였다.

하지만 지금은 신인의 숫자가 9명으로 꽉 찬 상태.

경전의 맨 앞 구절을 곧이곧대로 따른다면, 이탄이 피사노교의 열 번째 신인이 되는 것은 불가능했다.

그런데 쌀라싸를 비롯한 그 어떤 신인도 이탄의 추대를 거부하지 않았다. 목숨처럼 교리를 지켜야할 교리사도들도 이탄의 신인 등극을 반대하지 않았다.

경전 9장 9절에 예외조항이 있기 때문이었다.

어느 날인가 뿌리지도 않은 씨앗 하나가 스스로 싹을 틔워 대지를 뚫고 모습을 드러낼 것이니, 그가 곧 교의 마지막 기둥이며, 그가 곧 교의 마지막 희망이라.

검은 드래곤께서 말씀하시기를 "스스로 발아한 열 번째 씨가 쿠미이니, 쿠미에 의하여 세상은 스스로 카오스로 회귀하리라."라고 하셨다.

이 말이 곧 진리다.

경전 9장 9절은 구절의 내용은 위와 같았다.

쌀라싸를 비롯한 신인들은 바로 이 9장 9절의 내용에 근거하여 새로 탄생한 신인(이탄)에게 쿠미라는 이름을 부여했다.

이탄은 이제 피사노교에서만큼은 쿠퍼라 불리지 않았다. 그는 기존의 이름을 버리고 쿠미라는 영광스러운 명칭을 새로 하사받았다.

심지어 싸마니야도 더 이상 이탄을 원래의 이름으로 부르지 않았다. 싸마니야는 이탄에게 '쿠미 형제', 혹은 '막내아우님'이라고 칭했다.

싸마니야가 형제라고 부를 때마다 이탄은 어색해서 죽겠다는 표정을 지었다.

"아이고, 싸마니야 님. 제발 그러지 마십시오."

이탄은 빨개진 얼굴로 마구 손사래도 쳤다.

순진해 보이는 이탄의 태도가 싸마니야를 더욱 즐겁게

만들었다. 싸마니야는 일부러라도 더 아우님이라는 단어를 입에 달고 다녔다.

한편 피사노 교도들은 경전 9장 9절이 실현되었다는 소식에 한 번 더 깃발을 들고 거리로 몰려나왔다.

"오오오, 우리의 경전이 이제야 완성되었구나."

"기뻐할지어다. 죽기 전에 경전 9장 9절의 완성을 보게 되다니, 나는 얼마나 복되단 말인가. 우흐흑."

"쿠미 신인님 만세!

"열 번째 신인님 만세!"

교도들은 바이블의 완성을 기뻐하며 눈물을 펑펑 쏟았다. 특히 나이가 많은 교도들일수록 더 열렬히 오열했다.

열 번째 신인의 탄생은 피사노교뿐 아니라 대륙 전체의 흑 세력들을 흥분시켰다.

반대로 백 진영에서는 새로운 신인의 탄생을 크게 우려했다.

대륙 중부에 위치한 시시퍼 마탑의 상층부.

"열 번째 신인이라니? 크으윽. 말도 안 돼."

쎄숨 지파장은 병석에서 벌떡 일어나 손바닥을 쾅 내리찍었다. 그 한 방에 단단한 침상이 우지끈 주저앉았다.

흥분을 한 탓에 쎄숨의 입가에서 검붉은 핏물이 주륵 흘렀다.

"크흑. 크허헉."

쎄숨은 거칠게 숨을 헐떡였다.

그렇지 않아도 쎄숨은 최근 피사노교와의 전투에서 삼대 탑이 물러선 이후로 속병을 앓던 중이었다.

그 와중에 피사노교가 새로운 신인을 배출하다니.

쎄숨은 머리가 부글부글 끓었다.

제8화
북명 원정대 I

Chapter 1

아울 검탑의 반응도 시시퍼 마탑과 별반 다르지 않았다. 그곳의 검수들은 피사노교에 새로운 신인이 탄생한 것을 크게 우려했다.

그래도 아울 검수들이 당장 할 수 있는 대응책은 없었다.

지금 아울 검탑의 검수들은 폐허로 변한 아울 산맥을 떠나서 대륙 동북부에 임시거처를 마련한 상황이었다.

하루아침에 집을 잃은 검수들에게 당분간 몸을 추스를 장소를 제공한 은인은 다름 아닌 이탄이었다.

이탄은 쿠퍼 가문이 소유한 상가 거리 하나를 통째로 비운 다음, 그곳을 아울 검탑 검수들의 임시거처로 내주었다.

이탄이 이렇게까지 은혜를 베푼 이유는 부인인 프레야 때문인 것으로 알려졌다.

"쿠퍼 가주는 정말 우리 아울 검탑의 큰 은인입니다. 아니, 그 전에 프레야 도제생의 공이 정말 크지요."

검탑의 예산처장인 살라루는 이렇게 주장했다. 그리곤 이탄의 통 큰 배려에 감격하여 눈물을 글썽거렸다.

피요르드 후작도 마찬가지였다.

"세상에 우리 사위만 한 사람도 없지. 암, 그렇고말고."

요 며칠 새 피요르드는 이 말을 입에 달고 다녔다. 그만큼 이탄의 배려는 아울 검탑의 검수들에게 큰 도움이 되었다.

프레야가 이탄에게 진심으로 고마워했음은 물론이었다.

그런 와중에 이탄은 아울 검탑의 검수들에게 얼굴도 비추지 않았다. 막대한 상가 수입금을 포기하고 거리 하나를 통째로 비워서 아울 검탑에 내주었으면 한 번 와볼 만도 하건만, 이탄은 감감 무소식이었다.

사실 이탄이 검탑의 검수들을 만나러 오지 못하는 이유는 따로 있었다. 이탄은 지금 대륙 서북부의 피사노교 총단에 머무는 중이었다. 그러니 검수들을 만나고 싶어도 만날 시간이 없는 상황.

한데 검수들은 이 점을 오해했다.

"역시 쿠퍼 가주는 진국이야, 진국."

"맞아. 하루아침에 검탑을 잃고 패잔병 신세가 된 우리가 멋쩍어 할까 봐 일부러 거리를 두는 것 좀 보라고."

"보통 상인들은 생색내는 것을 즐겨한다던데, 쿠퍼 가주는 어쩜 저렇게 사려가 깊을까? 이럴 때면 내가 딸이 없는 것이 참 아쉽다니까. 요새는 99검이 부러워 죽겠어."

아울 검탑의 상위권 검수들은 삼삼오오 모여서 이런 이야기를 주고받았다. 상위 검수들은 이탄과 같은 사위를 둔 99검 피요르드를 진심으로 부러워했다.

사위의 칭찬을 들을 때마다 피요르드는 목에 힘이 꽉 들어갔다.

어린아이처럼 뻐기는 부친과 달리, 프레야는 심정이 조금 복잡했다.

남편에 대한 미안함.

남편에 대한 고마움.

신혼 초에 남편을 냉랭하게 대한 것에 대한 후회.

남편의 관심을 다른 여자들에게 빼앗길 것 같은 불안감.

프레야의 마음속에서는 온갖 감정들이 소용돌이쳤다. 주변의 동료 도제생들이나 검탑의 검수들이 이탄을 칭찬할 때마다 프레야는 마음이 더 복잡해졌다.

"하아—."

프레야는 오늘도 무겁게 한숨을 내쉬었다.

한편 동차원의 마르쿠제 술탑도 피사노교의 열 번째 신인 때문에 바짝 긴장했다.

마르쿠제는 지난번 아울 산맥에서의 대전투 이후로 마음이 심란한 상태였다.

"수십 년간의 평화의 시대를 살면서 피사노교의 위험성을 잠시 잊고 있었는데, 이번에 제대로 겪어 보고나니 피사노교의 저력은 장난이 아니었구나. 마교의 신인들 개개인도 무시무시하지만, 그때 새로 등장했던 자도 보통이 아니었어. 아아아, 하늘은 어찌하여 그 사악한 악마들에게 그런 인재를 끝없이 내려준단 말인가."

마르쿠제는 아울 산맥에서 벌어졌던 접전을 떠올렸다.

특히 전쟁 말미에 해골 말(사령마)을 타고 갑자기 등장하여 피사노교의 철수를 도왔던 악마가 마르쿠제의 인상에 깊게 박혔다.

'이번에 열 번째 신인으로 추대되었다는 자가 바로 그 해골 말을 타고 있던 놈이겠지? 어쩌면 그는 검록의 마군 쌀라싸보다 더 까다로운 강적이 될 것 같구나. 후우우우.'

마르쿠제는 마음이 무거웠다.

그런데 마르쿠제는 그 열 번째 신인이 이탄과 동일인일 것이라고는 꿈에도 생각하지 못했다.

피사노교에 열 번째 신인이 탄생했다는 소식은 마르쿠제 술탑을 넘어서 동차원 남명 지역에도 전해졌다.

음양종, 제련종, 금강수라종, 천목종으로 구성된 남명의 사대종파는 즉각 대책 회의를 소집했다.

사대종파의 수뇌부들이 한자리에 모여서 머리를 맞대었다. 선인들의 시선은 천목종의 종주인 묵휘형에게 쏠렸다.

"천목종의 점괘가 신통하지 않습니까. 어떻습니까? 묵 종주. 그 열 번째 악마 놈에 대해서 뭔가 점괘를 뽑아본 것 없소이까?"

음양종의 종주인 태극 대선인이 다른 선인들을 대표하여 묵휘형에게 물었다.

"으험험."

묵휘형은 목청을 가다듬고 사자 갈기처럼 풍성하게 돋아난 밤색 수염을 손으로 한 번 쓸어내린 다음, 천천히 입술을 열었다.

"캄캄하외다."

"응? 캄캄하다니, 그게 무슨 뜻입니까?"

태극 대선인이 반문했다.

묵휘형은 어두운 안색으로 고개를 내저었다.

"사실 우리 천목종에서는 오염된 신의 자식이 세상에 새로 등장했다는 소식을 듣자마자 점을 쳐보았소이다."

"오호라. 이미 해보셨군요."

"해봤지요. 그런데 우리가 미래를 읽으려 할 때마다 점을 치는 도구가 부서지는 것이 아니겠소. 허어, 내 그런 경우는 처음 보았지."

"허어, 점괘 도구가 부서졌다고요? 묵휘형 종주, 그게 참말입니까?"

태극 대선인이 눈매를 가늘게 좁혔다.

이 자리에 모인 다른 대선인들도 모두 심상치 않다고 느꼈는지 묵휘형 종주에게 시선을 집중했다.

묵휘형은 답답한 듯 주먹으로 가슴을 두드렸다.

"내가 무엇 때문에 거짓말을 하리까. 이번에 새로 등장한 오염된 신의 자식은 우리 천목종의 점괘로도 뚫어볼 수 없는 대악마라는 뜻이 아니겠소? 이거 보통 불길한 일이 아니지요. 후우우."

"크음. 묵휘형 종주의 말마따나 이거 보통 일이 아니군요."

태극 대선인이 혀를 찼다.

"세상이 어찌 되려고 이러는지."

금강 종주도 절레절레 고개를 저었다.

Chapter 2

노란 법의를 입고 있는 금강 종주는 고운 심성과 달리 원래부터 얼굴이 우락부락하였는데, 마음이 답답했는지 그의 얼굴이 더욱 흉신악살처럼 일그러졌다.

금강뿐 아니라 이 자리에 모인 모든 선인들이 답답함을 느꼈다. 그들은 가슴에 돌덩이를 얹어 놓은 듯한 기분이었다.

그나마 최근 음양종의 현음노조가 부상을 치유하고 본래의 무력을 회복한 점은 참으로 다행이었다.

"현음노조께서 건재하시니 그 무서운 술법을 펼칠 수 있겠지요? 정말 잘되었습니다."

제련종의 남광 대선인이 이렇게 말했다.

남광이 언급한 무서운 술법이란 다름 아닌 양극합벽을 의미했다. 더불어서 남광은 현음노조의 외동딸인 자한 선자에게 축하인사도 건넸다.

자한 선자가 차분하게 인사를 받았다.

"모두가 걱정해주신 덕분입니다. 그 덕에 현음노조께서 쾌차하신 것이지요."

말은 이렇게 하였으나 사실 자한이 진심으로 고마워하는 대상은 이탄이었다. 이탄이 극음의 결정을 양보해준 덕분에 현음노조의 부상이 빨리 완쾌되었다.

여하튼 현음노조가 건재하다는 사실은 남명의 수도자들에게는 무척 중요한 문제였다.

피사노교가 세상에서 가장 두려워하는 것 중 하나가 무엇이던가?

바로 음양종이 가지고 있는 양극합벽이라는 술법이었다.

양극합벽은 까마득한 태고에 주신 콘이 동차원의 술법사들에게 전수해주었다는 전설적인 비법으로, 그 위력이 하늘을 붕괴시키고 땅을 허물어뜨릴 정도로 어마어마했다.

대신 양극합벽을 제대로 펼쳐내려면 음과 양을 대표하는 최강의 술법사가 필요했다. 예를 들어서 현음노조와 극양노조가 서로 손을 맞잡고 힘을 합쳐야 겨우 양극합벽을 구현할 수 있는 것이다.

그런데 그동안 현음노조가 부상이 심하여 양극합벽을 쓸수가 없었다.

'그걸 다시 회복하게 되었으니 다행이로다.'

자한 선자나 태극 대선인의 표정은 한결 편안해 보였다.

거기에 덧붙여서 또 한 가지 희소식이 추가되었다.

"험험험. 우리 금강수라종의 멸정 대선인께서도 조만간 폐관을 끝내고 다시 세상에 얼굴을 내비칠 것 같군요."

금강 종주는 직접 이 기쁜 소식을 전했다.

"허어, 그게 정말입니까?"

태극 대선인이 반색을 했다. 금강 대선인은 결코 허튼소리를 할 사람이 아니기에 다들 기대가 컸다.

"참 다행스러운 일입니다. 멸정 대선인께서 한 팔 거들어 주신다면 오염된 악마들과 싸우기가 한결 수월해지겠지요."

"옳습니다. 옳아요. 허허허."

남명의 대선인들은 무릎을 치면서 멸정 대선인의 복귀를 축하했다. 대선인들의 무겁던 마음도 조금이나마 가벼워졌다.

이탄이 새로 신인이 되었으니 그에 걸맞은 공을 세워야 했다.

물론 이탄은 이미 충분한 전공을 올린 상태였다.

피사노교가 아울 산맥에서 철수할 때 이탄이 힘을 쓰지 않았더라면 엄청난 피해를 입을 뻔했다. 피사노교의 사도와 교도들이 무사히 철수할 수 있었던 것은 모두 이탄의 희생 덕분이었다.

또한 이탄은 솔강 전투에서 모레툼의 교황인 비크를 생포하는 데 도움을 주었다.

비크가 이미 탄핵을 받아 교황 자리에서 쫓겨났다는 사

실은 그리 중요하지 않았다. 적장 비크를 생포했다는 사실 하나만으로도 피사노교의 사기는 올라갔다.

반대로 모레툼 교단은 무척 곤혹스러운 처지에 빠졌다. 비록 탄핵을 당했다고는 하나 비크는 어디까지나 모레툼 교단의 인물이었다.

"비크에게 단죄를 하더라도 우리 모레툼의 추기경 회의에서 단죄를 내려야지, 피사노교에게 포로로 끌려가도록 그냥 두어서는 안 되는 것 아닌가?"

"맞아. 일단 악마들의 손에서 전 교황을 구출해내고, 그다음에 전 교황이 죄가 있으면 그 죄를 물어야 옳지."

모레툼 신관과 주교들 사이에서 이런 주장들이 흘러나왔다.

틀린 말은 아니었기에 레오니 추기경은 골치가 아팠다.

레오니가 곤혹스러워하는 것에 비례하여 피사노교에서는 이탄의 공로를 높이 평가했다.

"그래도 어쨌거나 그 공은 사도일 때 세운 것이고, 이제는 신인이 되었으니 신인다운 공로를 또 세워야겠네."

이탄은 이런 말로 출전을 준비했다.

솔직히 이탄은 피사노교 총단에 계속 머물면서 허송세월할 마음은 없었다.

'바쁘다, 바빠. 모레툼 교단도 깔끔하게 정리를 해야 하고, 시시퍼 마탑과 마르쿠제 술탑에도 한 번씩은 들러야 해. 아 참! 아울 검탑의 검수들은 지금쯤 새로운 곳에 자리를 잘 잡았으려나? 거기도 한번 가봐야 하는데. 아! 그리고 남명에도 들러야지. 두 분 사형들이 잘 지내는지도 궁금해. 스승님의 령도 한번 보고 싶네.'

이탄은 금강수라종의 두 사형과 멸정 스승님의 령을 머릿속에 떠올리고는 빙그레 웃었다. 더불어서 이탄은 음양종의 선봉 선자도 생각이 났다.

이게 끝이 아니었다. 이탄은 간씨 세가의 세상에서도 일을 잔뜩 벌려놓았다.

"어휴, 그쪽도 어떻게든 마무리를 지어야 할 텐데. 그런 다음 다시 부정 차원으로 들어가서 피사노의 비석 반쪽을 찾아야지."

이 밖에도 이탄은 아조브의 비밀도 풀어야 했다. 이탄은 가능하다면 팔곡도 모두 찾아서 8개의 곡을 완성하고 싶었다.

물론 이것들은 당장 급하지는 않았다.

이탄에게는 오히려 더 급한 일들도 많았다.

예를 들어서 이탄이 내심 숙적이라 여기고 있는 신격 존재들, 이를테면 이탄이 부정 차원에서 맞부딪쳤던 여섯 눈의 존재나 혈해의 주인인 붉은 눈알, 그리고 최근 아울 산맥에서 이탄과 싸웠던 인과율의 여신들과도 묵은 빚을 청산해야 했다.

"거기에 더해서 어둠의 무리들도 손을 봐야겠지."

이탄은 최근에 포로로 잡은 잿빛 늑대족, 즉 북명 코이오스 가문을 머릿속에 떠올렸다.

'그 어둠의 무리들이 여러 차원에 걸쳐서 획책하고 있는 음모가 무엇인지? 혹시라도 어둠의 숭배자들이 신격 존재와 관련이 있는지?'

이탄은 서둘러 이런 의문들을 파헤쳐야만 했다.

"그렇게 바쁜 일을 마무리한 다음엔 다시 그릇된 차원으로 넘어가서 늙은 왕들을 만나봐야겠지? 그와 더불어서 노란 털을 남긴 고대 고양이족도 기회가 되면 한 번 찾아볼 필요가 있겠어. 아차차! 오대강족의 왕들을 까먹었구나."

이탄은 오랜만에 그릇된 차원의 늙은 왕을 염두에 두었다. 그러다 자연스럽게 그릇된 차원 오대강족의 왕들을 연상하게 되었다.

과거에 이탄이 언노운 월드를 떠나서 충동적으로 그릇된 차원에 넘어갈 무렵이었다. 그릇된 차원 오대강족의 왕들은 거꾸로 고향을 떠나 이곳 언노운 월드로 들어왔다. 음차원의 마나가 공급이 중단된 원인을 밝히기 위해서 왕들이 손수 움직인 것이다.

이탄은 그 5명의 왕 가운데 리노 일족의 우두머리인 라쿱을 붙잡았다.

하지만 나머지 4명의 행적은 아직까지 찾지 못했다.

"그놈들이 그리 얌전한 몬스터들도 아닐 테고, 지금쯤 언노운 월드 어디에선가 숨어서 분명히 개수작들을 벌이고 있을 거야. 일이 커지기 전에 그놈들도 붙잡아야 하잖아? 아우 쌍! 나는 뭐가 이렇게 바쁘지?"

이탄은 신경질적으로 머리를 긁었다.

Chapter 3

결론적으로 말해서 이탄은 여러 가지 벌려놓은 일들 가운데 어둠의 숭배자들을 파헤치는 임무를 가장 먼저 추진하게 되었다.

이탄이 처음으로 참석한 신인 회의에서 쌀라싸는 이탄에게 다음과 같은 주문을 넣었다.

"언노운 월드는 우리가 맡을 테니까 막내아우님이 동차원을 좀 맡아주시게."

"쌀라싸 님, 동차원이라 하시면, 혼명의 마르쿠제 술탑을 의미하시는지요? 아니면 남명을 말씀하시는지요?"

이탄은 백 진영 핵심부에 침투해 있는 첩자답게 동차원의 혼명과 남명에 대해서도 훤히 꿰뚫고 있었다.

쌀라싸는 고개를 가로저었다.

"흘흘흘. 마르쿠제 술탑에 막내아우님 혼자 보낼 수는 없지. 남명을 통째로 상대해달라는 무리는 주문은 더더욱 할 수 없음이야. 흘흘흘. 대신 아우님은 북명으로 가주게."

"북명 말씀이십니까?"

이탄이 호기심을 보였다.

쌀라싸는 머리를 주억거렸다.

"그래. 북명. 솔직히 말해서 북명은 남명이나 혼명과는 결이 다르다네. 그곳에는 우리에게 적대감이 없는 수인족 술법사들이 꽤 많거든. 흘흘흘. 아우님이 그 술법사들을 규합하여 마르쿠제 술탑의 발목을 잡아달라는 게 이 늙은이의 부탁이라네."

"아!"

이탄은 작게 탄성을 흘렸다.

이탄의 나직한 탄성 안에는 '내가 언제 한번 짬을 내서 북명에 들릴 계획이었지. 그런데 이렇게도 기회가 찾아오는구나. 운명이란 녀석이 참 얄궂기도 하지.' 라는 생각이 내포되어 있었다.

이탄이 잠시 다른 생각을 하는 동안, 쌀라싸는 자신의 계획을 밝혔다.

"아우님이 그 일을 해줄 동안 우리는 시시퍼 마탑을 한 번 공략해볼 생각이야. 흘흘흘흘. 마탑의 부탑주 녀석에게 진 빚도 갚을 겸 해서 말일세. 흘흘흘흘."

지난 아울 산맥 전쟁에서 쌀라싸를 비롯한 피사노교의 신인들은 라웅고 부탑주가 가진 '정화'의 권능 때문에 큰 곤욕을 치렀다. 신인들이 도망치듯 아울 산맥을 떠난 것도 모두 라웅고의 언령 탓이었다.

쌀라싸는 그 빚을 조만간 갚아줄 요량이었다.

그런데 피사노교가 라웅고와 시시퍼 마탑에 제대로 빚을 갚아주기 위해서는 아울 검탑이나 마르쿠제 술탑의 방해가 있으면 곤란했다.

'아울 검탑은 지난번에 우리에게 치명타를 입었으니 별 걱정거리가 못 돼. 문제는 마르쿠제 술탑이지.'

이것이 쌀라싸의 판단이었다.

'막내가 마르쿠제의 발목을 잡아주면 좋겠구나. 그래야 셋째 오라버니의 계획이 무난하게 성공하지.'

아르비아도 쌀라싸와 같은 생각을 가졌다.

한편 싸마니야는 아무런 말도 하지 않았다.

솔직히 싸마니야는 '쿠퍼, 아니 쿠미 아우가 홀로 마르 쿠제 술탑을 상대할 수 있을까?'라고 우려하던 참이었다.

티스아도 말없이 이탄을 걱정해주었다.

캄사도 싸마니야나 티스아와 마찬가지로 입을 꾹 다물었다.

물론 캄사의 속마음은 싸마니야나 티스아와는 달랐다. 캄사는 가타부타 말을 하지 않고 뱀과 같은 눈빛으로 돌아가는 상황만 지켜보았다.

쌀라싸가 다시 한번 이탄의 대답을 종용했다.

"어떤가? 교를 위해서 이 일을 맡아주겠는가?"

홀로 적진에 침투하여 마르쿠제 술탑을 견제한다는 것은 무척 어렵고 위험해 보였다. 그럼에도 불구하고 이탄은 아무런 거리낌 없이 대답했다.

"당연히 제가 할 일이라 생각합니다. 저는 쌀라싸 님의 원대한 계획에 기꺼이 동참하겠습니다."

이탄의 당찬 대답에 쌀라싸의 입꼬리가 귀에 걸렸다. 쌀라싸는 주름진 손으로 이탄의 어깨를 툭툭 두드려주었다.

"흘흘흘흘. 흘흘흘흘흘. 그리 말해주니 고맙구먼. 역시 아우님을 신인으로 추대하기를 잘했어. 흘흘흘."

"그러게 말이에요. 이제 보니 쿠미 아우가 아주 상남자네요. 호호호."

아르비아가 맞장구를 쳤다.

"저도 그 말씀에 동의합니다. 쿠미 아우는 싸마니야 아우를 닮아서 그런지 참으로 시원시원하군요."

캄사도 나름 한 마디 던졌다.

3명의 신인 모두 이탄의 단호한 결단력과 용기를 칭찬했다.

반면 싸마니야와 티스아의 여전히 걱정 어린 눈빛을 거두지 못하였다.

이탄은 갓 신인이 된 터라 아직 자신만의 혈족을 두지 못했다. 이탄은 피사노교 내부에 독자적인 세력도 만들지 못한 형편이었다.

그렇다고 이탄 홀로 북명에 보낼 수는 없었다.

따라서 쌀라싸를 포함한 신인들은 이탄에게 아무 사도들이나 차출하여 휘하부대를 꾸릴 권한을 주었다.

'옳거니. 잘 되었구나.'

그 말을 듣자마자 이탄은 쾌재를 불렀다.

'피사노교의 총단 지하 감옥에 시곤 형이 갇혀 있지. 그를 어떻게 구출해야 하나 고민하던 중이었는데, 마침 잘 되었네.'

시곤은 마르쿠제의 제자 가운데 한 명이었다.

예전에 시곤이 자랑삼아 남명으로 가져온 마보(악마의 법보) 때문에 차원의 문이 불시에 개방되었다. 피사노교에서는 바로 그 차원의 문을 통해서 남명을 직접 공격했었다.

시곤은 그 죄책감에 시달리다가 이탄 등과 함께 피사노교 총단으로 직접 쳐들어왔다. 그런 다음 시곤은 동차원의 그 누구보다도 더 용맹하게 싸우다가 결국엔 피사노교에 포로로 붙잡혔다.

어디 시곤뿐이랴.

당시 태극 대선인의 애제자인 붕룡도 피사노교에 포로로 붙잡혔다. 천목종의 죽룡 역시 포로 신세로 전락했다.

이탄은 시곤을 구하는 김에 붕룡과 죽룡 등도 구출할 요량이었다.

〈다음 권에 계속〉